シタとロット
ふたりの秘密

アナ・ファン・プラーハ
板屋 嘉代子 訳

西村書店

Kom hier Rosa
by Anna van Praag

First published in The Netherlands under the title Kom hier Rosa

Printed and bound in Japan

シタとロット　ふたりの秘密　——目次

オレンジフィールドの日々

明かりを消せば、それほど危険じゃないさ

吹きすさぶ風

ふたりの少女の声が
近づいてきていた。
たやすく、わたしは去った
水の月から、空の月へと

フェデリコ・ガルシア・ロルカ
『月は高く昇る』より

オレンジフィールド
の日々

How I loved you then in Orangefield

グリーンバスオイルの香り

シタがフラメンコを踊っているとき、彼女が金髪だということを忘れてしまう。

サン・イシドロ祭の日、わたしたちはオリーブの木に囲まれた小さな教会にいた。誰もが、ロマの女たちの間で踊り回るシタに魅了されているみたいだった。シタの黒いスカートが、細い身体の周りに大きく花開く。ときどき筋肉質の脚が見えたけど——下着は見えそうで見えない。

「アンダ、アンダ！　オーレ！」

みんな次々に手拍子を打ち、足を踏み鳴らし、老女たちは甲高い声で強く叫びはじめた。

わたしは寒さを感じた。祝祭日はほかにもあるけど、このお祭りはいつも春がおとずれる直前に行われるものだった。聖行列《プロセシオン》と呼ばれる、野原を縫って進む単調なパレードでお祭りは始まった。野原で草を食《は》んでいるヤギたちにとっては、確かにおもしろい眺めだっただろう——悲しげでスローな音楽を奏でるクラリネットやトランペットの奏者たち数人のあとを、おそろいの衣装を着た男たちと花の髪飾りをつけた女たちが、聖人の像を引っぱりながら長い列を作っていくのだから。いつもと同じように誰もが大まじめだった！　隣のおばさんでさえ、このお祭りを一年で一番大切にしていた。しかも彼女はイエス様にすごくよく似た神聖なイシドロ様の像を、しっかりと抱く役目なのだ。サン・イシドロは農民の守護神なので、その像は穀物の茎とオリーブの枝で飾られていて、毎年オリーブの豊かな実りをもたらしてくれる。この像をまっすぐ立てて運ぶためには、ちょっとスケートをすべるみたいな足取りで歩かなければならず、行列する人たちはみんな同じように進んでいく。そんな歩みが際限なく続くので、しまいには誰もが一種のトランス状態に陥るのだった。そのあと、お祭りに集まったみんなでダンスを踊り、教会に花をささげ、大人たちはビールを飲む。そして食べる——これは誰にだって欠かせない。父さんは、百キログラムものパエリアを作っておいた。ほんとうに、鍋は子ども用プールくらいの大きさがあって、父さんのパエリアはスペイン人の間でも評判だった。

わたしの父さん。

ストライプのエプロンをつけて立っている父さんが、今も目の前に見える。立ちのぼる湯気の間からシタを見ている。幸せそうだった。料理人だったら誰でもそうで、つまり、料理に関することなら何でもうれしいのだ。

「シタってかっこいいわよね」魚みたいに飛び出た目をしたマリア・デル・マールがいつのまにか隣にいた。あいかわらず、何かにびっくりしたような目つきをしている。マリアといると、いつも「目玉」という言葉が浮かんだ。「目玉をよーく開いて油断しないように」という慣用句にぴったりすぎるくらいの容姿を、神様から授けられたってわけ。

今、マリアはいつものようにうっとりとシタを見つめている。「あの髪——あんな金髪、シタしかいないわ」

マリア自身もかなりがんばっていた。長いスカートをはき、まとめた髪には花とフラメンコショップで買った大きなくしを挿している。

「踊らないの、マリア?」わたしはできるだけ親しげに聞いた。

「アレグリアは踊らないわ。難し過ぎるもの」

わたしはうなずいた。このダンスとほかのダンスの違いが、わたしにはいまだに分からない。いろんなステップがあるし、痛くなるまで手をずっと回しつづけたり、スカート姿で寝そべり、床の上をころがり回ったりすることもある。シタは全部できた。わたしが踊ると、三歩で調子が外れてしまう。そのたびに、うっかりこびとを踏みつけてしまった巨人みたいな気分になるのだ。

フラメンコが突然終わり、拍手が鳴り響いた。二、三人の老女が花を投げた。

シタは天空から舞い戻ってきて、周りを見渡した。踊っているときは誰も目に入らなくなるけど、今はわたしを探している。

わたしは手を振った。

シタは肩を叩かれながら、おばあちゃんたちの間を身体をくねらせて通り抜け、わたしのところへ来た。頰は赤く染まり、目は輝いていた。「ずいぶん遠くにいたわね、ロット。ちゃんと見えた? あたし、よかった?」質問がバラバラと降ってきた。

「すごくよかったよ。もちろん」

シタは笑った。いつだってほめられるのが大好きなのだ。

マリア・デル・マールがシタを抱きしめ、シタとわたしの手を取って言った。「行こう、パエリアができたみたいよ」

わたしはシタに目配せした。いつもみたいに一目見るだけで考えは通じあった。つまり、マリアはわたしたちと親友になりたがってるんだ。そして確かに、今列に並ぶのは賢い選択だ。遅ければ遅いほど、取り分は少なくなるから。

わたしたちの前には汚れたセーターを着たヤギ飼いが立っていて、その前には男子生徒が数人いた。男子たちはシタをじろじろ見ながらひそひそ話をしている。シタは気づいてないふりをしていたけど、ほんとうはその反対だと分かっていた。だけど、どうして気にするの？　わたしにはいつも謎だった。何のとりえもない男の子たちなのに。太っていて背が低くて、サッカーだけが得意な。そんな男子たちがシタを見ていようがいまいが、シタには関係ないじゃない？

パエリアの鍋の下で燃える薪の煙が目に染みたけど、火の暖かさは気持ちよかった。父さんは汗をかいていた。わたしにウインクして、お皿にエビを特別に多く入れてくれ、シタにも同じようにした。

「ちょっと待て、その皿はわしのだ」と声がした。父さんが、ヤギ飼いのおじいさんの順番を飛ばしてしまったのだ。あの嫌なおじいさんはそのことを許さなかった。ぎょっとするほどの力でわたしの手からお皿を奪ったので、中身が地面に全部こぼれてしまいそうだった。

「落ち着いてよ」わたしは小声でつぶやいた。

「わしの番だぞ」ヤギ飼いの身体からは、洗っていないヤギのにおいがした。

「ごめんなさい」

そばにいたマリア・デル・マールが目を丸くして見ていた。ヤギ飼いは年をとった男だったし、どんなに汚くても年配の男性は敬わなくちゃいけない。

シタは笑って、自分のお皿をわたしにくれた。「こうすれば順番通りよ。さあ、受け取って。パエリアはまだ十分あるわ」シタの目にはまだフラメンコの余韻が残っていた。

父さんは小さく笑い、マリア・デル・マールも、そうねというように首を振った。

そのとき、突然太陽が現れてすべてが春の気配に包まれた。今にも咲きそうなアーモンドの小さな花、教会の横に立つ木には色鮮やかなオレンジの実。カモミールに囲まれた穀物畑はまだ緑色で、どこを見てもポピーがはじけるように咲いていた。

冬が終わったんだ、やっと！　その感覚はつま先から立ちのぼってきた。暖炉のそばで過ごした長い日々。ベッドの毛布は冷たく湿っていて、壁には黒カビがはえていた。スクールバスまで歩くときの朝の暗さと静けさ。

もうすぐ家々はすがすがしい白に塗りなおされ、ドアは広く開け放たれる。おばあちゃんたちが歩道にいすを置きはじめると、誰も通り抜けられなくなる――でもそんなこと、誰ひとり気にしない。野原のぬかるみも乾き、母さんは野生のヤグルマギクやヒヤシンスで花束を作って水差しに入れ、大きな木のテーブルに飾るだろう。

そしてわたしたちは、また毎日外で遊ぶのだ。シタとわたしは。


あたしはいったい誰？　もちろん雑誌好きな女の子だけど。

ときどき、あたしの言葉はほんとに自分のものかしら、それとも本か何かの受け売りかしらと思う。本じゃなかったら映画か、テレビドラマの。

どうしてあたしたちはみんな、いつも同じようなことをしゃべってるの？　同じ服をダサいと思ったり、同じ音楽をイケてると思ったり。同じものを嫌だとか変だとか、きれいだとか感じたり、ぞっとする、アブない、カッコいい、賢い、なんて思ってる……。だったら今、どこを切っても中身が同じパイみたいに、みんなと入れ替わることだってできそう。そして二、三年だけ会わずにいるの。そしたらひとりは太ってて、もうひとりは不幸になってて、三人目はひょっとしたら死んでるかも。

あたしにはいったい何が起こるのかしら？

すごく知りたい、待ちきれないわ！


あの夜、シタは日記にこう書いた。ベッドに座って読み聞かせてくれたシタの頰は、かわいいピンク色だった。シタがフラメンコを踊った教会はすごく寒かった。それで、わたしたちは、シタの家でヨガのお客さん用のきれいなバスルームに入ったのだ。おばさんは頭痛で横になっていて、おじさんは仕事をしていたので、わたしたちは好きなようにできた。お湯やタオル、コンディショナーやスポンジとかでバスルームをめちゃくちゃにして、おばさんの高級なバスオイルで何もかもつるつるにした。そのあと、心地よいぬくもりを逃さないように、シタのベッドに素早くもぐりこんだ。

「入れ替わるなんて無理だよ」わたしは言った。「シタとちょっとでも似ている人なんて、いないもん」

「ロットはあたしの友だちだから、そう言うのよ」

「ううん、シタはいつだって特別な人生を送ってると思う」

シタはちょっと笑って言った。「友だちって、何よりも大切なものね」

シタはシタなりに、すごく優しいことを言おうとしたのだ。

何を言いたいのか、わたしにはすぐに分かった。両親も大事だけど、自分では選べない。初めからいるものだから。だけど——友だちっていうのは、自分で選ぶもの。友だちのほうもわたしを選んでくれる。

ほかの人じゃ、シタと一緒にいるときみたいに笑えない。わたしが考え出した遊びを、シタほど分かってくれる人はいない。そしてわたしが怒ったとき、こんなに素早く落ち着かせてくれる人もいない。ときにはわたしが無意識のうちに考えていたことでさえ、シタには分かっていた。

わたしたちはとても長いつき合いだ。シタがようやくおまるを使うようになったころからわたしはシタを知っている。お気に入りだったぬいぐるみが怖い犬に食いちぎられたときには、シタが懸命に慰めてくれた。かわいくて、ふんわりした布のうさぎだった。今でも涙が出る。スペインに住みはじめたばかりでまだ学校に行ってなかったころ、シタとわたしはいつも一緒のベッドで寝ていた。今も週末はそうしている。そしてもちろん、馬たちも一緒に飼っていた。

シタのことで忘れられない出来事がある。ホウレンソウが大嫌いなシタは、父さんがホウレンソウ入りのトルティージャを作ったときも、吐き出してしまった。でも、その真夜中、オランダから持ってきたピンクのマウシェ（アニスシードを砂糖でくるんだもの）を載せたラスクを食べようと、起きだしたんだっけ。

「ちょっと詰《つ》めて、ロット」シタは日記をわきに置き、ベッドを這ってわたしのそばまできた。

ふたりの身体から発する熱で、わたしはちょっと眠くなってきた。

「スペイン人の友だちのこと、どう思う？」わたしは言った。

「どうって？」

「みんなと草原《カンポ》でよく遊ぶでしょ。でもマリア・デル・マールやロシオとかみんなは、絶対わたしたちのことを全部は分かってくれないじゃない。ここにどんなに長く住んでてもね。食べるものが違うし、大きな教会で初聖体（主にカトリックのミサで、洗礼後初めて聖体を拝領する儀式のこと）を受けてないし……」

「どんな教会でも受けないわよ」

「わたしたちは、毎年十二月五日に聖ニコラス祭《シンタクラース》（聖人ニコラスがズワルト・ピートというお供を連れてお菓子とプレゼントを配るオランダの風習）みたいな変わったお祝いもするよね。スペインの子たちは、おじさんとおばさんのヨガもちゃんと理解してないかも」

「じゃ、ぺぺは？」シタが聞いた。

「ぺぺがどうしたの？」

「あたし、見ちゃったの。今日の昼間、ロットはぺぺのこと、ずっと見てたでしょう」

「そんなことしてない！」わたしはくるっとシタに背を向けて言った。「ぺぺはロマだもん」

「それで?」

「だからそういうことだよ。スペインの女の子は絶対言わないだろうけど。つまり……」

「彼に恋してるの?」シタはあっさりと聞いてきた。ピンク色の頬をしたまま、枕越しにわたしを見ている。

「ペペに? 分かんない」そんなこと、聞かないでほしかった。「恋をしてるってどうすれば分かるの?」

「あら、よく分かってるでしょ?」シタは言った。「そんなこと聞くなら、違うのかしら」

わたしは今日の午後、教会でわたしを見ているペペのことを思い出した。すごく優しそうな、穏やかな目で。思い出すと、また恥ずかしくなる。

「ペペのこと、あんまりよく知らないし」わたしは言った。

「そんなこと関係ないわよ」と、シタが言った。「恋は恋だもの」

シタの髪で枕が濡れたので、わたしはちょっとわきにずれた。「シタは? まだオランダのグスから来た男の子たちとは続いてるの?」

「うーん」とシタはあいまいに言った。

グスの男の子たち、というのは去年の夏の話だった。四人兄弟が彼らの父親に連れられてヨガファームに泊まりに来たことがあった。まるで童話の『三びきのくま』みたいで、ひとりは幼過ぎ、ひとりは年上過ぎたけど、真ん中のふたりはシタに恋をしたのだった。最後の夜、馬小屋の裏でシタはふたりとキスをした。一番年下の弟は、わたしのそばでふざけていた。わたしはその子と笑っていたけど、シタから目をそらすことができなかった。そのキスは見たかぎりプロ級で、映画の場面とそっくりだった。どうやって覚えたんだろう？

「すっごく簡単よ。自然にそうなっちゃうの」あとで聞くと、シタはそう答えた。

翌日、男の子たちはグスへ帰っていった。ひとりはそのあとも何度か電話してきたけど、シタはいませんって、わたしが答えるはめになった。

「もしかしたら、今年もまた来るんじゃない？」

「うーん」またシタは言った。「ロットにあげるわ」

「ええ？」そう言うと同時に、わたしは起き上がってベッドに座った。「そしたらわたしもキスしなきゃいけないの？　そんなの、絶対に無理」

シタもちょっと身体を起こし、ひじをついてわたしを見た。その顔が、小窓から部屋に射し込む月明かりに照らされている。シタの部屋にカーテンはない。雨戸はあったけど、それを閉めることはなかった。

「ペペのためにちょっと練習しない？」シタは聞いた。

わたしは激しく首を振った。「ペペのために？　なんで？　ペペはただ、わたしを見てただけ。だから振り返っただけだよ」

「でもね」シタはわたしを見つめつづけた。「ロットは十四歳だし、キスの仕方ぐらい、少しずつ覚えていかなくちゃ」

わたしはまた首を横に振った。「自然にできるって言ったじゃない」

「うまくいったら、の話よ」シタはわたしの頬にかかった髪をなであげた。「そんなに怖がらなくていいのよ、ロット。すてきよ、キスは」

わたしはペペと、グスの男の子たちのことを考えた。「不潔だよ。それに、どっちに顔を向けたらいいのか、どうやって分かるの？　頬にあいさつのキスをするときだって、間違ったほうに顔を向けてぶつかりそうになっちゃうのに。わたしが二回キスをするとするでしょ、でも相手がオランダ人だと、おまけにもう一回キスが来て、それで……」

「教えてあげようか？」

シタの問いかけが宙に浮かぶ雲みたいに漂った。わたしがじっと見つめると、シタはいつもと同じように無邪気な愛らしい目で見つめ返した。

そして、それは起こった。きっとわたしが何も言わなかったからだ。シタはゆっくりとふたりの間に丸まっていた毛布をどけて、わたしのほうに身体をすべらせてきた。バスオイルとシャンプーの香りがした。

「ちょっと横になって」シタはささやいた。「仰向けに。そうよ」わたしの顔にかかった髪をもう一度なであげた。「ロットの髪って、すごい巻き毛ね」

「シタ、わたし……」

「シーッ」シタは言った「ロットは何もしなくていいから、って言ったでしょ」

シタの顔がだんだん近づいてくる。わたしはすくみあがった。

「怖くないわよ」シタはささやいた。「すてきよ。ほら、歌や映画にだっていっぱい出てくるでしょ。キスが不潔だなんてこと、全然ないの。さあ、口を開けて」

わたしは口を開けた。ほんのちょっぴり。シタはわたしに軽くキスをした。それから舌の先でわたしの唇を、行ったり来たりして舐めた。とても優しく。でも優しいとは感じなかった。電気ショックを与えられたみたいだった。

身体を離そうとしたけど、シタが覆いかぶさっている。つるつるしたパジャマを身体の上に感じる。シタの母さんはうちの母さんより洗濯が上手で、シタの服は絶対にごわごわしないし、色落ちもしてなかった。わたし、なんで今、そんなこと考えているんだろう？

シタは唇を押しつけてきて、それは突然激しくなった。

そしてシタはわたしに、ほんとうのキスをした。

実際はお互いにキスしたんだ。だって、わたしもとっさにキスを返したから。奇妙で、温かくて、べとべとしてて、シタが不自然な姿勢でのしかかっているのは重かったけど、キスをやめてわたしを放したときは残念に思ったぐらいだった。

「今までキスしたことがないって、ほんと？」シタが聞いた。

「それはシタがよく知ってるでしょ」わたしの声はしゃがれていた。

「ならロット、才能あるわよ」シタは言った。「絶対に」

それはシタも同じことだとわたしは言いたかった。シタは続けるべきだし、そうじゃなかったら、明日もキスして、と言いたかった。キスがどんなものかは分かったけど、ほかのやり方だってあるかもしれない、たぶん……。

シタは片方の口の端をちょっぴり上げて、いつものように笑った。それから自分の枕にすべり込んだ。「ぺぺの夢でも見なさい、ロットちゃん」

シタがわたしをロットちゃんと呼んでいたのは、ずいぶん前のことだ。

シタはすぐに眠りに落ちた。いつも仰向けに寝ていて、枕に金髪が広がっている。「眠れる森の美女」の童話を耳にすると、いつでもシタの姿が目に浮かぶ。シタの穏やかな寝息に耳を傾け、自分の呼吸を合わせようとしてみた。どうしてもうまくいかない。わたしはぜんそくの子どもみたいにあえいだ。もしも今立ち上がったら、ばったりと倒れてしまうだろう。すべてがぼうっとしていた。

わたしは考えた。そう、そうなんだ！　わたしはファーストキスをしたんだ。相手はシタだけど……でも、これが最初だもん。もう分かった。どうすればいいのか。それに、キスがとってもすてきだってことも。全身に鳥肌が立つくらいに。

わたしは毛布の下で赤くなった。なんておかしいの？

まだ神聖なサン・イシドロ祭の日だということも思い出した。イシドロ様はこのことをなんて思うだろう？　亡くなってからずいぶんたっていてよかった。

そのあとわたしは、何回も何時間も寝返りを打っていた。とても慎重に、シタを起こさないように。

このファーストキスを絶対に忘れることはないと、わたしは分かっていた。特別なグリーンバスオイルの香り。わずかにつんとする香りが、いつも今晩のことを思い出させるだろう。奇妙に聞こえるかもしれないけど、シタのキスの味を、ずっと覚えているだろう。

TKM

母さんはわたしたちが「ロマ」のことをうわさしているのを、いつもくだらないことだと思っていた。母さんは常々こんなふうに言っていた。「どうしてロレーナを遊びにおいでと誘わないの?」ロレーナがロマだと知っていて言うのだ。

でもいつも誘えなかった。

ロマはロマたちでかたまって住んでいて、自分たちだけで遊び、学校では独自の授業を受け、ときには彼らだけで遠足に行く。それは特別なことでも何でもなく、彼らが長年そうしてきたということを、母さんはわたしたちに分からせたかったのだ。

草原《カンポ》にはオリーブ農家の息子や娘たちがいて、その子たちのひいおじいさんのそのまたひいおじいさんぐらいの代からずっと同じ大きな家で暮らしていた。そして草原のそばにある教会の裏のいくつもの小屋にロマたちがいたのだ。

それからわたしたちがいた。

「ヨガファームのオランダ人たち」彼らはわたしたちをそう呼んだ。

村のほとんどの人たちはヨガがどんなものかを知っていた——もしくは愚かだと思われないように、知っているふりをしていた。

でも正直に言うと、わたしもよく分かってはいなかった。

定期的にオランダから宿泊客が来て、シタの家のベランダでいろんなヨガのポーズをしていた。骨ばったスペイン人の祖先とは似ても似つかない、長い金髪の男女。外国のお客さんたちが逆立ちして、日の出とともに、いっせいに蛇みたいな動きをする。「太陽礼拝」というんだそうだ。

「あの人たち、何してるの?」と、マリア・デル・マールに聞かれたことがあった。夏のさなかに、宿泊客全員がマットに横たわって瞑想していたのだ。

「物事について考えてるの。リラックスしてるんだよ」わたしは言った。

「それなら家でもできるんじゃない?」

でも、オランダはストレスと騒音でいっぱいで、とにかくたくさんの人が干渉し合って生活している。隣村より遠くへ行ったことのないマリア・デル・マールには理解できなかった。

特にオランダが休日のときには、シタのところのヨガファームは大盛況だった。わたしたちはヨガマットを広げたり、お香やキャンドルをそこら中にたいて、年に一度やってくる移動遊園地《フェリア》のためにお小遣いを稼いだ。そう悪くないアルバイトだったし、働きながらあらゆることを空想した。たとえばこんなことだ。

「あの太った男の人、ものすごく汗かいてない?」マットを干しながらシタが言うと、

「汗? おもらししちゃったんじゃないの?」とわたしが無邪気に言い返す——そして太っちょ

デニスが水泳パンツ姿でわたしたちのそばをのろのろと歩いた日は、一日中笑いころげていた。ちっちゃな水泳パンツは、その中身もちっちゃいことがすごくよく分かるのだ。

「あなたたち！　行儀よくしなさい！」わたしたちがあまりにも笑ってどうにもならないときには、シタの母さんががみがみと怒鳴った。

シタの母さん、シルヴィーはヨガの女王だった。ものすごくしなやかな先生で、いつも優雅でぴったりとした衣服に身を包んでいる。どんな瞬間でも、誰もがシルヴィーおばさんに恋をすると思った。シタの父さんは汗じみを作りながらすべてがうまくいくようにと動き回っているけど、シタの母さんはいつも清潔で爽やかに見えるように気を配っていた。ほんとうにかっこいい。それはシタもだった。焼けるように熱い日差しの中、中庭《パティオ》を掃除しているときでも、シタはそのまかじりつきたくなるような、かぐわしいリンゴみたいだった。わたしはといえば、ひっくり返った洗濯かごみたいなひどいにおいがしたことだろう。そのことにうんざりして、シタの弟をほうきでぶとうとすると、それほど勇ましくもないシタの弟は、死ぬほど怖がってテーブルの下にもぐりこんだ。

シタとわたしは夜になると、いつもきれいで清潔なワンピースを着た。そして宿泊客と一緒に席に着き、星空を眺めた。すべてがおいしいにおいに包まれていた。

父さんのレストランはヨガファームの隣にあった。シタとわたしは親友というだけでなく、ほとんど姉妹みたいなもので、お隣さんでもあった。ヨガのお客さんたちはみんなわたしたちの店で食事をした。焼いたマス、カレーソースがけのスペイン風ジャガイモ料理、黒トマトのサラダ。夏の夜は木製の長テーブルに集まり、おしゃべりに花を咲かせた。流れ星が見つかると歓声があがった。シタはいつもわたしの隣に座った。星がどんなふうに並んでいるかをいつも忘れてしまうシタのために、星について話しながら星座を指さした。でも、むしろシタにしゃべってほしかった。

「明日は何する?」わたしはシタにたずねた。

シタの声はいろんな形でわたしの脳に直接響いてくる。何かが頭の後ろのほうでチリチリとうずく。しゃべるのをやめないで、絶対にやめないで。

シタはやめなかった。「馬を穀物畑へ連れていって、思い切り速く走らない?」シタは言った。「まず早起きするのよ。涼しいからお客さんはまだみんな寝ているわ。そしたら泳ぎにいくの。朝早いうちは、プールはあたしたちのものよ。きっと月明かりで泳ぐのが好きなロマンチストたちもいないわ。『ロード・オブ・ザ・リング』のエルフごっこができるわよ。もしかしたら馬もそばに……」

「それでほかには? 午後は何しようか?」シタがしゃべり続けてくれるなら、何を言おうとどうでもよかった。

「ブラックベリー摘みとか、マフィンを作るとか。ロットの父さんを手伝って、新鮮なジャガイモのアイオリソースがけを作るとか」

「いやだ、つまんない。そしたら絶対、ジャガイモを切らされるよ」

「それとも明日の朝早くここに来て、太っちょデニスが寝てるあいだに彼の水着を物干し竿から盗むことだってできるわよ」シタがささやいた。

「それでどうするの?」

「そうね、穴をあけてからまた吊るしておくの。それとも、トイレのドアののぞき穴のところへ行って、ほんとにちっちゃいか見ちゃおうか」

わたしは小さくクスクス笑った。シタはとてもかわいらしく見えるけど、ペニスとエッチな話に夢中だった。シタはエロ本を持っていて、それはわたしたちが宿泊客のベッドの下から見つけたものだった。きっと何度も見ていたと思う。

どこかでコオロギがチリチリと鳴いていた。夜中の十二時だった。誰かの誕生日で、お客たちは歌っていた。グラスをカチンと合わせる音や、スパークリングワインのはじける音が聞こえる。こっそりとグラスを取ってきて、シタと分けあって飲んだ。わたしはすっかり心地よい泡で満たされていた。

「子どもは寝る時間じゃないの?」なんて、誰も言わなかった。

★★★

もしかすると村の人たちは、わたしたちのヨガを風変わりなものだと思っていたかもしれない。でもロマたちのことは風変わりだと思うことすらなくて、ただ無視していた。なぜって、彼らはいつも一緒にいたし、ロマの少年たちは危険で、ガールフレンドたちはいつも妊娠していたからだ。

わたしはロマの馬の扱い方を見て、村の人たちと同じようにひどいと思った。彼らは馬が汗びっしょりになるまでかなり長いこと速足で走らせ、くつわのハミをひどく引っぱるので、馬の口は出血していた。そしてわざと後ろ脚で立たせるようなばかばかしい芸をさせたけど、それは危険だったし、馬にとっても不愉快なことだった。

サン・イシドロ祭のときも、ロマのグループが馬を連れてやって来ていた。

「ちょっとあれ見てよ」シタが怒って言った。「あの雌馬、口から泡を吹いてるじゃない。ほら、あんなに手綱をピンと引いて。あれは痛そうだわ!」

スペインの馬具はひどいものだ。馬の頭に食い込んでしまう。自分の馬にあんなことをするなんて残酷だ。

たぶんそのせいで馬たちは落ち着きがなかったんだ。ずっと背を丸めて後ろ脚を蹴り上げていた。ほかの人たちは馬から遠ざかっていった。

でもわたしはどういうわけか、見つづけずにはいられなかった。

「ね」わたしはシタに言った。「あれペペじゃない?」

「どのペペ?」

「同じクラスの」

「そうかもね」シタは言った。「パエリアをもうちょっともらってくるわ。ロットもいる?」

「うん、すぐに行く」わたしはペペを見つづけていた。というよりはむしろ――ペペがわたしを見ていたのだ。

去年、ペペはまだほかのみんなと同じように小さくて太っていた。今もまだわたしよりも背が低い――それはそんなに問題じゃないけど――でももう太っていなかった。ペペがきれいな目をしていることを、わたしは初めて知った。なぜって、ペペがわたしをまっすぐに見ていたから。馬たちのなかの一頭の手綱を握ると同時に、わたしを食い入るようにじっと見つめた。

男の子にこんなふうに見つめられたことはなかった。

でもそのとき雲が太陽をよぎり、馬はいななき、ペペの兄さんが視界に入ってきた。兄さんはペペを突っついて何かたずねた。ペペは兄さんのほうを向いたけど、その前に素早く、甘い笑顔でわたしを見た。

わたしはくるりと背を向けた。見つめていたせいでちょっとめまいがした。

シタがベッドでこのことを話しはじめたとき、初めてわたしは思った。何か大事なことが起こったんだ。それからというもの、ペペのことを考えずにはいられなかった。そのせいで、受賞の知らせを聞いた瞬間みたいに、いつもちょっぴり興奮していた。朝、スクールバスに座ったときからそれは始まった。もうすぐペペに会える！　それから彼を探しはじめる。校庭でペペを見かけると、いつもほかのロマの子たちと一緒にいたにもかかわらず、わたしは動揺した。たいていは彼がわたしにちらっと笑いかけた。ときどきわたしも笑い返した。ほとんど無意識に。

ある夜、ペペの夢を見た。手をつないで日差しの中を歩いている夢。目が覚めてもそれが現実に起こったことみたいで、一日中ものすごく嬉しかった。

でも現実には別のことが起こった。わたしは引き出しの中に、くしゃくしゃのメモを見つけたのだ。そこにはスリリングな略語が書かれていた。あるときは、TKM——きみをとても《テ・キエロ・》愛《ムーチョ》している。マリア・デル・マールもときどきわたしの手帳にそう書いたし、ロシオやほかのスペイン人の友だちも書いた。シタも。でも今回はあの子たちじゃないことはよく分かっていた。ある日はNPSと書かれていた。永遠の恋人《ノビオス・パラ・シエンプレ》。

毎回、ばかみたいって最初は思ったけど、やっぱりステキだと思った。でもやっぱりくだらない、だけど……わたしは夢中になっていた！


たき火の夜はほんとうにすばらしかった。今起きているおとぎ話みたいに。

オリーブの収穫が終わり、お祝いのための大きなたき火があちこちでたかれた。古い枝、葉っぱ、枯れかけたオリーブの木。全部がうず高く積まれた中に投げ込まれた。

あの夜はあちこちでたき火が燃えているのが見えた。オリーブの丘のそこここで優しくパチパチという音が聞こえた。

ヨガファームは村から二、三キロ離れていて、オリーブの木々の間にあるので、わたしたちは特別観覧席で見ることができた。村人たちはみんなたき火を見るために、はるばるわたしたちのところへやって来た。たき火はときに華々しく燃え上がった。

シタとわたしはあっちのたき火からこっちのたき火へと草原を歩き回っていた。わたしたちの両親も一緒で、ヨガのお客さんたち数人と一緒にわたしたちのあとを静かにしゃべりながら歩いていた。シタの弟ノアは、犬みたいにわたしたちの周りを駆け回っていた。

そしてわたしは彼に気づいた。ペペだ。

ペペはたき火の反対側に立ってわたしを見ていた。まただ。突然自分が焼けつくような熱さを感じた。その場に立ったまま、ペペを見つめ返した。

すごくおかしく聞こえるかもしれないけど、十分間はそこに立っていたと思う。ただ見つめ合って。ペペが笑った。わたしも笑った。

その間にわたしの両親は次のたき火へと向かっていった。静かな生暖かい夜で、風もなかった。もしたき火がなかったら、すべてが退屈で、死んだように静まっていただろう。でも今そこには秘密めいた影と、魔法をかけられたみたいなオレンジ色の火があった。

「おいでよ、ロット」シタがわたしの後ろから言った。隣に来ると、わたしの視線を追った。

「分かったわ」シタは優しく言った。わたしには何が分かったのかまったく理解できなかったけど。

「ロット？　シタ？」わたしたちを呼ぶ声がした。

「あたし、おじさんやおばさんと一緒に行くわ」とシタは言った。そしてわたしを押した。「ペペのところへ行くのよ、ばかね」

まるでいつもシタの言うことにしたがっているかのように、わたしはゆっくりとペペのほうへと歩き出した。ラッキーなことに、ペペはひとりだった。もしもペペの兄さんがそばにいたら、どうしていいかきっと分からなかっただろう。

わたしたちは近づきあって、もごもごとあいさつをつぶやいた。それからはもうお互いのことは見ずに、たき火を見つめていた。

しばらくするとぺぺはわたしの背後へ手を伸ばした。腕を回そうとしてるの?と思っていると、ぺぺはほんとうにそうした――ちょうどわたしの腰の上辺りに。

ちょっとおかしかった。ぺぺはほぼ頭ひとつ分、わたしより背が低かったから。わたしはオランダ人の女の子としてもけっこう大きいほうだけど、スペインの子たちの中にいると、自分を雌牛みたいに感じることがあった。

わたしは頭をぺぺの肩へとちょっぴり傾けながら考えた。これがあれなの? つき合ってるとか、そういうこと? ちょっと無理な体勢だったので首が窮屈だったけど、ほかにどうすればいいかよく分からなかった。

誰かが遠くのほうでわたしたちに手を振っていた。どこかで笑い声がこだました。そのときわたしたちは一緒にいた。

農夫が近づいてきて、たき火に何本か枝を投げ入れた。炎がもう一度高く上がった。そしてゆっくりと消えはじめた。

終わってほしくない。

でもそう思っているうちに、終わりが近づいてきた。炎はだんだん小さくなって、ドキドキ感もしずまっていった。寒さを感じ、腕はしびれていた。

突然ペペが身体を離したので、わたしは倒れそうになった。

「き、気をつけて」ペペは優しく言った。ペペは声を詰まらせたけど、とってもすてきだった。

わたしが目をそらすと、ペペはわたしの頰に素早く二回キスをした。スペイン人がするみたいに。オランダ人は三回だけど、スペイン人は二回だ。それから踵《きびす》を返して走り去った。

わたしは彼が見えなくなるまで目で追った。辺りはすっかり暗くなっていたので、あっという間だった。

「ペペ」そっと言ってみた。名前を呼んでみたかったのだ。ペペ。ペペ。

家に戻ったときは、寒くて、同時に暖かかった。中に入っても震えが止まらなかった。もうみんな寝ていた。きっと父さん以外は。スタジオはまだ明かりがついていた。父さんにだけは会いたかった。きっとわたしは目だけが光っている病人みたいに見えただろう。髪はたき火のにおいがした。これまでで一番スリリングな香り。

わたしは頭の中でずっと言いつづけていた——ペペ、ペペ。

わたしの部屋は暖かくて明る過ぎた。ナイトランプの明かりのせいだ。金魚鉢の形をした、金魚が泳いでいる絵の、子ども用の家具のひとつ。わたしはプラグを抜いた。暗く静かな中に横たわり、さっき起きたことを考えたかった。今じゃもう夢みたいな気がする。

でも、わたしのベッドでは、居心地よさそうに毛布にくるまったシタが待っていた。シタは眠そうだったけど起きていて、わたしはまだ震えながらシタの横にもぐりこんだ。震えは止まりそうにない。口をしっかり閉じていないと歯がガタガタと鳴ってしまう。

「それで?」シタが眠そうな声で聞いた。「ちゃんとキスした?」

それはシタがわたしのことをちっとも分かっていないと感じた、数少ない出来事のひとつだった。

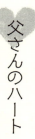

父さんのハート

あの夏を思い返すと、わたしを優しく見つめるペペの顔や、うだるような暑さ、スイムタオルが掛かっている物干し竿、口うるさい親たち(父さんはいつも厨房で静かにしていたので除外)のことが浮かぶ。一番の思い出はオリーブの森を通って馬たちと何度も遠出したこと。

そして、もちろんあのばかげた音楽レッスン。

それは父さんの思い入れたっぷりのプロジェクトだった。父さんは昔、すごくクールなポップミュージックのジャーナリストとして、今とはかけ離れた人生を歩んでいた。有名ミュージシャンにインタビューしたり、新聞や雑誌に新しいCDの記事を書いたりしていた。そんなふうにして、バンドのマネージャーだった母さんと出会ったのだ。当時の写真を見たら目を疑うだろう――ふたりとも巨大なヘアスタイルをしていて、とてもブラシが通りそうにない。父さんはいつもピチピチの革ジャンを着て、母さんはショッキングピンクのレッグウォーマーをはき、真っ黒なアイカラーを眉毛のところまで塗りたくっていた。ふたりの話を信じるなら、夜に起き出してきて、ばかみたいにタバコを吸っていたらしい。

そしてわたしが生まれたのだ。

母さんはレッグウォーマーを脱ぎ捨て、仕事もやめた。母さんは母親になったとき、もうほんとうに幸せだったと、いつも言う。でも、それは怪しい気がする。だって一日中わたしに小言をいうし、家事のことはもっとぶつぶついうからだ。

父さんは家族、つまりわたしと母さんを養うために料理人の道を選んだけど、新しい才能を発掘するために夜はこっそりとライブハウスをひたすら回っていた。母さんはそれが気に入らなくて、父さんは選ばざるをえなくなった。音楽か、スペインで新生活を始めるか。母さんの友だちがスペインでヨガファームを始めたばかりで、そこのレストランで働く人を探していた……。

そういうわけで父さんは料理人の仕事に専念し、わたしたちはヨガファームで暮らすことになった。でも父さんは、母さんよりももっと音楽に未練があった。ときどき、父さんはポップフェスティバルやほかのイベントに行くためだけに、ロンドンやアムステルダムに飛んだ。母さんはいい顔をしなかったので、そうしょっちゅう行っていたわけじゃなかったけど。さらにレストランの奥にはスタジオがあった。そこはCDで溢れ返っていて、父さんはよくそこに座って最新の音楽を見つけだしてはダウンロードしていた。

わたしはあまりスタジオへは入らなかった。でもあるとき大音量で音楽が鳴り響いていたのでスタジオに入り、関心を引こうとしてこう言った。「これってマイケル・ジャクソンでしょ?」

父さんは目を丸くしてわたしを見つめた。

聞いたことのない、ジョー・ジャクソンという人だった。父さんは実の娘がマイケルとジョーの違いも分からないということはあまりに恥ずべきことだと考え、その場で音楽レッスンを始めることを決意した。わたしは週に二回、スタジオへ行き、音楽を聴かなければならなかった。その間、ポップミュージックのルーツやそれがどのようにして世界を変えていったかという話を、父さんから長々と聞かされた。なんて退屈なの！

ところが変わり者のシタはこれが気に入って、自ら進んで参加した。シタは将来ダンサーか、あるいはたぶんレディー・ガガみたいな歌手になりたかったのだ。だから、音楽について知っておいて損はなかった。

でもわたしにとっては時間の無駄でしかなかった。

父さんはギターを乱暴にかき鳴らす、年をとった薄汚い男性ミュージシャンがほんとうに好きだった。父さんは、魔法みたいに新しい音楽をどんどん出してきては、調子づいた。指でトントンとリズムを取って、飼い主の前に座って足を差し出そうとしている犬みたいに期待を込めてわたしたちを見た。

ありがたいことに、たいていシタは曲が気に入ったと言っていた。

父さんはどうして特定の歌手がそんなに重要なのかとか、なぜあのバンドは時代を超越しているのかとか、これこれの流れはどうして革新的なのかといったことを延々とシタに話しながら時を過ごすことができた。みんな昔流行ったものだ——ほとんどの歌手やギタリストはとっくに死んでいるか、ほとんど死にかけている。

ある日の午後、父さんは、とんでもなく有名になった絶頂期に自殺した麻薬中毒者のミュージシャンについてしゃべりまくった。

「これは」アンプのスイッチに手をやったまま父さんは言った。「おそらくポップミュージック史上最もすばらしいナンバーだ。おっと、これは大音量で聴くべきだ」

〈明かりを消せば、それほど危険じゃないさ　さあ、今から俺たちを楽しませてくれよ……〉

そしてまたあのギターの音。死んだ歌手の声が神経質な蝶みたいに、わたしたちの周りをひらひらと飛び回る。

カートというのが歌手の名前だった。あまりにも似合わないばかげた名前に思えたので、今でも覚えている。ジェイソンかリフと名乗ればよかったのに。それかイニシャルで――JJとかPJとか。

だけど、シタは父さんと一緒に座って、こんなへんてこりんな曲でほとんど泣きそうになっていた。完全に夢中になっていて、お行儀のよいスペインの女子みたいなふりをするのだった。

スペインの女子たちはいつも父さんに夢中だった。自分たちの父親が退屈で、おまけにとんでもなく醜いとほんとうによく言っていた。村の男の人たちはみんなごつごつして、芽どころかツルまで出てきたジャガイモみたいだ。それにほとんどの人は太り過ぎだった。父さんはというと、ちょっとポップスターみたいな現実離れした雰囲気で、長いカーリーヘアと引き締まったおなかをしていた。

「ロットの父さんと結婚できたらなぁ」マリア・デル・マールがふと漏らしたことがある。

こういうことを聞くと母さんがなんだか哀れに思えた。母さんはもうかなり前から、追っかけや売れっ子バンドのマネージャーだったころの面影はなくなっていた。父さんとライブに出没していたころより、確実に二十キロは太っていた。タイトな革のパンツは、とっくにTシャツ生地の黒いワンピースと、アムステルダムで買ったロングブーツに変わっていた。だけど父さんは相変わらずどこか若者っぽさを残していた。

わたしはうつろな目で父さんを見つめながら物思いにふけっていた。学校の授業で特殊な仕事を取材しなければならなかったことがある。料理人が特殊な仕事かどうか今となっては疑問だけど、クラスの子たちはうちのレストランを興味津々でかぎ回っていたと思う。

父さんは幸いそういうことが好きで、厨房の中央に立ち、とてもくつろいだ感じで食について語るデニム姿の父さんを、わたしはすごく自慢に思った。ちゃんとしたマドリードのスペイン語を習得して——今も勉強中だけど——スペインと東洋の味を融合させて料理するのがどんなに楽しいことかを話してくれた。勇気のある子は辛いワサビを試食することができた。鼻をつくようなフィッシュソースのにおいをかぐことも。だけど、父さんが生の魚をときどきお客に出しているという事実は、女子たちを一番たじろがせた。

「え、炒めないの？　焼くこともしないの？」マリア・デル・マールは動揺していた。

「最高だよ。新鮮ならね」

「それで病気にならない？」

ロシオが吐くまねをした。「生の魚だって。それって……おいしいの?」

生徒たちが取材を終わらせようとしたちょうどそのとき、父さんがお手製のチョコレートを持ってきた。

とたんにみんなが口を開けた。父さんは親鳥みたいに、みんなの口にチョコレートを入れてやった。


ふと、父さんとシタが立ち上がるのに気づいた。シタは踊るように身体を動かし、父さんは曲を口ずさんでいた。

わたしはとっさにすごく忙しそうなふりをした。髪がまたネックレスの留め金にからまったので、わたしは頭を傾けてもつれたのを解こうとした。

大きなハートのネックレスだった。もらってからまだそんなにたっていない。

「最初のハートのアクセサリーは父親からもらうものだ」そう言って父さんは、ジュエリーショップの箱をわたしの手に置いた。中にはシルバーのハートが入っていた。ぶら下げるには細過ぎるようなチェーンに通されている。

最初のハートのアクセサリーを父親からもらわなきゃいけないのかどうかは分からないし、そもそも父親がハートのアクセサリーを娘にやるべきなのかもよく分からない。はっきりしているのは「ハートを・あ・げ・る」なんてわたしは好きじゃないってことだ。そんなことされても戸惑うだけじゃない?

それにきっとこれは母さんのアイデアだ。もっとひどいのは、なんでわたしがアクセサリーをもらったかってこと。「これでおまえも一人前の女性だ」やれやれ、父さんはこんなこと言うタイプじゃないのに。母さんの差し金だ。

シタとわたしはいつも将来について賭けをしていて、特にシタは夢中だった。何人子どもを産むかとか、それは男の子か女の子か、どっちが最初にキスをするか（これはすでにシタの勝ち）、どっちが先に男の子とベッドをともにするか、初潮を迎えるか。最後のはわたしが勝ったけどあんまり嬉しくなかった。

母さんは喜んだ。ずっとそれを待ち望んでいたから。母さんはスリムに見せるためにおなかとお尻を押さえつける股上の深いガードルをいつもはいていたけど、わたしにも十歳のときから子ども用のブラジャーとセットのかわいいガードルも買ってくれた。たいていすぐにシタにあげていたけど、シタはわたしと違って意外とステキだと思っていた。しばらくすると母さんはわたしがそろそろ「上質なブラジャーを身に着ける」時期だと思って、おばあさんがわたしの胸をいじくり回す恐ろしい店に引っぱって行った。もしシタが一緒じゃなかったら、ひどく大きなトラウマになっていただろうけど、幸い今では笑い飛ばせる。

ブラジャー問題が解決したと思ったら、新たな問題が浮上した。思春期の女の子のいろんな問題、いたるところで目にする生理用ナプキンの箱。「タンポンの使い方はもう知ってるの？」母さんはほんとうにひどい。わたしはそんなこと考えることさえ嫌だった。シタは「一人前の女性」といわれるのが大好きだったけど、わたしはなんだかいつもしっくりこなかった。わたしが、女性？

何気なく鏡を見てショックを受けたことがあった。丸みを帯びて、こんなに大きくなっていたなんて。ひざもそうだ。ミッキーマウスのバンソウコウが似合う丸っこい子どものひざだったのをまだ覚えてるのに、今は大きくてしっかりしている。いつの間にこんなふうになったんだろう？

初潮を迎えたことは内緒にしていたかったけど、不運なことにそのときわたしはヨガファームのプールサイドで白いタオルに寝そべっていたので、あっという間にみんなに知られてしまった。母さんはその日のうちに村のケーキ屋でアイスクリームケーキを買ってきた。母さんはシタの両親や弟まで招待した。みんながケーキを前に座っているのを見たとき、わたしは走って逃げ去りたかった。

わたしはシタを呼んだ。「おなかが痛いって言っといて」そう言ったのはほんとうに痛かったから。母さんはわたしに優しくしてくれたけど、ほんとうにひどい気分でどうしようもなかった。

「でもおばさんはどうするの？」シタが言った。

「わたしの分のケーキをあげて」

「それじゃかわいそうよ」

「だけど、嫌なんだもん」わたしはつっけんどんに言った。アイスクリームケーキはすごく高くて、いつも誕生日にしか食べない。

シタはわたしの顔色をうかがいながら「ほんとにとても気分が悪いのね？」と優しく言った。

「部屋に行ってて。みんなにはあたしから言っておくから」

こうしてアイスクリームケーキは逃したけど、ハートのアクセサリーはそうはならなかった。

数日後、食事のあとにお約束の瞬間が訪れた。母さんがそわそわしているところへ、父さんが箱をもって現れた。

「ロットの最初のハートのアクセサリーだよ」父さんは言った。「ロケットになっているんだ」

わたしは箱を開けた。すごく大きくてキラキラしていた。ジュエリーショップで買った重くて高価なシルバーのアクセサリー。手の中で重さを確かめてみた。

「中に写真を入れられるんだ」父さんが説明してくれた。

ロケットを開けてみた。「ああよかった、もう父さんの写真が入ってるかと思ったよ」

父さんは大声で笑った。

さっそくハートを着けてみた。中にはシタの写真と髪の毛をほんのちょっと入れた。シタも何かわたしのものをほしがったので、シタの誕生日にわたしの名前と「ＡＰＳ」という文字が書かれた友情のアームバンドをあげた——永遠の友だち《アミーガス・パラ・シエンプレ》。


「どうだい、ロット？」

スタジオは突然驚くほど静まり返った。

「え？」

「この曲どう思った？」

「これは絶対、鼓膜によくないよ」とわたしは言った。

父さんがちょっとからかうような目でわたしを見ると、シタは言った。「そんな上品ぶったこと言わないでよ」

「どこが上品ぶってるっていうの？　わたしはただギターが好きじゃないだけ」

「そんなこと言うもんじゃない」父さんが言った。「フルーツが好きじゃないと言っているようなもんだよ。いろんな種類のフルーツがあるのに……」

「わたしはお皿が割れる音も好きじゃないし、それはどんなお皿だって同じでしょ。チェーンの外れた自転車のぎしぎしする音も嫌い。その曲がどんなふうに聞こえるか分かる？　車のギアが壊れるみたいな音よ」わたしはほんとうにひどいことを言っているような気がしてきた。

「じゃ、ぺぺは？　ぺぺがギターを弾いていたときは、とてもステキって思ったんじゃないの？」

こういうのがシタの嫌なところだ。わたしがロマのお祭りのときに、ぺぺがギターを弾いていたのを一度見たことがあると知っていただけなのに。お肉の焼けるおいしそうなにおいに釣られて中庭に入っていったらぺぺがいて、ふたりの男の人とギターを弾いていたのだ。それは思いがけずすごく心地よく響いた。あのときわたしは音楽的なセンスが自分にないわけじゃないということを発見した。実際、三人のロマたちが弾くギターの音色をすごく気に入ったのだ。

「それは全然違うことだよ」わたしはシタに言い返した。

ちらっと父さんに目をやると、再び箱に入ったＣＤをいじっていた。ここに母さんがいなくてよかった。

「ごめん」とシタは言った。

もしペペがわたしのためにギターを弾いてくれるとしたら、どんな感じだろう？　そう考えたとたんにすごく明るい気分になった。

男子がギターを弾いているときは、その子のほんとうの姿が分かると思う。ちょっとサッカーに似ているかも。同じクラスにおとなしい男子がいて、その子はみんなと目を合わせようとしなかった。でも、サッカーをしているときに、いつもほかの子が得点できるようにアシストにまわっていた。それを見て、どんなにすてきな子か分かったという感じ。


「彼が自殺する直前に、一度、コンサートを観に行ったんだ」父さんはまるでペペの名前が聞こえなかったかのように言った。

「それで？」シタが聞いた。

「それでって？」

「どんな様子だった？」

「そうだな、すばらしかったよ。情熱と怒りに満ちていた」

情熱と怒り――わたしにはそんなにすばらしいものには思えなかった。

「想像してごらん」父さんは再びわたしが関心を持っていることに気づいたようで、こう言った。

「こういう音楽によって、世界中の若者たちが、自分たちが注目されていると感じたんだ」

「おじさんも?」シタが聞いた。

「もちろんさ。きみたちはパラダイスのような、きれいな空気と落ち着いた自然環境の中で暮らしているけど、都会ではすべてがそうすばらしいわけじゃない。ときには生きていくことがほんとうに辛いこともある。きみたちには想像できないだろうね」

「もちろん想像もつかないよ」わたしが言うのと同時に、シタは言った。「ううん、想像できるわ」

父さんはにっこりした。「それならこれもすばらしいと思うんじゃないかな」そうシタに言って、別のCDを手に取った。

ラッキーなことにそのときドアがバンと開いた。

母さんがスタジオに入ってきた。部屋を見回して父さんに目をとめると、父さんは驚いてちょっとイラついたように母さんを見返した。ルールがあったのだ——スタジオで音楽をかけているときは邪魔しないこと。

「あなたたちの貴重なレッスンを中断させてごめんなさいね」と母さんが言った。「でも、お隣であなたたちを呼んでいるのよ。馬がまた逃げたの。あなたたちに捜すのを手伝ってくれないかって」

乗馬はヨガのお客さんたちのための特別なアトラクションだった。シタの母さんはほとんどの馬を自分で調教して放し飼いにしている。馬たちはたいてい馬小屋のそばから離れなかったけど、ときどき丘のほうへ行ってしまう馬がいた。たいていはパンチョという年老いたポニーだった。

わたしは驚いて立ち上がった。「どの馬？　早く行こうよ、シタ」

一瞬変な間があって、シタが父さんと一緒にいたがっているというおかしな考えが浮かんだ。

それから一緒に出かけた。

わたしが振り返ったとき、父さんは巨大なヘッドフォンをつけて、テーブルを指で叩きながら再び音楽を聴いていた。

暖かい雪

泉に向かう小道は、狭くてかなり急だった。馬に乗っていたわたしたちは、一列になって進まなければならなかった。丘の上に着いたとたん、シタはキュッと姿勢を正した。手綱を放し、乗馬用のヘルメットを外すと、笑顔で振り返った。わたしのよく知る、あの首を傾げた笑顔だ。

そしてシタが始めた。「彼がほしければ……」

「……取りにくるがよい！」わたしたちは同時に叫んだ。

それは合図だった。そのとたんにシタはもうシタではなく、風に髪をなびかせてギャロップで駆け抜けながら道を先導する、アルウェン姫だった。そしてわたしは森の奥方のガラドリエル。身体を前に傾け、シタのあとをついていくためにわたしは馬のチコに拍車をかけた。

映画『ロード・オブ・ザ・リング』の中で、アルウェンはさっきのセリフを言ったあと、ひとりのホビットを黒騎士たちから救う。でもわたしたちは、エルフ族のなかで一番速く馬を走らせるから、アルウェンとガラドリエルに扮していただけだった。ガラドリエルが金髪で、アルウェンはわたしみたいな茶色の髪なので、実際とは違う。でもシタはアルウェンのほうがかわいいし、アラゴルンの恋人になれるので、いつもアルウェンになりたがった。アラゴルンは不気味な目をした流れ者みたいだと思っていたわたしはまったく気にならなかった。シタにそのことを言うと、ロットは何も分かってない、アラゴルンは「めちゃくちゃセクシー」なのだと言った。

でも今日はわたしがアラゴルンをやりたかった。ようやくシタがまた〝エルフごっこ〟をする気になったのですごく嬉しかったのだ。

「ええ～」ここ数週間、シタはわたしが『ロード・オブ・ザ・リング』のDVDを引っ張り出してくるたびに、そう言った。エルフの登場シーンはすっかり頭に入っているくらい何度も観ていた。だけどわたしは絶対に飽きることはなかった。わたしたちが馬に乗っているときはたいてい、いくつかの場面を演じた。追いかけられるシーンとか。

「気をつけて、オークたちよ！」わたしは悲鳴を上げて馬をもっと速く走らせた。道は下り坂だったので、足を擦らないよう枝に注意しなければならなかった。

「川よ！」橋のところへ出たときシタが叫んだ。

実際にはただの小川だったけど、わたしたちはそれを飛び越えた。

そして穀物畑に出た。シタはわたしが並んで走れるように速度をゆるめたので、わたしたちはさらに先まで駆けた。ときどきわたしたちはエルフ語で叫んだ。

馬に乗っているとき、歩いているときよりはるかに自分が強くなった気がする。わたしはすごくぶざまな歩き方をすることがあって、腕をぶらぶらさせればいいのか、ポケットに手を入れたほうがいいのか、ときどき分からなくなる。早歩きをすればいいのか、ゆっくり歩けばいいのかも。ロットはときどきすごくぎこちなく歩いてるよね、とシタが言うから余計に意識してしまう。

でも馬に乗っているときは、身体全体がうまく動く——腕、脚、肩。すべてが馬のリズムに自然と合っている。

畑の向こう側のアーモンドの木立には、わたしたちエルフ族の宮殿がある。オレンジの木も植わっていてすごくいい香りがする。ちょうどそこに着いたとき、わたしたちは馬を落ち着かせるために速度をゆるめ、ゆっくりとステップさせて止まった。チコは全身汗まみれで、わたしも同じだった。

アーモンドの木の下ではすべてが静寂に包まれていた。涼しくて薄暗い。枝にはハチミツみたいな香りの白い花が咲きほこっていた。

「アラゴルン」シタがささやいた。エルフのレゴラスが木々の間を飛び回っているところを想像していると、シタは架空の恋人に投げキッスをした。

「あたしたちのちっちゃなペンチョを捜しましょ」シタが言うのが聞こえた——ああ、そうだった。

わたしは低くたれている枝々のほうへかがんで、足跡がないか地面を見た。

「シタの父さんに手伝ってもらうように頼んだほうがいいかも」とわたしは言った。

シタが驚いてわたしを見上げたので、慌ててつけ加えた。「エルフのエルロンドなら何をすべきか知ってるんじゃない?」

「ああ、エルロンドね」

アーモンドの木立の真ん中は空き地だった。わたしたちは馬から降りてほかのエルフや道に迷ったドワーフたちに相談した。誰もパンチョを見ていないのははっきりしていた。

「どうしようか?」とわたしはシタに聞いた。

「もうちょっとだけここにいましょ」

わたしたちは地面に横たわって頭上の枝を見つめた。突風が吹くたびに、茶色くなりかけた花びらが舞い落ちた。雪みたいだ。暖かい雪。

しばらくしてからわたしはシタが眠りこんだのかと思ってのぞき見た。

「どこにいると思う?」そっと聞いた。

「誰が?」シタがぼんやりと聞き返す。

「アラゴルン」と言ってから、わたしは言い直した。「冗談だよ、もちろんパンチョのこと」

シタは不可解な表情でわたしを見た。動揺しているみたいで、その様子にわたしもどきっとした。

「どうしたの?」

「なぜそんなこと聞くの?」今度は、無断でわたしのシャツを着たときみたいな顔をしている。

シタは頬にカーテンみたいにかかる髪をさっと揺らして言った。「〈あのころ、オレンジ畑の君をどんなに愛していただろう〉。歌の世界そのまんまだと思わない？」

シタが何を言おうとしているのか、わたしにはさっぱり分からなかった。「それで、パンチョは？」

「え？　ああ、パンチョならきっと、とっくに馬小屋に戻っているわよ」

「こんなにいい天気だもん、馬小屋にはいないよ」

「そうねえ、いないわね」

どうしてシタの考えが分からなかったんだろう？　シタがもうエルフごっこをしていないことは明らかだった。

でも、わたしは帰りたくなかったし、パンチョを捜すのをやめたくなかったし、何よりこのハチミツの森から出たくなかった。

そこで突然こう言った。「シタが事故にあったのって、ここじゃなかった？」

「ここ？」シタは辺りを見渡した。「そうかもしれないわね。ロットのほうがあたしよりよく見てたでしょう。あたしは意識が無かったから」

「意識不明なんかじゃなかったよ」

「うん、最初はね。でも途中で意識がなくなったの」

「ううん、すごく泣いてた」

「何を考えてたの？」

シタはちょっと身震いした。「もうやめようよ。ずいぶん前の話だし」

まだわたしは全部正確に覚えていたし、シタもそうだった。

わたしはポニーに、シタは白い馬のスターに乗っていた。シタの母さんも一緒だったけど、シタを見た記憶しかない。日差しがきつくて夕立がきそうだった。

「おいでよ、ロットちゃん!」シタが叫んだ。「競争しない?」

いつもパンチョはそんなに速く走らないけど、あのときは走る気満々だった。たぶん嵐がくる前に馬小屋へ戻りたかったんだろう。

わたしは疾走した。後ろからスターのひづめの音が聞こえ、すぐ後ろに迫っていた。

わたしは前方へ身体をかがめた。速く、もっと速く。

どこかすごく遠いところで、シタの母さんが叫ぶのが聞こえた。きっとわたしたちがスピードを出し過ぎだと思ったんだろうけど、わたしは気にとめなかった。それにどうやって止まればいいのか、もうよく分からなかった。

突然シタが隣に並んだ。大きな馬に乗ってすごく小さく見え、必死で振り落とされないようにしているのが分かった。わたしたちはそれまでこんなに速く走ったことがなかったのだ。この走りがギャロップなの? わたしは笑っていたけどそのうち涙も出てきた。今では馬たちが主導権を握っていて、ただ馬のやりたいようにさせるしかなかった。

シタとわたしはまったく同じ速さで走っていた。耳には泥が跳ね、風に服がはためいていた。

それは今まで経験したなかで一番怖かったけど気持ちいいくらいだった。シタも同じだったと思う。

そして事故が起きた。

すべてがすごく速く、同時にすごくゆっくりと起こった。向かう先には木立があった。突然気づいた。ああ、だめだ！　絶対に二頭並んでは突っ切れない。枝々の壁があっという間にわたしたちの前に立ちはだかる。

すぐそこに、木が！

永遠に続くスローモーションの瞬間、わたしはただ考えることしかできなかった。ぶつかる、ダメ、ぶつかる……枝が脚を打ち、パンチョは木にぶつからないように四本の脚で一気に脇へジャンプした。次の瞬間、わたしは宙に放り出された。「わああーーっ！」

バーン！

大きな音を立ててわたしは木の幹に打ちつけられた。気がつくとわたしはそこに座っていた。意識は意外とはっきりしていた。頭の中で何が起こったかをすばやく考えた。

馬から落ちた。木に激突した。出血はない。痛くない。

でもシタは？　シタ？？？

「ローーーット！」あの悲鳴を忘れることはないだろう。目の前で、スターがわたしをよけようと後ろ脚で立ち上がった。わたしは脚を引っ込めて木の幹に隠れるように身を縮めた。

シタがずり落ちた。わたしには、シタがなんとか馬に取りついて、その腹にしがみついているように見えた。それから地面に落ちた。

スターはシタをよけようとした。シタの上を飛び越えようとしているのが見えた。だけどそこら中に木があり、枝が張り出していた。だから変な跳躍になって、うまくいかなかった。巨大な馬が友だちのすぐ上を跳んでいるのが見えた。シタはとっさにうずくまった。わたしは思った。ああ、助かった、うまくいった。そのとき、鈍い音とともに蹄鉄をつけた馬の脚がシタの頭をかすめた。再び悲鳴が響いた。

そして静寂。風の音さえなかった。

シタは地面に横たわっていて、動かない。

しばらくしてから音が戻ってきた。パンチョとスターのいななきのほかにも何か聞こえる。シタの母さんが馬から飛び降り、ヒステリックに叫びながら森へと駆け込んできた。

シタは頭を両手で押さえ、丸くなって横たわっていた。

わたしは選ばなければならなかったことを、今でも覚えている。両手で顔を覆って安全な木の幹にいるか、シタのもとへ駆けつけるか。見たくないものを見るか——見たくないようで見たい気もする。

わたしは起き上がった。

前に這っていく。

血だ。シタの両手に、地面についている。新しくてかわいい乗馬服にも。

「シタ?」わたしは言った。「どこか痛いの?」

シタは震えているみたいだった。何かささやいている。

「何？」

「あたしの目。目がなんかおかしくなってない？」

シタが見上げると、ああ、目の中に何かがある。というよりも、実際には目がどこにあるか分からなかった。目があるべきところは、血だらけでめちゃめちゃになっていた。

わたしは叫びだした。「おばさん、シルヴィーおばさん！」シタの母さん、今すぐ来て！

「どうしたの、ロット？」シタが聞いた。「涙が止まらないの」シタは手を目にやった。「痛っ！」

「シルヴィーおばさん、来て、早く！」わたしは金切り声で叫んだ。

そのあとずいぶん長い間、悪夢にうなされた。失われた目、めちゃくちゃになった肉。

やっとシタの母さんが駆けつけた。それからたくさんの人が来て、シタを病院へ運ぶためにヘリコプターも来た。それ以上のことはよく覚えていない。

記憶にあるのは、あの晩はすごく遅く眠りについたことだ。それと次の日、わたしが学校で英雄になったこと。子どもたちはみんなヘリコプターを見て当然ショックを受けていたし、シタが落馬したというニュースはあっという間に広まっていた。病院はすごく遠くて、簡単にお見舞いに行けなかったので、わたしは最も貴重な情報源だった。でもわたしもシタに会えるのは週末だけで、それほど病院は遠かった。

そこでわたしは手紙を書きはじめた。毎日カードを書くか絵を描いた。

わたしは学校で起きたことを書いた。

エルフ語で書くこともあった。わたしたちはすでにそうしていたのだ。

馬のことも。

ときどき封筒にちょっとしたものを入れた。チョコレートとか、わたしが見つけたラッキーストーンとか。クラスの子たちが描いた絵も入れた。

両親はわたしのすることを見守ってくれた。手紙を送るのを手伝い、毎日欠かさずに発送してくれた。わたしは毎日シタに何か新しい話題を届けて、退屈な病院生活をやり過ごしてほしかった。それをすごく大事なことだと思っていた。

「シタはとてもショックを受けていてね」とシタの両親はわたしに言った。

でもそれはわたしも同じだった。シタに起こったことすべてが、わたしに衝撃を与えた。シタは市内の病院に三週間入院し、退院してからしばらくは海賊みたいな眼帯をしていた。その後ガラスの目を入れたのだ。すごく精巧に作られていて、本物の目みたいに動きさえした。知らない人は気づきもしないだろう。最初わたしはちょっと怖かったけど、そのうちに慣れた。

だけどそれ以来、何かが変わった。シタが入院する前は、わたしとシタの友情は自然にできたものだった。ただそれだけだった。

今は、友情のために何かをすることもできるんだと思う。贈り物をしたり、その人をすごく喜ばせたり。

「ロットはシタのいい友だちね」母さんに言われてわたしはすごく誇らしかった。

「あたしが入院しているとき、毎日カードを送ってくれたよね……」あとでシタがわたしによく言ってくれたことだ。

それは自分がエルフになったみたいな、すばらしい気分にさせてくれた。

シタはいつの間にか起き上がっていた。小さなオレンジを二、三個もぎ取って、ふたりで食べた。酸っぱかったけど、まるですごくおいしいエルフのフルーツみたいに食べた。

「グスのあの男の子たちがまた来るの知ってる?」シタが言ったとたんに、わたしはむせた。

「ほんとう? 間違いないの?」

シタはうなずいた。頭の後ろで手を組んで再び地面に横になった。

「両親は喜んでたわ。キャンセルがけっこう出てたから」

「キャンセル? ヨガファームはすっごく忙しいじゃない!」

「うん、今はね」とシタが言った。

わたしはシタの横に寝ころんで、葉っぱの間できらめいている日の光を眺めた。

「オランダの人たちがバカンスじゃないときは、去年ももっと静かだったよね?」

「うん、それってよくないの」

わたしは肩をすくめた。寝転んでるときにやると、変な感じ。「わたしはお客さんがいないときが好きだよ」

シタはわたしに顔を向けた。髪に花びらが何枚かくっついている。「本気で言ってるの? 経済が大変なことになってるせいで、一年以上赤字なのよ。レストランだってお客がそんなにたくさん入ってないでしょ?」

「そうかも」

わたしはこのことについて話す気はなかった。パンチョを捜したり、エルフ語を話したり、向こうのほうで草を食んでいる馬に乗ってもう一度駆けたかった。わたしの身体中から馬のにおいがした。

でもシタは言った。「うまくいかないと思う」

「経済危機のこと?」オリーブ農家の人たち以外はみんなそのことを話していた。「おじさんとおばさんはほかの仕事をするの?」シタの両親はふたりとも有能なビジネスマンで、どんなオフィスにいるところでも想像できる。

シタはオレンジをもうひとかじりした。口元がちょっぴりゆがんだ。「父さんと母さんがオランダのことを話してるのを聞いたの」

「え?」わたしはやっと耳を傾けはじめた。二、三年前はもっと多くのオランダ人が近所に住んでいた。ホテルを経営している人やレンガ職人、フラメンコの衣装を観光客に売る人もいた。でもひとりずつオランダへ帰っていった。経済危機のせいだ。わたしたちのクラスにも、急に遠足に参加できない子たちが出てきた。あるいは新しいノートを買ってもらえなくて、一年間使えるようにすごく小さな文字でノートを取る子もいた。

わたしはシタを見つめた。「おじさんたちはほんとうにオランダに行って働く気なの? そしたらシタはどうするの?」

「あたしにも分からないわ、ロット」シタはため息をついた。「ほんとのところは何も聞かされてないの」

「シタはわたしたちと一緒に住めばいいじゃない」とわたしは言った。

「ロットの親だって帰らないとは……」

「そんなこと、絶対にないよ」わたしはすぐさま言った。「父さんは絶対レストランを離れないよ。貯金を全部つぎこんだんだもん」

「売れるかもしれないじゃない」

「だけど、経済危機なんでしょ？　こんな世の中じゃ、誰もレストランを買わないって、父さんや母さんが言ってたのを聞いたもん」

シタはわたしの腕に手を置いた。「落ち着いて。ストレスでうつになっちゃうわよ」

「なんでそんなこと知ってるの？」

「何かで読んだことがあるのよ。でも、きっと何とかなるわ」

「おじさんとおばさんは冷静だもんね」きっとふたりが解決策を見つけてくれる。わたしが言ったのはそういう意味だった。

でもシタはこう言いたそうだった――それがまさに問題なのよ、と。

★★★

あの日パンチョは見つからなかった。

次の日も、またその次の日も。

何が起きたのかと頭を悩ませた結果、ひとつの言葉が思い浮かんだ。盗まれた。誰かにパンチョは盗まれたのだ。

「いったい誰があんな年老いたポニーを盗むのかしら?」シタの母さんは怒って言った。わたしはおばさんが泣いているのを見たことがなかった。シタが入院していたときでさえ。何かひどいことが起こっても、ただ怒るだけだ。

みんなパンチョが大好きだった。シタとわたしはふたりともパンチョで乗馬を覚えた。今は年をとってすっかり灰色になっているけど、あいかわらず子どもたちに大人気だった。

警察が来て年老いた灰色のポニーを気にかけておくと請け合ってくれた。だけど長い間、音沙汰がなかった。

シタとわたしは行方不明のパンチョの写真を載せたポスターを作った。見つけてくれた心ある人には謝礼をすると書いた。

もう夏休みだったけど、村に住んでいるクラスの子たちがわたしたちのところへやってきた。いなくなったのは小さな馬じゃない? 灰色の、かなり年とった馬?

ロープにつながれて引いていかれるパンチョを誰かが見ていた。ちょっと前に道端にいた、教会の裏にいた、どこかの馬小屋にいた……。

ついに勇気を出して言ったのはマリア・デル・マールだった。シタとわたしを村のプールの更衣室に連れていって、耳もとでささやいた。最初はシタに。そしてわたしに。

「ロマたちよ。あなたたちの馬を盗んだのは」

村で迷子

「さあ、この穴からのぞくのよ。まあ見てなさい」

グスの男の子たちは中に入りそうな勢いで穴にへばりつき、興奮していた。わたしは何度もシタは恥ずかしくないんだろうかと考えた。もちろんシタの両親の寝室にある壁の穴のことは知っていた。そしてふたりがほぼ毎晩「それ」をしていることも。でも彼らに何の関係があるの？

「マジで毎晩？」一番年上の子が興味津々で聞いた。ヨブという名前で、今年はある意味でシタのお気に入りになっているように思われた、唯一の子だった。と言っても、そのあとでわたしはシタのフォローをして回ったのだ。すごくうんざりした。

「そうよ、毎晩」シタに答えるつもりはなさそうだったので、わたしは言った。

男の子たちはよだれを垂らした犬みたいに、ずっとシタにまとわりついていた。ここに到着したとき、ひとりがシタの唇にキスをした。シタはその子を押しのけて言った。「やめてよ、ばか」男の子は真っ赤になって、その場にいた大人たちは笑った。

もしわたしが同じような目にあったら、その週はシタに一切関わりたくなかっただろうけど、彼らは明らかにシタの魅力に取りつかれていた。男の子たちがつきまとえばつきまとうほど、シタはイライラして言った。

「きみの母さんはいつも裸で寝るの?」ヨブが聞いた。

ほかの兄弟たちがヨブを押しのけた。「裸だって? 見せろよ!」

「ええ。それがどうしたの?」シタは言った。「あたしも寝るときはたいていヌードよ」

わたしたちはみんなシタを見つめた。

「夏なんてシーツだけで、ほんとに気持ちいいわよ」

「でかい乳首だな」のぞき穴にぴったりと目をつけている子が言った。もう限界、ここから逃げ去ろう。シタの部屋じゃなく、自分のうちへ。

たとえシタが何と言おうと、わたしは裸の人たちなんて嫌だと思った。

それだけじゃない。わたしが十二歳のとき、大きな赤毛の雄猫が小さなかわいい猫たちに飛びかかっているのを見ていられなくて、ベランダで泣き叫んでいたことがある。ノラ猫だったけどときどき餌をあげていたので、どの猫も知っていた。

母さんがわたしの泣き声を聞いてやって来た。「まあまあ、いったいどうしたっていうの?」

「あの小っちゃな雌猫たちはほんの子どもなのに」わたしはしゃくりあげた。「今に押しつぶされちゃう。首に噛みついてるあの様子を見てよ」

「それが自然なことなのよ」と母さんは言った。「すばらしいことじゃない?」

でもあの猫たちにとってはちっともすばらしいことじゃない。母さんもそう思っているくせに、話の分かる女っぽくみせるためにそう言ったのだ。シタに言わせると母さんは「ばかみたいに上品ぶってる」のだそうだ。父さんが母さんにキスをしようとするとき、母さんがどうふるまうかをわたしは知っている。母さんは決まって大声で笑いながらしゃべりだし、結局父さんは諦めてしまうのだ。

去年の夏、母さんが露出度の高いワンピースを買った。両親はわたしがプールサイドで眠っていると思っていたけど、父さんがどんなふうに母さんの首筋から下へと指を動かしているのかをわたしは見ていた。いい気はしなかったけど、どういうわけか、目をそらすことができなかった。

母さんは死んだみたいに動かなかった。

そして突然、立ち上がった。木のデッキチェアがひっくり返りそうになって、みしみしと音をたてた。「ミルクセーキほしい人?」母さんはテラスに向かって叫んだ。「熟れたバナナがあるの」

父さんが驚いて母さんを見ると、母さんはさらにこう言った。「ミルクセーキにちょうどいいバナナなの」

それ以来、母さんはあのワンピースの下にアンダーシャツを着るようになった。

きっとわたしは母さんに似たんだろう。

★★★

グスの男の子たちは、ロマに盗まれたらしいポニーのパンチョにも、強い関心を持っていた。

「で、きみたちはロマがどこに住んでいるか知ってるんだろう？　とにかくそこに行ってみたら？」

「ううん、それはできないんだ」シタがめんどうくさそうにため息をついただけだったので、わたしが説明しなければならなかった。第一に、ロマが住む区域にわたしたちが立ち入るのは非常識ということ。第二に、もしパンチョがそこにいたとしても簡単にどこかへ隠せるということ。あちこちに納屋や小屋があるのだから。

でも男の子たちがしつこく食い下がったので、わたしたちは次の日にそこへ行くことになった。もちろんわたしはぺぺのことを考えた。あのたき火の日はしばらく前のことで、あれ以来ぺぺに会っていなかった。

夏休みが何世紀も続いているみたいだった。シタはときどきぺぺに電話をするようにわたしをたきつけたけど、ぺぺの電話番号を知らなかった。それにいったい何を話せばいいの？

密かにわたしは今の状態に満足していた。村に行くたびに、ぺぺに偶然会うことができるかもしれない。それで十分エキサイティングだった。

「なんでロマたちはみんな一緒に固まって暮らしているのさ？」

「ロマはほろ馬車に住んでると思ってた」一番下の弟が言った。

彼らは弟のことを笑いはじめた。わたしはちょっと意地悪く言った。「そんなの昔の話だよ。ロマは旅をして回っていて、オリーブの収穫時期にここに手伝いにきてただけなの。まだそんなに前のことじゃないけど」父さんが誰かにそう話してるのを聞いたことがあった。

　みんなで狭い道を歩いていると、両側からじろじろ見られた。口ひげを生やした長髪の男たちや、短いスカートをはき、するどい視線を向ける少女たち。特におばあちゃんたちによく見られた。ロマのおばあちゃんたちはたっぷりとしたスカートをはき、長い髪を垂らしていて、魔女みたいだった。わたしはたいてい彼女たちがちょっぴり怖かった。こげ茶色の顔をしていて、絶対に笑わない。まるで口や鼻に深く刻まれたしわがロウでできているせいで、わたしたちをにらみつけることしかできないみたいだった。

「帰ろうよ」わたしは言った。「こんなことしてもむだだよ」

　わたしはペペに出くわすのが突然怖くなった。この背の高い金髪の男の子たちをペペはどう思うだろう？　代わるがわる、ペペに意地悪をしないだろうか？

　だけどシタには別の考えがあり、小さな広場で立ちどまると言った。

「誰かタバコ持ってない？」

　わたしはシタを見つめた。シタとわたしは喫煙に反対していた。タバコは値段が高いし、死を招きかねないものだ。二年くらい前の聖ニコラス祭《シンタクラース》のときに、わたしたちは一緒に棺桶を作り、タバコの形をしたチョコレートでいっぱいにして、父さんにあげた――だけど効果はなく、まだ父さんはタバコを吸っている。

「ああ、あるよ」ヨブはタバコを持っていた。

　ヨブはベンチに腰かけてシタにタバコを差し出し、自分も同じように一本火をつけた。シタはわたしを見ないでヨブの隣に座ってタバコをくわえた。まるでいつもそうしているかのように、身体をかがめて風をさえぎるようにライターに手をかざした。そして長い煙の筋を吐いて、後ろにもたれた。

わたしはシタを見つめた。いつ吸いはじめたんだろう？

バカじゃないの。わたしは無言で合図を送った。

ちょっと黙っててよ。シタは目で言い返してきた。

ヨブはベンチの背もたれに置いていた腕を、シタの肩に回した。ヨブは口の端にタバコをくわえていて得意げだったけど、ちょっとこっけいに見えた。

わたしはこの男の子が嫌いだ。醜くて、ニキビだらけの額と変わった口元をしている。唇はちょっと厚過ぎるし、今みたいに口を開けると上向きにめくれ上がった。それにすごく年上で十七歳だった。シタはいったいヨブの何を見てるんだろう？

「おまえらで馬を捜しに行けば？」ヨブはちょっと戸惑ってそばに立っている自分の弟たちに言った。

「そうね」シタがクスクスと笑いながら言った。「ロットはこの辺に詳しいわ」

「わたしが？」

「ええ、そうじゃない、ロット？」シタが甘い声で言った。

「あのさ」わたしは激しい怒りがまるで溶岩みたいにあふれ出るのを感じた。「言わせてもらえば、馬のことなんてちっともあんたは分からないでしょ？　それに馬じゃなくてポニーだから。

ここには絶対にいないよ！」

そう言いながらわたしは、逃げたと思われないように、できるだけ早くその場を立ち去った。足を踏み鳴らして細い道を歩いた。シタの大バカ！　ここ数日はシタを完全に無視しよう。あの男の子たちが帰るまで。シタの母さんにタバコを吸っていることを告げ口してやる。シルヴィーおばさんはいつも健康に気を使っている。シタはたっぷり叱られるだろう。おそらく二、三日は家から出してもらえないに違いない。そしたら、男の子たちとのこのやっかいな企てもすぐに落ち着くだろう。

わたしはあまりにも怒り狂っていたので、どこを歩いているのかまったく気にしていなかった。気がつくと村の中心ではなく野原にいた。小さな家と納屋がいくつかある。わたしは辺りを見渡した。自分の住む村で道に迷うなんて、ほんとうに利口だ。

でもここにいるんだから、たぶんパンチョを捜し回れるだろう。わたしはあらゆる場所を見て、手入れされていない農家の庭は隠し場所にはぴったりだと思った。

「ここで何をしとるんじゃ？」肩に手をかけられ、びっくりして飛び上がった。

幸いそれはサン・イシドロ祭のときに会ったヤギ飼いだった。興味深げにわたしを見ている。ここで会うとは思ってもいなかったのだろう。

ふといいアイデアが浮かんだ。ヤギ飼いはどこへでも行く。ヤギたちを連れてこっちの野原からあっちの野原へと群れに草を食ませて歩いている。もしパンチョを見かけた人がいるとしたら、それはきっと彼に違いない。

「ポニーを捜しているんです……」ヤギ飼いは注意深く耳を傾け、いくつか質問をしてきた。体の色は？　年は？　オスかメスか？

「オスです」

ヤギ飼いはうなずいて歯の抜けた顔で笑った。あのときと同じにおいがした。そっと一歩後ろへ下がる。

「ついておいで」そう言って、スペイン人がよくやるみたいに指を下に向けて手招きをした。

わたしはヤギ飼いについていった。

ばかだったかもしれないけど、パンチョのことしか考えていなかった。得意げにタバコをふかしていたシタのこともちょっと頭をよぎった。それに、ヤギ飼いのことはもう何年も知っていたのだ。ヤギたちを連れて、わたしたちの家の辺りまでよくやってきていた。そんなときはヤギにつけたベルのチリンチリンという音が遠くから聞こえた。父さんはそれを「世界で一番いい音だな」と言っていた。

荒れた庭をいくつか横切って、小さな納屋の前に立った。やせた鶏が数羽、餌を探し回っている。わたしは納屋を見上げた。何か変だ。

ヤギ飼いはわたしの顔を見ず、胸を見ていた。

いつもなら誰かに胸を見られても気にしないけど、このときは頭の中でアラームが鳴った。わたしは慌てて振り向いた。「ここはどこ？　パンチョはここにいるんですか？」

ヤギ飼いはうなずいて小さな納屋のドアを押し開けた。

わらを踏んで納屋に入ると、そこにポニーがいないことはすぐに分かった。

わたしは振り返った。「何を……」

そのときヤギ飼いがわたしを崩れそうな壁に押しつけた。年寄りのわりに驚くほど力が強かった。

ヤギ飼いの酸っぱいにおいが波のように押しよせてきた。息を吸いたくなかったけど、そうしなければならなかった。すぐに息が詰まりそうになる。わたしの顔と胸は、汚くてしわだらけの男の身体と、ゴツゴツする石壁の間で押しつぶされた。そしてもっとひどいことに、ヤギ飼いはわたしの手をつかむと、力づくで彼の股間に押しつけた。老人のズボンの上から何か硬いものに触れた。何かおぞましいものに。

わたしは押しつぶされて、のどを絞められて、ここで死ぬんだ。このにおい。わたしを捕まえているこの汚らしい身体。そして手の中の、この硬いもの。わたしの手、かわいそうなわたしの手。

わたしは自分の身体を引きはがした。渾身の力を振り絞って。ヤギ飼いを思いきり蹴飛ばし、地面に叩きつけた。ヤギ飼いが笑っているように見えたので、わらと石を手いっぱいにつかんで投げつけた。

そして納屋を飛び出し、走り去った。

★★★

シタはとても優しかった。

吐きつづけている間、ずっと背中をさすってくれた。

わたしが汗だくになって全速力で走ってくるのを見たとき、すぐに何かひどいことが起こったと気づいたシタは、さっと一緒にいた男の子たちから離れた。

「ロットはどうしたんだ?」ヨブが聞いた。

でもシタはヨブには関係ないと言って、わたしの家にふたりで帰った。まずわたしにシャワーを浴びさせて、髪を洗ってくれた。それから一緒にベッドに座って、ホットミルクを飲みながら髪をとかしてくれた――百回、ううん、千回も。

わたしは何が起きたのかを繰り返し話した。シタはわたしの髪を全部細い三つ編みにした。

「おばさんを呼んでこようか?」シタが聞いた。

わたしは首を横に振った。母さんにこのことを話すのは死ぬほど恥ずかしい。

「メルセデス先生のところへ行ってもいいけど」シタはためらいがちに言った。わたしたちの指導員で、学校で一番優しい女の先生だ。

「それとも警察へ行く?」

ダメダメ、わたしは首を振った。誰にも言わなくていい。シタだけでいい。「ほんとうに何もなかったんだから。間一髪で逃げてきたんだから」

「よくやったわよ、ロット」シタが言った。「たいしたものよ」

その晩シタはわたしのベッドで一緒に眠った。「ロットをひとりにさせないわよ」わたしたちは一晩中起きていた。わたしは、ヤギ飼いがわたしを壁に押しつけたときに感じたことや思ったこと、においとか、あらゆることを語りつづけた。シタはわたしにぴったりと寄り添って聞いていた。そのおかげで助かった。しばらくすると吐き気は治まっていた。

「あのね」わたしはささやいた。「ヤギ飼いがわたしの手を股間に押しつけたとき、最初はそれが何だか分からなかったんだ」

「それって……?」

「わたし思ったんだ――ポケットに懐中電灯でも入れてるのかなって」

「懐中電灯?」

「うん、だって硬かったんだもん。木みたいだった」

「勃起よ」シタは言った。

「ゲッ! また吐きそう」

「懐中電灯ねぇ」シタがクスクスと笑った。シタの忍び笑いは軽やかで、エルフみたいだった。その笑い声がまだかすかに残っていた嫌な気分を吹き飛ばしてくれた。まるで何ごともなかったかのように。シタとわたしは、ほんとうに最強のコンビだ。わたしは空っぽになったみたいですごく疲れていた。ほとんど眠りそうだった。

シタの声がして目が覚めた。「あんなやつのおそまつなヤギのペニスみたいなのが、本物だなんて思ってないでしょ?」

わたしはヤギのペニスを想像して、笑ってしまった。そしてたずねた。「どういう意味?」

「まぁ、嫌いにならなきゃいいってこと。男の人を」

「今はダメ。そんなこと考えられない」

「でもペペのことはまだ好きだと思う?」

わたしは暗闇の中でうなずいた。「それは全然別のことだもん」

「よかったわ。じゃあ、入れ替えちゃいなさいよ」

「何を?」

「いつかエッチするとき、あんなヤギ飼いじゃなくて、ペペのことを思い出すのよ」

「シタ!」わたしはベッドにまっすぐに身体を起こした。「エッチって、何の話してるのよ? まさか……」わたしは驚いた。「もしかしてグスから来た男の子と、あのヨブとしたいの……?」

「まさか、やめてよ。何にもないわよ」とシタは言った。「単なる暇つぶしよ。長い夏休みのちょっとしたお楽しみ。理想の恋人とは全然違うわ」

わたしはほっとしてまた枕に沈み込んだ。「どんな人がタイプ?」

「かっこよくて、優しくて、ちょっとだけ年上がいいわ」

「そしてニキビのない人?」

「ニキビのない人がいいわ。髪が豊かで。でもやっぱり……あそこにはないほうがいいわ。彼にはしっかり剃ってもらわなくちゃ」

「シタ!」

「それで、ロットの理想の彼氏はどんな人なの？」

「体育会系」わたしは即答した。「わたしよりちょっぴり背が低くてもいいわ。一緒に笑える人で、もちろんステキな目をしてるんだ」

「タトゥーは？」

「いいよ。小さいタトゥーなら」

「服装は？」

「やっぱりスポーティーなのがいいな。ヒップホップみたいな腰パンでもかまわないかな」

「ぺぺのことを言ってるだけじゃない」

「うーん、ぺぺよりもうちょっとかっこいいかな」

「彼氏は柔らかな声の持ち主で」シタは想像を膨らませた。「そこがスペインの男子の残念なところよね。声が大き過ぎるのよ」

「わたしに夢中になってほしいな。わたしのことをこの世で一番ステキで、楽しくて、きれいな女の子だと言ってくれて」

「きっと現れるわよ、ロット」とシタが言った。「ちっとも厳しい条件じゃないわ」

わたしはため息をついた。「それって最近かけてもらった中でも一番優しい言葉だね」今にも泣きそうになった。「今日の午後、あんなふうにシタから離れるんじゃなかった。この通りだよ。とたんにひどいことになっちゃって」

ちょっとおどけただけのつもりだった。でもシタは笑う代わりに探るようにわたしを見た。

「あたしがいつも何でもうまくやってるなんて思わないで。分からないことだってあるのよ」

「例えば?」

シタは電気をパチンとつけた。「日記を見たい?」

「うん、もちろん」

シタはわたしのほうへ身を乗り出し、ナイトテーブルに置いてある日記を取った。もう真夜中になっていたけど、ふたりとも目はさえていた。

シタはわたしたちが初めてノートを買ってもらった八歳のときから日記をつけている。ピンク色と金色で鍵付きのノートだった。

シタはノートについていたペンをかじりながら言ったのだった。「わたしこれから自分の人生を書きとめるつもり」

そしてこんなふうに書いていた。「雨がふっている。わたしはブランコから落ちた」(実際にはちょっと書きまちがえていて、「ブランコに落ちた」とあった)

この書き出しでシタの人生の長い物語が綴られている。シタはいつも日記用の特別なノートを買っていて、最初のノートは表紙が馬の絵で、それから星や音符やアートっぽいものもあった。

シタと並んでテーブルについて、ホットミルクを飲みながらペンを走らせるのがほんとうに楽しくて、わたしも一緒に日記をつけはじめた。でもわたしの日記帳にはそれほど書くことはなく、だんだんと書かなくなった。今読み返してみるとどうでもいいことばかり書かれている。シタが落馬して病院に運ばれた日は、何も書かれていなかった。次の日はただおいしいスープを飲んだとしか書いてない。

だけど、シタにとって日記はものすごく大切なものだった。いろんなことがあった日は、シタは書き終わるまで眠れなかった。びっくりするほど美しい文章を書いた。ときには日記を読めばシタがあることに対してどう思っているか、ちゃんと理解できた。

「それはあたしも同じよ、ロット」とシタは言った。「紙に書けば自分のことが分かるの」

でも今回は、シタがわたしに何を読みとってほしかったのかよく分からなかった。実際のところ、ちょっと悲しげな感じだった。


ベッドで横になっているとき――そしてそばに誰もいないとき、それはときどき起きる。

頭の中で何かがザワザワ言いはじめる。あわ立つような音がして、あたしは思う――これがよいほうへ変わりますように。血液は身体のすみずみまで、穴という穴、管という管を巡らなければならない。でもどうして巡りつづけなければいけないの？　どうして今この瞬間に止まったりしないの？　そう考えている間、あたしは自分が血を巡らせるポンプみたいに感じる。それが気持ち悪くて、落ち着こうとまっすぐに身体を起こす。ときどき、そのままの姿勢で眠ってしまう。

心臓がおかしくなることもある。急に心臓が暴走して、暴れるべきじゃない何かが暴れてるのを感じる。あたしがあらゆる呼吸について考えると、すぐに呼吸がおかしくなって、ちっともよくならない。あたしは死ぬんだと思う、今死ぬんだ、この瞬間に、たったひとりで。あたしは確信する、パニックがあたしを襲っているのが分かる、あたしの鼓動に合わせるように。ドク、ドク、毒。人は死ぬ、それが今なんだわ。でもあたしはまだ生きたい、あたしは思う、あたしはそうしなきゃいけない、あたしはできる、かもしれない……。


「わたしが一緒に寝ているときにもそう感じるの？」わたしは聞いた。

シタは首を横に振って、日記帳をまだパラパラとめくっている。

「ほんとうに？」

「これとか」シタが言った。「おととい書いたの」

わたしは読んだ。


あなたは幸せですか？

今まで聞いた中で、これほどばかげた質問はない。

幸せ……それはずっと飛び上がるほどうれしくて、笑ったり、踊ったり、声を上げたりしてることみたいだと思ってた。

でも今はそんなふうに思えない。

それに、何を望んでいるのか分からないまま待ち続けることが、どれほどつらいことか分かる？　分からないまま何かを待ち焦がれることが。

あたしは心底待ちのぞんでいる――でもそれが何か分からない。


わたしは何と言えばいいのか分からなくて、深いため息をついた。

シタもそれに答えるようにため息をついた。

わたしたちはぴったりと寄り添って、温かく汗ばんだ身体でハグをした。外が明るくなってきたころ、眠りに落ちた。

移動遊園地の夜

わたしたちは活気のある街に住んでいるわけではない。村には居酒屋が二、三軒あって、ときどき村祭りがあって、それだけ。

だけど移動遊園地《フェリア》が村に来たときは例外だ。色とりどりのライトや甘いにおいで、すべてがおとぎの国みたいになる。しょぼくれた場所にカフェやダンス会場が突然現れ、ゴーカートや頭がクラクラするようなアトラクションももちろんある。一番楽しいのは、それが一晩中続くってこと。クラスの子たちはみんな、好きなだけそこで楽しめるように、お小遣いをたんまりともらった。親がものすごく厳しいマリア・デル・マールでさえ。

今回の移動遊園地がいつもよりワクワクするのは、ペペとデートの約束のようなものをしたからだった。

夏休み中はお互い会わないだろうと思っていたけど、突然ペペが電話してきたのだ。

「きみも移動遊園地に行く?」

「うん、行くわよ」

「もう誰かと約束してるの?」

「うん……ううん、女友だちとね」

「何時に行く予定?」

「えっと……十時ころかな」

「オーケー、じゃあダンス会場で待ってる」

シタはもちろん喜んでくれた。「新しく買ったデニムワンピを着なさいよ。あれ、よく似合うわよ」

「あの服すごく動きにくいんだよね」

「それがどうしたのよ」

窮屈なワンピース姿で不器用にゴーカートを乗り降りしたり、服が裂けたり、ひどくずり上がったり、悲惨な想像ばかりが頭に浮かんだ。それにペペはデニムパンツとTシャツ姿のわたししか知らないし、いきなり女っぽい格好で会いたくなかった。「きっとペペはすごくびっくりすると思う」

「そんなことないわよ」とシタは言った。「もう赤ちゃんじゃないんだから」

でも今回はシタの言うことを聞かなかった。きっと一晩中一緒にいるだろう。それだけでもう十分にスリリングだった。

その日は終わりがないみたいに長かった。何かすることがほしかったのと、小遣い稼ぎもできるだろうというので、わたしたちは厨房に父さんを手伝いに行った。フィッシュスープを作るというきつい仕事だった。なんだか吐きそう……。

わたしは玉ねぎとポロねぎを刻んだので手がすごく臭くなった。髪にも焼いた魚の強烈なにおいが染みついていたので、一時間はシャワーを浴びないと落ちそうもない。

「よくあんなところで我慢できるね」わたしは、しょっちゅう厨房で手伝っているシタに向かって言った。

「おもしろいのよ」シタは大げさにはしゃいで言った。「大人になったら自分でレストランをやるのもいいかも」

「シタはダンス学校に行きたいんだと思ってた」

「うん、でも父さんがもしのぞまなかったら……」

「おじさんのこと気にしてるんだね」シタの父さんは、子育てを母さんにまかせっきりのわたしの父さんとはまったく違って、すごく厳格だった。シタの父さんは将来いい収入が得られるようにいい成績を取るべきだと考え、さらにはシタのお金を全部、預金口座に入れさせていた。どうすればこんなに退屈な人からシタみたいにキラキラした娘ができるのかと、たまに不思議に思う。

その厳格な行いのせいでシタの父さんは、学校でもの笑いの種になったことがある。スペインの先生はオランダよりも自由な振る舞いができる。例えばハグすること。一番人気のある先生は生徒をなでたりキスしたりしながらよく廊下を歩いている。でも生徒を叩くことだってある。クラス全員にわけもなく赤点をつけることも。問題は、スペイン人の親たちはいつも学校側に同意するということだ。

母さんはそれをばかげていると思っていたし、シタの両親も同じだった。シタの弟のノアを嫌っている女の先生がいた。ノアはすごく臆病でちょっと知的障害があって、クラスのみんなの前で笑いものにするのはそう難しいことではなかった。ノアは気温四十五度の部屋で、窓やドアを全部閉め切ってこもっているような男の子だ。「窓を開けたら？　息苦しいでしょ」と聞けば、こう答えるだろう。「だけど、そしたらハエが入ってくるもん」

その先生はノアを「ごみ箱君」と呼んでいた。ノアが小さな紙くずを床から拾い上げてはごみ箱に捨てることに我慢できなかったのだ。「ノア君はとてもきちんとしていてきれい好きだから」という理由で、毎日ごみ箱を空っぽにするように言いつけられていた。そのくせ、先生はコーヒーをいれたあとのかすを自分でごみ箱に入れてべとべとにしていた。ごみ箱にはごみ袋がかかっていないので、ノアは中身を全部手で取って空にしなければならなかった。ときには汚さのあまり吐きそうになることもあった。先生はだんだんエスカレートしていった。一度、ノアの頭の上でごみ箱をひっくり返したことがある。ほんとうだ。スペインではありうる話だった。

ノアが髪にガムやコーヒーかすをつけて帰宅したとき、シタの両親は見たことがないほど怒った。真っ昼間にそろって学校に来て、ドスドスと校庭を歩く姿をみんなに目撃されて、シタとわたしは死ぬほど恥ずかしかった。

間もなく、先生は完全なストレス状態に陥って在宅することになったけど、きっといずれにしろそうなっただろう。

あとで父さんに、先生はなんてばかなことをしたんだろうねと言ったら、それには賛成できないと言われた。

「そういうことはあるもんだ」父さんは言った。それをノアが自分で解決しなければならないだろうとも。「これがおさまったら、何かほかのことが起こるだろうさ」

いかにも父さんの言いそうなことだ。動じない。クール。だけど父さんは、お皿の縁に花が描かれたものは「料理がおいしくない」とノアが言うので、ノアにはいつも特別な白いお皿で料理を出していた。そのこともノアの両親はナンセンスだと思っていた。

グスの男の子たちは、ラッキーなことに移動遊園地が来るまでに帰っていった。別れはあっさりしていて、辛くもなかった――もちろんシタとわたしにとってだけど。

入れ代わりに別の宿泊客が来た。妊婦とその母親、裁判官と奥さんともう大人の娘たち。結婚している女性同士のカップルだ。みんなで連れだって、わたしたちの両親やシタの弟も一緒に移動遊園地に行くのはちっとも嬉しくなかった。ところがシタはものすごく親切に、わたしがペペとだけいられるように彼らのめんどうをみてくれると言った。

そして、ペペがいた！

最初は会場を何周かしなければいけなかったし、ペペはダンス会場にいなかったけど、よしとしよう。クラスの女子のグループと一緒に立ってゴーカートを眺めていたら、突然ペペがいた。

スペイン人の友だちのロシオとエレナもそこにいて、わたしが男子と約束していることにすごく興味を持った。それがロマのペペだということにも。

「ペペにあなたの馬がどこにいるのか聞いてみたの？」エレナが気を利かせたふうに言った。

「わたしが聞いてあげる」もっとずけずけとロシオが言った。ロシオは村のすごく上手な美容師の娘で、誰もがロシオと友だちになりたがった。

「ダメ！」わたしは叫んだ。ペペが遠くからこっちを興味深げに眺めているのを見て、わたしはロシオを止めようとした。ペペの髪がちょっぴり目にかかっていて、いかにもロマっぽい。

「だったらロットが自分で聞かなきゃ」エレナはそう言うと、わたしを前へ押しやった。

このとき、どれほどシタにそばにいてほしかったか。シタがすぐに親たちから解放されて、わたしを助けに来てほしいと思った。

だけどもうその必要はなかった。ペペが友だちと一緒にこっちにやって来て、ラナに乗らないかと聞いた。ラナは「カエル」という意味で、移動遊園地で一番怖いアトラクションだった。小さな乗り物ごと空中で激しく放り出されそうになるのだ。

男子たちが前を歩き、エレナとロシオとわたしは腕を組んでついていった。

突然どこからともなくマリア・デル・マールが現れ、わたしに向かって言った。「おばさんが探していたわよ」

「そう」わたしは言った。「だけど、シタが一緒でしょ?」

ラナの前には長蛇の列ができていた。男子たちは一度にたくさんのチケットを買った。ペペが振り向いてわたしを見た。「一緒に乗る?」ペペはすごくあっさりと聞いた。

嬉しくてこくんとうなずいた。周りに人がいるときに、こんなふうにはっきりと言われたことは初めてだったから。だから、これはほんとうなんだ。ペペはここにわたしと一緒に来たかったんだ。

「ペペ」エレナがおせっかいにもペペに言った。「ロットが教えてほしいことがあるんだって」

「ないよ!」わたしはすぐさま言った。

でも、エレナは黙っていられなかった。「ロットの馬がいなくなってしばらくたつんだけど。それでロットは、ペペがあのぅ……何か知ってるんじゃないかって思ってるの。ひょっとしたらってことだけど」最後の言葉を、エレナは慌ててつけ足した。ひどいことを言っているみたいに急に感じたからだ。さっと静かになり、みんながペペとふたりのロマの少年を見つめた。

「そんなことちっとも知る必要なんてないよ」わたしはみじめな気持ちで言った。

一瞬、わたしはペペが帰ってしまうんじゃないかと思った。ペペの友だちがわたしには分からない言葉でペペに何か言った。もめているみたい。

でもペペはすごく落ち着いて、わたしのほうに近づいてきて聞いた。「どんな馬？」

「灰色なの。年を取ってて、大きなポニーよ。名前はパンチョ、マイクロチップを埋められてるの」わたしは言った。

「パンチョのことは注意しておくよ」とペペは言った。腕をわたしの腰に回すと同時に、エレナのほうを向いた。「まだ聞きたいことある？」

「えっと、ないわ」エレナは真っ赤な顔をして言った。

ああ、ペペ、大好き。わたしは大声で笑いだした。ほらね、ペペはパンチョがいなくなったことと何も関係なかったじゃない。わたしが疑っていたなんて、そんなはずないじゃない？

いよいよラナに乗る順番が近づいてくる。音楽が大音量でかかっているので、何も言う必要がなかった。よかった。

突然マリア・デル・マールの口が猛烈に動くのが見えた。何か指さしている――見て、あそこにおばさんがいるわよ。

慌ててわたしはペペの腕を振りほどいたけど、母さんの興味深げな視線をかわすことはできなかった。

わたしはフェンスに身を乗りだした。「何？」つっけんどんに言った。

「ロット、母さんはお客さんを連れて帰って、家にいるからね」と母さんは言った。

「それで父さんは？」

「まだここにいるわ。ほかのお客さんと一緒よ。父さんと一緒に帰ってくるの？」

スペインに来てこれだけの年月が過ぎているのに、母さんはスペインの移動遊園地のことを分かっていなかった。誰が十二時前に家に帰るっていうの?

「マリア・デル・マールのところに泊まってもいい?」

母さんはマリアを見た。「お母さんはいいとおっしゃってるの?」おぼつかないスペイン語で聞いた。

「もちろんです。去年もそうでしたよね?」とマリアは言った。「みんなわたしの家に泊まります」と、ロシオとエレナを指さした。

「パジャマはどうするの?」母さんはまるでそれが大問題だというように言った。

「わたしのを貸しますよ」

マリア・デル・マールは力強くうなずいた。

「それならいいわ」母さんはこめかみに手をやった。「迎えが必要なら、明日電話しなさい」母さんはまるで片頭痛がしているように見えた。

母さんが帰るとき、わたしはその背中に向かって叫んだ。「母さん?」

「何?」

「シタを見かけなかった?」

母さんはうなずいた。「ダンス会場の辺りにいたわよ」

「わたしを探してなかった?」

母さんは肩をすくめた。きっともう、大音量の音楽の中で大声で話す気になれなかったんだろう。

「もしシタを見かけたら、わたしたちがここにいることを伝えて」

それからわたしたちの番が来て、小さな乗り物の中で、わたしは痛いくらいぎゅーっとペペのほうへ押しつけられた。

止まったときペペはすごく嬉しそうに微笑んで言った。「もう一回乗る？」もちろんわたしはうんと言った。

その結果、お化け屋敷に入ったときには、かなり気分が悪くなっていた。

だけどこれがこの夜で一番ロマンチックだった。ちょっと小さめの車に乗ってキーキーときしむレールの上を進んでいくと、顔に糸が垂れ下がってきたり、骸骨が飛び出してきた。

不気味なものが現れるたびに、ペペはわたしをぎゅっとつかんだ。ほんとうに怖がっているみたいだった。お化け屋敷から出たとき、ペペはわたしの手に何かを押し込んだ。きっちりと四角く折りたたんだメモだった。

ちょうどそれを開こうとしたとき、日に焼けたふたりの観光客が目の前に現れた。最初は誰だか分からなかったけど、ヨガファームに宿泊しているレズビアンのカップルだった。

「ロット！　ロット！」ふたりはまるでわたしたちが大親友みたいに叫んだ。死ぬほど恥ずかしくなって、ペペにしかめっつらをした。

それからふたりのほうへ歩いて行った。「何ですか？」

「あなたのお父さんを見なかった？」

「いいえ」とわたしは言った。ラッキーなことに、マリア・デル・マールがやってくるのが見えた。「マリア！」わたしは叫んだ。

マリアはぎょっとしたみたいだった。

「父さんを見なかった？」

どこかその辺にいるわよと、マリアは身振りで答えた。

「お願いがあるんだけど、このふたりを父さんのところへ連れていってくれない？」とわたしはたずねた。

マリアが迷惑そうな顔をしたので、慌ててつけ加えた。「戻ってきたらピパをおごるから」ピパは塩味をつけたヒマワリの種のスナックで、地面はその殻でいっぱいだった。「それか、ゴーカートのチケットはどう？」

マリアはあきらめてうなずいた。そしてひどいスペインなまりの英語でふたりに何か言った。

わたしはマリアのことをちょっと嫌だなと思ったけど、自分自身のことはもっと嫌だった。父さんやシタにさえも会いたくない。シタはペペとわたしが一晩中一緒にいたことにすぐに気づいて、ほんとうにつき合っているかどうか、ペペに探りを入れるだろう。わたしたちがキスするべきだなんて言ったりしたら、最悪だ。

わたしはペペがくれた秘密のメモを読みたかった。

でもわたしたちはまずコーラを飲んで、焼いたソーセージを食べることにした。

男子たちがテントの裏にタバコを吸いに行ったとき、わたしはそこで待っていた。ペペからのメモをそっと開くと、こう書かれていた。

〈きみがいないと、人生は難しい《ラ・ビーダ・ノ・エス・ファシル・シン・ティ》〉

ぺぺがわたしに言わなきゃならなかったのはこれだけ？　メモ用紙一枚にたったこれだけ？

でもすぐに思った——これはちょっとした詩みたいなものなんだ。わたしのためだけに書かれた一行詩。わたしがいないとつらいなんて、すごくステキじゃない？　これは大切な手紙をしまっておく箱に入れて取っておこう。ほとんどはシタからの手紙で、わたしが書き写した歌詞もいくつか入っている。


「何を持ってるの？」エレナとロシオが近づいてきた。マリア・デル・マールもまた戻ってきていた。

わたしはメモを急いでポケットの奥深くにしまった。

「シタも来るの？」わたしは聞いた。

マリアがちょっと悲しそうにわたしを見て、「来ないと思う」と答えた。「シタは……気分が悪いみたい」

「気分が悪いの？」驚いて聞き返した。シタはどうしたんだろう、シタのところへ行くべき？

でも今は行きたくない！

マリア・デル・マールは何も言わなかったけど、何かかなり深刻そうに見えた。

「シタは……？」

わたしは突然理解した。マリアは、シタが学校の上級生の男子たちとまたこっそりタバコを吸っていることを言いたかったんだ。わたしも一度その現場を見つけたことがあった。

「シタの両親が家に帰っていてよかったよ」と言うと、マリアがまじめな顔でうなずいた。

シタを探しに行く気にはなれなかった。たぶんシタは突然、移動遊園地を子どもっぽいものだと思ってしまったんだろう。前に車の中でそんなようなことを言ってたもの。

でもわたしはめちゃくちゃステキだと思う——ライト、温もり、肉の焼けるにおい。今じゃ地面にごみが散らかっているし、女の子たちのメイクは崩れはじめているけど。ステキ、ステキ、ステキ。

わたしたちがトイレに並んでいるとき、ぺぺがわたしのところへまたやってきた。

ぺぺはわたしを真剣に見つめて言った。「テ・アドーロ——大好きだよ」

この夜のクライマックスだった。

★★★

三日後、ぺぺから連絡があった。「きみが捜している馬は、二週間前から動物病院にいる」

わたしたちは、十五キロメートル離れた病院へ確かめに行った。シタの母さんが車で連れていってくれた。いたっ。そこにパンチョが立っていた！

「ここまで歩いてきたんです」と獣医師は言った。「どうしていいのか分からなくて。この馬にやった餌の代金をお支払いいただけますか?」

餌は十分ではなかったのだろう。こんなに痩せたパンチョを見たのは初めてだった。わたしたちは連れて帰るためにトレーラーを借りなければならなかった。パンチョは歩けないほど弱っていたから。

でも間違いなく、わたしたちの大好きななつかしいパンチョだった。シタとわたしは昼からずっとパンチョをきれいにして、たてがみのもつれをほどいてやった。

「ぺぺはよくしてくれたわ」とシタが言った。「お礼を言わなきゃね」

「うん」わたしはあいまいに答えた。

シタは探るようにわたしを見た。「もう彼と終わったの?」

「ううん、違う」わたしは、ぺぺが言ってくれたことや、箱に入れたぺぺからの最近のメモのことを考えていた。つまり彼が、わたしとずっとチャットしたがっているということを。「ただ……分からないけど、ちょっと重たいのかも。わたしはぺぺといつも会っていなくてもいいんだけど」

「恋って時には重いものよ」シタは考え深そうに言った。

ひとつにすべてを賭ける

夏が終わるころには、状況は変わりはじめていた。

オランダのバカンスのシーズンが終わって、近所の人たちがレストランに来ていたとはいえ、お店はたいてい半分ほどしか埋まっていなかった。九月にこんな状態になることはこれまであまりなかった。

ヨガファームにはまったくお客がいなかった。

全部あのいまいましい経済危機のせいだ。洋服をあまり買ってもらえなくなったことも、親たちが不機嫌で言い争いをすることも、そしてたぶん、シタとわたしが楽しい遊びをあまりしなくなったことも。

「シタ、トランポリンしに来ない?」

「ううん、そんな気分じゃないの」

「じゃあ水泳は?」

「日記を書いたらね」

「それはあとで一緒にできるじゃない」

「うん、でも今思いついたことがあるの」シタはダンサーでなかったら、きっと作家になるだろう。

だけど、最悪なのは、ときどきシタが消えてしまうことだ。あるとき、シタが家に帰ると言ったので、馬の雑誌の最新号を持ってシタの家へ行くと、シタがいない。しばらくすると突然、草原《カンポ》の方角から帰ってきた。

「シタ！　どこにいたの？」

「ちょっと散歩してたのよ」

「散歩？　リゾートサンダルをはいた旅行者にでもなったの？」

「山の向こう側がどんなふうか、ちょっと見てみたかったの。とってもステキだったわよ」


　あれは夏の終わりの美しい日のことだった。目の前に母さんのファッション誌の一冊を広げ、シタと玄関の階段に腰かけていた。「どの指輪が一番いいと思う？」とシタに聞いた。わたしたちは冬のファッションを吟味し終えて、完璧な靴を選んだところだった。

　ところがシタは指輪を見ていなかった。爪をとぎながら、すごくドライにこう言った。「ロット、あたしたちもう少し距離を置いたほうがいいと思うの」

　びっくりして顔を上げるとシタは続けた。「あたしたちいつも一緒にいるでしょ。ほかの人とはほとんどつき合わないで。同じ本を読んで、同じ映画を見て、同じベッドで一緒に寝ることだってよくあるし。そういうことが全部、ちょっと息苦しいなって思うの」

「わたしはちっとも息苦しくなんかないよ」言いながら泣きそうになった。もしシタがわたしをいきなり殴ったとしても、こんなにショックを受けたりはしなかっただろう。

シタはちょっとイライラした様子で首を振った。「そんなに大げさに考えないで。ロットがあたしの親友だってことに変わりはないわ。これからだっていつもそうよ。だけど、あたしはただ……もう少しスペースが必要なの」

「わたしは必要ない！」

そう怒鳴ると、わたしは雑誌を地面に投げつけて走り去った。最悪なのは、シタはわたしを呼び止めることもなければ、追いかけてもこなかったことだ。

「あらロット、どうかしたの？」家の中でテーブルクロスにアイロンをかけていた母さんがたずねた。

わたしは自分が泣いていることにも気づかなかった。シタの言ったことを母さんに伝えられるようになるまで、しばらくかかった。

母さんはただうなずいて、シタの言い分は理解できると言った。「世の中にはシタだけでなく、もっといろいろなものがあるのよ。ねえロット、一枚のカードにすべてを賭けなくていいのよ」

「またそれ？」

わたしはテレビに向かい、気持ちを静めるために『ロード・オブ・ザ・リング』のＤＶＤを観た。

一枚のカードにすべてを賭けるって、どういう意味だろう？

ギャンブルをするときに一枚のカードに手持ちのお金を全部賭けて、もしも負ければ一瞬で全部失う。だからって？　わたしは別にシタを失うつもりもなかったし、そんなことは考えたくもなかった。

わたしはすごく傷つき、数日間ロシオやエレナとばかり遊んだ。とうとうシタがやって来て、そんなにきつく言ったつもりじゃなかったし寂しかった、今晩泊まりに来てくれないかと聞いた。

「ほらごらんなさい、杞憂に過ぎなかったでしょう。そんなに心配することではなかったのよ」

と母さんが分かったように言う。母さんの格言めいた言い回しが嫌い！

結局、シタは一緒に海に行かなかった。

毎年夏の終わりにわたしたちは海辺の家を借りていた。別荘のマンションや醜いビルがそこら中にある観光客向けの騒がしいビーチではなく、風が強くてカイトサーフィンにぴったりの入江の近くにある家。わたしはようやくカイトサーフィンをシタよりもうまくやることができた！

それなのにシタは一緒に行かなかった。

「ごめんねロット、でもうちの親と四六時中、一緒にいるのは耐えられないの」とシタは言った。

「ロットも知ってるでしょ？　父さんはあたしたちがサーフィンしていると、ずっとビデオカメラを回してるし、あたしは目が悪いから何かに激突するんじゃないかって、死ぬほど心配してるし。母さんは毎晩レストランでもみんなで一緒に楽しみたがるし、ビーチで静かないい場所を見つけたと思ったら、すぐにあたしの背中にサンオイルを塗りに来たがるし」

「それから？　わたしはそこにいるよ。最近はすごく広いスペースが必要なんだね」とわたしは言った。

シタは肩をすくめた。

シタはラッキーだった。レストランに結婚披露宴の予約が入っていて、父さんもわたしたちと一緒に海には行けなかったのだ。父さんは手伝いができたことをとても喜んだ。

「これでイケメンのサーファーたちに貢ぐ代わりに、お金を稼げるわ」シタは満足げに言った。母さんも残るという話が出たけど、最後になって一緒に行くことになった。わたしは母さんとシタの弟と一緒に後部座席に詰め込まれた。走り出したとたんに、シタと一緒に残らなかったことを後悔した。

毎日猛烈にカイトサーフィンの練習をした。シタが何を考えていたのか、ほんとうのところはわたしには分からない。ともかく、わたしがイケメンのサーファーたちと一緒にしたことといえばカイトだけだった。肌は荒れて潮でべたつき、顔はどんなオイルを塗っても日に焼けた。でも楽しかった。カイトサーフィンはわたしが知っている中で一番好きなスポーツだ。宇宙飛行士みたいに無重力を体験してみたいといつも密かに思っていたけど、カイトはそれに一番近かった。猛スピードで波に乗ると、波よりも何メートルも上にぽーんと飛ぶ。馬に乗っているときと同じ感覚だった。まるでわたしの身体がどうやって動けばいいかを知っていて、何も考える必要がないみたいに。

凪が強い日の午後はビーチで休んだ。ドイツから来た女の子たちや、ときにはシタの弟と遊んだ。わたしたちはあちこちに秘密の入り口があって、泉がわき出る巨大な砂の城を作った。一度なんてお城があまりにも大きかったので、中をのぞける丸い窓をお城のホールにつけられたほどだ。床には貝殻のじゅうたんを敷き、窓には海草のカーテンをかけた。わたしはノアにこのお城の住人について説明した。ふたりのお姫様とおかかえ料理人、ファッションデザイナーとメイクアップアーティストが住んでるのよ。お城には北半球で一番美しい星空を見ることができる天文台もあるんだ。

大きく目を見開いて話を聞きながらそこに座っているノアに言った。お姫様たちは外へ出ることは許されていないの。なぜって、邪悪な大男が待ち伏せしているから。ちょっと童話の「青ひげ」と似ていた。

母さんがわたしたちを呼んだとき、わたしは強い太陽の日差しに驚いた。まるでほんとうに砂の城から出てきたみたいだった。

夜はレストランでフライドポテトを食べて、母さんやシタの両親とトランプをした。ページワンや、ちょっとだけブリッジも教えてもらった。母さんに上手だとほめられた。

ほんとうに最高のバカンスだった。わたしは真っ黒に日焼けして、髪は海水でゴワゴワに傷み、あちこちに砂をくっつけて帰ってきた。

そしてトラブルが起こった。

シタの両親がビーチでいろんな難しい話をしていたことは、もちろん知っていた。母さんもよくその場に加わった。経済危機の話になって、ヨガに来るお客さんがめっきり減り、おじさんは

「経営がうまくいかない」、おばさんは「もう続ける価値はない」と言っていた。

だけどほんとうにここを去るつもりだなんて、わたしは思ってもいなかった。オランダへ戻るなんて。まさにシタが言っていた通りに。

あっという間のできごとだった。シタの父さんは、前にアムステルダムの大学でしていた仕事に戻れることになったらしい。しかもできるだけ早くということだ。

海辺のバカンスから戻ってきたあと、日曜日にこの話を聞かされた。レストランにはわたしたちしかいなくて、父さんとシタは厨房でデザートのアーモンドケーキを焼いていた。シタとわたしは再会したばかりで、わたしはずっとサーフィンのことを話しつづけていた。シタはいろいろ聞いたり写真を見たりしていたから、うらやましかったんだと思う。シタはちっとも日焼けしてなくて、かわいそうに思えた。でもまあ、シタは少なくともお金を稼ぎ、わたしはいつものようにお小遣いを使い果たしてしまった。

「ヨガファームは今まで通りわたしたちのものよ」おばさんが言った。「賃貸することもできるし、休みのたびに来ることもできるわ。でもそれ以外のときはわたしたちはまたオランダで暮らすつもりなの」

「何?」とシタが言った。料理をつついたり、バゲットを小さくちぎったりしていたのが、今や顔を上げている。「何言ってるの? 誰がオランダに住むんですって?」

「わたしたちって?」わたしは聞いた。「シタもなの?」

「きっとおまえも薄々気づいていただろう」おじさんがシタに向かって言った。

「でもオランダの家にはほかの人が住んでるじゃない」シタはすぐに言い返した。

「ただ貸しているだけで契約は今月末に切れるから、わたしたちは前の家にまた戻れるのよ」とおばさんが言った。

わたしは深刻な顔をしてコーヒーをかき混ぜている両親を見た。「このこと知ってたの？」これまでで最大級の怒りが爆発しそうなのを感じた。怒りはすでにわたしのおなかで、のどで、溢れだしていた。

「ええ、もちろん」と母さんが言った。

「わたしたちは帰らないの？」

「それは……」母さんはためらい、父さんはほぼ同時に「帰らない」ときっぱりと言った。

「シタのお父さんはオランダに仕事があるわ。シタのお母さんはどこでもヨガを教えられるし」と母さんは説明した。「わたしたちとは事情が違うのよ」

わたしは髪が顔に覆いかぶさるほど激しく首を振った。「シタがいないなら、ここには絶対残らないから」

その間シタはショックを受けて辺りを見回していた。「つまりみんなこのことを知ってたのね？」シタは突然わめいた。「あたし以外の誰もが知ってたの？　おじさんも！」最後の言葉を、シタは父さんを見て言った。

「いいや、シタ」父さんは即座に言った。「これはたった今決まったことなんだ」

「わたしだって知らなかったよ」とわたしは言った。シタよりも激しくわめいていた。「わたしたちを無視して決めるなんてありえない。わたしたちの問題なのに。わたしたちの将来が左右されるのに」

「あたしは行かないから！　聞こえた？　あたしは、行かない、から！」シタは叫んだ。シタが立ち上がると、イスがガタンと床に倒れた。

わたしも立ち上がった。「じゃなかったらわたしもシタと行く！」金切り声を上げ、パニック状態になって続けた。「そうだ、どうしたらいいか分かった。シタの父さんはオランダで働いて、ほかのみんなはここに残るの」

「それはダメよ、ロット」おばさんが厳しい声で言った。「わたしたちはそういうことはしないの」

「離れ離れで暮らす家族もあるだろうが、うちはみんな一緒だ」とおじさんが言った。

「じゃあわたしは？　わたしも家族みたいなものじゃない。シタはわたしの姉妹で……」わたしはテーブルを見回した。その間じゅうずっと、ノアはびくびくした目をして父親を見ていた。きっと何も理解していないだろう。

「いったいどうやって友だちを続けていけばいいの？」

「電話があるわ。ツイッターだって、スカイプだって」とおばさんが言った。「それに休暇のたびにシタがスペインに戻ったり、ロットがオランダに来ることもできる」おじさんが寛大にもつけ加えた。

「だけど、それは同じじゃない。わたしたちを引き離すなんて児童虐待だよ、こんなの……」

「ろくでなし！」シタの叫び声が部屋中に響いた。シタはレストランを飛び出した。階段を駆け上がり、わたしの部屋へ駆け込む音が聞こえた。

そしてしんと静まり返った。

「そのうち機嫌を直すわ」おばさんが言って、落ち着きはらってもう一杯コーヒーを注いだ。これがシルヴィーおばさんだ。氷のように冷たい。

おじさんはメガネの奥で神経質そうにまばたきをしていたけど、相変わらず背筋を伸ばして座っていた。

「母さん」わたしは動揺している母さんに泣きついた。「そんなことできないよね？　シタとわたしを引き裂くなんて。そんなことしたら死んじゃうから！」

母さんは唇を噛んだけど、わたしを見なかった。


事態はさらに悪化した。

最初、シタはひたすら泣きつづけた。オランダの家には帰りたくなかったのだ。泣きながら、わたしのベッドでそのまま眠ってしまった。こんなに悲しんでいるシタを見るのは、自分のみじめさと同じくらいひどいことだと思った。

わたしはシタに腕を回して隣に横たわった。何もかもきっとうまくいく、わたしはそばにいる、シタはずっとわたしの親友で、それは変わらないし、誰もわたしたちの邪魔はできない、とささやいた。

しばらくするとドアが開いて、シタの両親が立っていた。わたしは目をぎゅっと閉じた。ふたりが静かに言葉を交わし、立ち去る音を聞いた。

わたしはシタに起きてほしかったけど、まるでこん睡しているみたいに横たわっていた。ときどき泣いたあとにしゃくりあげるように、身体をひくつかせていた。

それから間もなくして母さんが入ってきた。ちょっと部屋を歩き回って、ランプを消し、布団をわたしたちにかけてくれた。そして母さんも去った。明かりがドアのすき間から部屋に差し込んでいた。

わたしの目は乾ききって、まばたきをすると痛かった。頭の中にいろんな考えがうずまいた。こんなことってあるだろうか？　突然ふたりの人生は引き裂かれるの？　シタがいないのにどうやって生きていけばいいの？　スクールバスで、教室で、隣にシタがいないのに、どうやって学校で過ごせばいいの？　毎晩ひとりきりで食事して、ひとりぼっちで眠って。毎週ひとりで馬に乗って。わたしはまたすすり泣いた。

「いやーーーっ！」叫び声が静まり返った家にこだました。わたしはとっさにベッドに起き上がった。

今のは誰の声？　母さんかもしれないけど、こんなに甲高い大声で叫ぶだろうか？

「ああ、ちくしょう……」これは父さんの声だ。

真夜中にもかかわらず、ふたりは大声で怒鳴り合っていた。いらだった声が石造りの廊下に響き渡り、ときどき言葉が聞き取れた。「違う！」悪態をついたかと思えば、また生々しい叫び声が聞こえた。母さんは甲高くてちょっと哀れっぽい声を出すけど、今回は違った。ハイエナの鳴き声みたいだ。

ふと気づけばシタも目を覚ましていた。

「どうしたんだろうね?」わたしはささやいた。

シタは身動きひとつせず、ちょっとしてから言った。「あたしたちのオランダ行きと関係あるのかしら?」

「どういうこと?」

「だから、もしかしたらおばさんもオランダに帰りたいんじゃないかしら。結局、母さんたちも友だち同士じゃない? ヨガファームを閉めたらロットの母さんはここでどうすればいいの?」

「わたしと同じだよ。何もないの」今度はすごく大きな物音がした。「それにしても絶望してるっていうより、戦ってるみたいだね」

「そうかしら?」シタはわたしをそっと押した。「見てきてよ」

「自分でいけば?」

「いやよ、ロットの両親でしょ。あたしはそんな勇気ないわ」

わたしにもそんな勇気はなかった。でも行かないともっとひどいことになる。両親はけんかをしたことがなかった。

たまに母さんが父さんに向かってわめくことはあっても、たいてい父さんはただ逃げるだけだった。今回は父さんも声を荒らげているのが分かる。恐ろしい声で、ほんとうに怒っていた。

わたしは静かに階下へ降りていき、物陰からのぞくつもりだった。ところが階段を降りたところで、スタジオに向かう父さんにはね飛ばされそうになった。

母さんは寝室の入り口に立っていて、まだあの甲高い獣みたいな叫び声を上げていた。「分かったわ。逃げればいいわ、いつもみたいに！　そして覚えておいてちょうだい。二度と戻ってこないで」

「母さん！」わたしは驚いて言った。

母さんは荒々しい目をしてわたしのほうを見たけど、わたしを見てはいなかった。

「ああ、もう慣れっこよ、シャルロッテ。母さんはこれからもう父さんにはついて行かないわ。荷物をまとめてきなさい」

「え？」

「シタと一緒にオランダへ行きたいんじゃないの？」

「でも父さんは？」

「父さんはレストランに残るわ。ロットと母さんはしばらくどこか別のところで暮らしましょう」

「しばらくってどういうこと？」わたしはまったく理解できなかった。「どうして突然そんなこと言うの？　父さんと離れたくなんてないよね？」

「いろいろ整理したいの」まるで安っぽいドラマのセリフみたいだ。わたしの頭の中には知っているかぎりの格言が浮かんでいた――片をつける。肩の荷を下ろす。

「じゃあシタとわたしは父さんと一緒にスペインに残るよ」

「とんでもないわ！」

「でも……」わたしはくるりと背を向けてスタジオへと駆けだした。

「父さん！」

そこには父さんが両手で頭を抱えて座っていた。

「母さんがオランダへ行きましょうって言うの。父さんを置いて。そんなのありえないよね？」

父さんはわたしを見向きもしなかった。「そのほうがいいんだ」父さんの声は聞いたこともないほど悲しそうだった。

そして、わたしは父さんのいうことがほんとうのことだと分かっていた。

「だけどそんなのおかしいよ。何の意味があるの？　父さん抜きでオランダへなんて行きたくない！」わたしの声も母さんみたいに芝居がかって聞こえる。わたしはちょっと声を抑えて続けた。

「けんかなんてしたことないのに。そうでしょ？　父さんたちは絶対にけんかしなかったのに。絶対にけんかなんて……」呪文みたいに何度も言いつづけた。

父さんは立ち上がって、わたしの肩に手を置いた。「すべてうまくいくさ」父さんは優しく言った。

でも、そうは思えなかった。まったく。

わたしはシタの腕の中で何時間も泣きつづけた。「父さんと母さんは離婚するんだ！」

「まだ分からないわ」シタは優しく言った。

わたしは自分が世界一哀れな子どもに思えた。

父さんと離れ離れになって。

この家を出て。

学校を転校して。

馬たちと別れて。

スペインを去って。

ペペとさよならして。

このすべてがたった一晩でわたしに降りかかった。あるときまでは全部うまくいっていたのに、次の瞬間、わたしの人生はすべて粉々に砕け散った。

だけどシタがいる、わたしのそばに。それは救いだった。わたしはしがみついた。シタとロット。ロットとシタ。これはシタにも降りかかっていることなんだ。オランダに引っ越して、新しい学校で、新しい生活を始める。わたしたちはすべて一緒に始めるんだ。

わたしはあの朝、ベッドの端にどんなふうに座っていたかを今も覚えている。それ以上眠れなかったし、シタも同じだった。シタは厨房にコーヒーを取りに行ってくれた。コーヒーは好きじゃないけど、シタによると、コーヒーはまさに今わたしたちに必要なのだった。

身体は腐りかけているみたいで、頭の中は何もかもぼうっとしていた。だけどこれだけは分かった。何かが終わって、死んで、失われた。それが何であれ、もう二度と戻ってこないだろう。

ドアが開くと、父さんの着古したシャツを着て、ブラシでとかしてもいないぼさぼさ髪のシタが立っていた。シタは、ほんとうに上手に部屋の雰囲気を明るくしてくれた。

「コーヒーよ」シタが言った。「ミルクたっぷり。それからオランダ製のビスケット」

その人が登場するだけでその場が華やぐ。それがシタだ。シタが現れると辺りがぱあっと明るくなる。

わたしは切り抜けられる。結局は。だってシタがいるから。

明かりを消せば、
それほど危険じゃないさ

With the lights out, it’s less dangerous

レインドロップス

「わたしはあれのことをいつも〝ニセ爆乳〟って言ってるの」香水ショップの女店員が同僚に向かって言う。「あれって、ほら、ぱかぱかするじゃない」店員はまるで母さんとわたしが店にいないかのように振る舞っている。たぶんほんとうにわたしたちに気づいていないんだろう。

母さんはわたしの腕に何度も香水を吹きつける。「これなんていいんじゃない？」

「甘過ぎるよ」

「じゃあこれは？」

「シーッ」わたしは、まだいやらしい話を続けている店員を指さす。「彼女はシリコンパッドをちゃんとつけてたんだけど、それが下がってきちゃって。片方は胃の辺りまで落ちちゃったの。ちょうどここまで」店員はおなかを指さした。

母さんが不快そうな顔をして、ふたりで苦笑いした。

「行くわよ」母さんは店員のほうへ向かった。「この子くらいの年齢だと、どんな香りがいいかしら？」

「だから彼女はまた引っぱり上げたんですって」店員はまだ続けている。それから母さんに微笑む。「何かお探しですか？」

しばらくして、わたしたちはレジの前で二百ユーロを支払った。あんまり高くてびっくり。「どうぞ」店員からアムステルダム空港の免税店の〝シー・バイ・フライ〟と書かれた黄色い袋を渡された。

わたしはまるでクモでも入っているみたいに袋をつまんで、身体から離して持った。そしてたずねた。「母さん、そんなお金あるの？」

母さんは周りをちらっと見て「ええ、もちろん」と軽やかに言う。「それより、アムステルダムではロットも女らしく、いい香水をつけなきゃだめよ」

「女らしく」なんて言われてわたしはウエッと吐くまねをしたけど、母さんは見ていなかった。

手荷物引取所でスーツケースを待ちながら、母さんが聞いた。「何がしたい？　駅前の〝ヘマ〟でトンプース（カスタードクリームをパイ生地で挟み、ピンク色の糖衣をかけたオランダの菓子）でも買って帰る？」

まるで祝い事でもあるみたいだ。

「吐き気がするんだけど」

「もう、この子ったら」

「でも今晩はタイ料理が食べたいな」

「新しい服も買いましょうね」と母さん。「あんなジャージみたいなものばかり、新しい学校では着ていられないわよ。今日の午後にでも〝デ・バイエンコルフ〟へ行きましょうか？」

デ・バイエンコルフはアムステルダムにあるシタとわたしが好きなデパートだ。きれいな洋服がたくさんあって、最上階にはケーキやすごくおいしいパンやフルーツシェイクが所狭しと並んでいる。

「天文ショップにも行く?」

「何のショップですって?」

「宇宙に関する本やアストロカメラとかを売ってる、すっごく楽しいお店だよ。前に父さんと行ったんだ」

「そうねぇ」と母さんは言う。「ほら、荷物が来たわ。意外と早かったわね」

ベルトコンベアーから大きなスーツケースをぐいっと引っぱる。いつもは手荷物しか持ってこない。これがただの小旅行ではないということを、また思い知らされる。何もかもあっという間だった！　シタはまだ到着していなくて、両親と一緒に車で来ることになっている。

「自分のカメラを」わたしは急に思い出す。「スペインに置いてきちゃった。それに母さん、歯の矯正用のマウスピースも」

「全部送ってもらえるように、リストを作りなさい」母さんは出口へ向かいながら言う。あとでスペインから来る引っ越し便のことだ。その準備もまだ全然できていなかった。

「そうでないと学校をたくさん休むことになってしまうわ」オランダの学校がもう始まっているので、母さんはずっとそう言っていた。まるですごく重要なことみたいに。

空港から駅へのアクセスはスムーズだった。母さんは頭を突き出してどんどん早足で歩く。ニワトリみたい。

逃走だ、と思った。母さんは脱獄した囚人の役で、人質のわたしを引きずっていく。でもどうして?

「母さん、もうちょっとゆっくり行こうよ」

「電車がもうすぐ出ると思うのよ」母さんは立ちどまって表示板を確認している。

「それ、飛行機のだよ。ほら見て、到着って書いてあるよ」

「それじゃあ何番線に行けばいいかはどこで見れば……」母さんは誰かにたずねもせずに、また焦ってうろうろしている。「あ、そうだ、その前に切符を買わなきゃ」

母さんが券売機にデビットカードを逆向きに入れるので、わたしは死ぬほど恥ずかしかった。後ろに並んでいる人たちもみんな急いでいるのに。

「母さんったら、観光客みたい」

「ちょっとは手伝ってちょうだい」

なんとか電車に乗り込んだ。

「新しい生活のスタートね」と母さんが言う。

わたしはスーツケースをぐいっと引きよせて、むこうずねにすり傷を作ってしまった。「住むのは一時的なことなんだよね?」

母さんは窓の外をじっと眺めているけど、トンネルの中なので何も見えない。「わたしはアムステルダムに来るといつも嬉しくなるの」と母さんが言う。「いつも思うの、帰ってきたって」

「窓に映る自分の顔を見てるの?」

母さんは窓越しにわたしを見る。「あなたも帰ってきたのよ、ロット。あなたはここで生まれたの。ちょうどシンゲル運河の花市場の上にある小さな家だったのよ。あなたが生まれて最初に聞いたのは、路面電車《トラム》が走る音なの」もう百回は同じことを聞いていたけど、わたしは初めてみたいな振りをした。「そんなにアムステルダムが好きなら、どうしてスペインに行ったの?」

「それも一時的だったのよ」と母さん。「すべては一時的なものなの。ほら、トンネルを抜けるわ。牛がいるわよ。道路はすごい渋滞ね。タクシーにしなくてよかったわ」

雨が車窓に叩きつけている。わたしには何も見えない。

「さあさあ、お入り。迎えに行ってやれなくてすまなかったね」

ポスおじさんはすまなそうには見えなかった。前に会ったときよりさらに薄汚れている様子だった。古い絵画用エプロンらしきものを身に着けて、白髪まじりのぼさぼさのあごひげを生やしている。

「ポス!」と母さん。もしかして、泣いてるの? 単に雨に濡れただけ?

「お嬢さん、おやおや」とポスおじさんが言う。妙な感じに聞こえるけど、母さんの兄さんだからそんなふうに言えるんだろう。

わたしたちはいつも、愛嬌たっぷりの動物の像に囲まれておじさんの大きな家に滞在する。おじさんに言わせると、れっきとした彫刻だそうだ。

「雨に濡れないようお入り」とポスおじさんが言う。「ますます悲しくなってしまうよ」

天井の高い廊下を通って、シタが「夢の隠れ家」と名づけたおじさんのアトリエを抜けていく。思わず撫でてしまうつるつるのイルカを通り過ぎると、ウサギの毛皮で作られた猫や、革製のウサギが並んでいる。

「また忙しく働いてるのね」母さんの声は震えている。

「相変わらず動物ばっかりだね」とわたし。

「動物は大嫌いなんだがね」ポスおじさんが先を案内しながら言う。「なぜこんなナンセンスなことをしているのか分からんよ」

「よく売れるんでしょ?」

「ああ、なんとかね。それが理由になるかね?」

一段落してわたしたちは暖炉の形をしたヒーターの前に座り、わたしは温かいココアを、ポスおじさんと母さんはマグカップでラム酒の入った紅茶を飲んだ。ラム酒たっぷりだ。母さんは熱い紅茶をすすって、二回も口の中をやけどした。

部屋は暖かく、絵の具のいいにおいが漂っている。ポスおじさんのおかげで母さんが落ち着いているのが嬉しい。おじさんといるとなぜか安心する。もちろん初対面だとそうはいかないけど。おじさんは浮浪者みたいな格好をしている。まるでくしゃくしゃの枕で眠ったような顔をしている。たまに一週間お風呂に入らないこともあって、誰かが「ポス、におうよ」と言うと、おじさんはああそうと言ってシャワーを浴びる。シャワーから出るとアフターシェーブローションをプンプンさせて、濡れた髪をスタイリング剤でべとべとにしてからとかしてオールバックにする。

お風呂に入る前とにおいの種類が変わっただけだ。ポスおじさんは仕事に没頭すると躁状態になる。そういうときは近づかないほうがいい。でも普段は物静かで感じがいい。

「ポスおじさんのどこがすばらしいかというと」シタはいつも言う。「なんでも受け入れてくれるところよ」

「そうだ、ポスおじさん」わたしは突然母さんとおじさんの会話をさえぎって言う。「ニセ爆乳の話を聞いたんだよ」と、香水ショップの店員がしていた話をした。

ポスおじさんはとてもおもしろいと思ったようだった。「そりゃまた、すばらしくひわいな言葉だな、ニセ爆乳か」

「スペインにはシリコンパッドを着けてる女性が多かったわね」と母さんが言う。「いつでも胸からつまみ取れるわ」

母さんはまた静かに泣きはじめたけど、シリコンパッドとは関係なさそうだ。

「もっとラム酒を効かせたほうがいいな」ポスおじさんが言って、優雅な身のこなしでボトルを取る。

わたしは立ち上がった。「ポスおじさん、わたしはどの部屋を使ったらいい?」

「どこか一部屋を使うといい、ロット。正面の部屋は母さんが使うからだめだが、屋根裏部屋はどうだ?　マットレスは十分にある」

「どの部屋でもいいの?」

「わたしのアトリエと寝室以外ならいいぞ」

「お風呂場でも？」

「もしそこがいいのなら」

わたしはリュックからノートパソコンを引っぱり出した。「Ｗｉ－Ｆｉのパスワードは変わってない？　今ちょっと父さんにスカイプしたいんだけど」

「父さんに。そう」と母さん。「父さんによろしく伝えて」と言うのかと思ったのに。

廊下は静かでちょっぴり暗い。電気のスイッチがどこにあるのか分からない。

ゆっくりと巨大な階段をのぼっていく。

屋根裏部屋はいびつな形をしていて、ネズミのにおいがした。でも真ん中の小さな部屋には、丸い脚がついた柔らかくて新しいソファーがある。そこにドサッと倒れこんだ。

ラッキーなことに父さんはスカイプにログインしていた。「ああ、ロット、無事に着いたんだね？」

「うん、もちろん」

父さんはいつものように厨房にいる。調理中だ。また泣いている親を見ないですんでよかった。

「父さん、こっちはひどい雨だよ」とわたしは言う。「マウスピースを忘れてきちゃった」

「え？」と父さん。きっとわたしがマウスピースを着けていることを知らないんじゃないかな。

わたしの歯列矯正はいつも母さんの役目だ。

「レインドロップス」父さんが言う。

「何？」

「『パッショネイト・レインドロップス』という歌を知っているかい？　スティーヴィー・ワンダーの曲だよ。そうだ、送ってやろう」

「ああ、やだ。音楽はもういいよ」

父さんは笑いながらもパソコンをいじっている。

「父さんに会いたい」とわたしはメッセージ送信欄に打つ。そしてすぐにスカイプをログアウトして、送ってくれた音楽ファイルを開いた。雨のことを歌ったいい曲だ。夏の雨の歌。続けて三回再生する。この曲でわたしは何を感じるだろう？

わたしはソファーのひじかけに頭をもたせかけて寝転び、ノートパソコンをおなかに載せる。パソコンを操作していつでも父さんを呼び出すことができるなんて、魔法みたいでステキ。パソコンにはスペインの写真もたくさん入れてあって、一度整理しないといけない。千枚はあるだろう。

「星の観測」と書かれたフォルダーがある。夜空を写した黒いだけの不思議な写真だけど、わたしは削除できないでいる。スペイン南部の、岩だらけで自然のままの海岸線を旅したときのものだ。そこは不毛の地でほとんど人が住んでいなかった。星を観測するにはもってこいの場所だ。しかもおあつらえ向きにその日は月の出ていない真っ暗な夜だった。

父さんがこれまでにくれた中で最高のプレゼントだった。

わたしは濡れて冷たい砂浜にあお向けになり、父さんを枕代わりにした。わたしたちは空を見上げて遠くまでのぞき込んだ。星空は巨大だった。ガイドも一緒にいて、ものすごく遠くまで照らすことのできるライトを使って解説してくれた。わたしは星に詳しいから、将来は天文学を勉強するのもいいかも。でも数字や公式ばかり勉強するんだったら、ちょっとつまらないかな。だけどこのときは、ガイドはわたしたちが見たすべての星座にまつわる古い神話を話してくれたから、つまらないなんてことはなかった。父さんとわたしはうっとりして夢中で聞き入った。海からは冷たい風が吹きつけ、背中は砂で濡れたけど、あの夜はずっと終わらないでほしかった。

月の女神、美しいアルテミスの物語を聞いた。アルテミスは大男のオリオンに強引に暴行されかけた。オリオンはかなりハンサムなだけでなく、とても大きな男でもあった。海の中から頭を出して歩くことができた。ある日、オリオンは森の中でアルテミスと出会って夢中になった。でもアルテミスはオリオンと関わることをまったく望まなかった。利口な女神は大サソリに助けを求めた。そして大サソリがオリオンを刺し殺した。アルテミスは間一髪で助かった。

その後、アルテミスはお礼に大サソリを星座として空に上げた。サソリ座はオリオン座の正反対に位置する。冬はオリオン座が夜空に輝き、夏はサソリ座がより美しくきらめく。こうして今でもふたりは戦っているんだ。

「ふたりして嘆き悲しんでいるとは」

わたしはポスおじさんが部屋に入ってきたことに、すぐには気づかなかった。自分が泣いていることにも。

ポスおじさんは大きなソファーに寝そべっているわたしの隣に腰かける。何も言わないし、ハンカチを差し出したり、水を持ってきたりすることもない。ただ静かに泣かせてくれる。

「ポスおじさん」ようやくわたしは口を開く。「母さんとわたしはオランダに永遠に住むわけじゃないよね？　母さんと父さんはきっと仲直りするよね？」

ポスおじさんは無意識に無精ひげを引っぱっている。「母さんが少しの間、父さんと離れて暮らすのはいいことなんだよ」ポスおじさんは考え深そうに言う。「ふたりはここ最近、もうお互いを高めあえなくなっていたんだ」

「どういう意味？」

「思い出してごらん、ロット。おまえの母さんはすばらしい女性だったが、今やその面影はない。最近母さんをちゃんと見たことがあるかい？」

「母さんが太り過ぎだってこと？　それは母さんがいけないいんだよ。わたしよりチップスをたくさん食べるんだもん」

「おまえの母さんはな」とポスおじさんが言う。「すべての男を従えていたんだよ。若いころは宮廷に住む女王のようだった。当時も決してスリムとは言えなかったがね。けれども目がきらきらとした、魅力にあふれた女性だった」

そんなふうに母さんのことを考えるのは、わたしにはしっくりこない。「母さんはただのおばさんだよ」

「まったくこの二人は」こんなふうに言えるのはポスおじさんだけだ。「母さんはまだまだ若いしすばらしいさ。だが、あの目の輝きはどこへ行ってしまったのかと、考えることがあるよ」

「だからって父さんのことを悪くは言えないんじゃない？」

「もちろんさ、ロット。それにリコも栄華を極めていたよ」

リコとは父さんのことだ。わたしは栄華がどういう意味か分からない。

「ふたりは離婚すると思う？」

「見守っていよう」とだけポスおじさんは言った。「見守るんだ」

かくれんぼ

ピンクのマウシェがかかったラスクが五箱、調理台の上でシタの到着を待ちかまえている。到着早々、シタはこう言った。「二日間も親や弟と車の中に閉じ込められてたのよ。今すぐタバコが吸いたいわ！　いいわよね、ポスおじさん？」

シタは、アトリエの隅にあるお気に入りのイスにドスンと座り込んで、タバコを吸い、延々と話しつづけている。「父さんったら図面を引いて測量して、引っ越し業者用の計画まで組んだのよ。倉庫の荷物をどこに運ばなくちゃならないか分かるようにって。業者はすぐに不機嫌になっちゃって。弟がここに来るまでに少なくとも五回は吐いたから車はにおうし、普通じゃなかったわよ。母さんがエアコンの効きが悪くなるからって、窓を閉めきるんだもの。あの空気はほんと身体によくないわ。だってストレスニキビが三つもできたんだから」

「ストレスニキビか」ポスおじさんがまじめな口調で言う。

「分かるでしょ、ああいうニキビはいつもタイミングの悪いときに、できてほしくない場所にできるのよ」

「まったくその通りだ」

ちょうど三十分が過ぎたところで、シタはわたしがどうしていたのかとたずねた。

「新しい香水を買ってもらったんだ」とわたしは答える。

何ていう香水だったかなと考えていると、シタが聞いた。「ペペとはもう話した?」

わたしはシーッと言って、ポスおじさんを指さす。おじさんは銅像を磨いている。

シタは肩をすくめる。「すぐに電話したと思ってたわ」

「スペインに戻るまで待とうと思って」

ふと全員が黙りこくった。わたしたちはポスおじさんの作った像を眺める——巨大な銅製のネズミ。近くで見ると、口にすごく小さな銅製の猫をくわえているのが分かる。ネズミは恐ろしい怪物みたいだ。


次の日、わたしたちはもう学校に行かなくてはならなかった。スペインの学校よりずっと大きくて立派だった。「豪華ね」とシタは言う。でもわたしの頭は宿題と補習のことであっという間にいっぱいになり、学校をじっくり眺める余裕がない。

数学の先生はちょっと父さんに似ていて、先生を目の端でとらえるたびにびっくりする。だけど父さんを音楽専門店やテレビ番組でも見かけた。スペインからの引っ越し荷物に父さんのデニムジャケットが偶然紛れ込んでいたのを見つけたときは、心臓が止まるかと思った。

スペインでは父さんがそこにいることをいつも忘れていた。わたしに言葉をかけてベッドへ送り出したり、テスト勉強を見てくれたりしたのは母さんだったから。

父さんがいないと母さんはかなりヒステリックで、シタの母さんとは大違いだ。アムステルダムに着いたその日から、ずっとそこに住んでいたかのように振る舞っている。シタも同じようだった。

「どうしてもうそんなこと知ってるの？」通学を始めて一週間が過ぎたころ、わたしは自転車で下校しながらシタに聞いた。

「そんなことって？」

「ボーイフレンドのことを〝イマカレ〟って言ったり、すごいことを〝ハンパない〟とか。それになんでＡＰＳ《アミーガス・パラ・シエンプレ》（永遠の友だち）って書かなくなったの？」

「それはスペインのチャットサイトにアクセスしなくなったからよ」

なんでアクセスしなくなったんだろう？「マリア・デル・マールがきのうシタのこと聞いてたよ」

「ああ、マリアね」シタはあいまいに言う。「あたし、これからはグリーンの服しか着ないことにしたって、ロットに話したかしら？」

「なんで?」

「あたしの目の色と合うの」

「ほんとうにグリーンしか着ないの?」わたしは自分の服に目をやる。ライトブルーのセーター、グレーのパンツ、ピンクのラメ入りスニーカー。そしてコートは紺色だ。

「それって絶対あの音楽のせいだよね」とわたし。

「どの音楽?」

「シタのｉＰｏｄに最近入れた曲。全部ゴシック・ロックのバンドで、みんな暗い色の服を着てるじゃない」

「違うわよ、ロット。あれはゴシックじゃないの」

「じゃあ、エモ(ロックの形態の一種)ね」

「エモはもっと……」

「みんな吸血鬼みたいなメイクをして、黒いＴシャツを着てるよね? 曲はどれも同じような退屈なものだし。シタがわたしの父さんと聴いてた曲と全然違うじゃない」

「まったく違わないわ」とシタ。

そして脇道へそれて家に向かう。「また月曜日ね!」とシタが叫ぶ。

わたしはあまりに驚いてしまい、勢いよく自転車ごと歩道に乗り上げた。

わたしたち、週末中ずっと会わないの? ポスおじさんのコレクションからシタと一緒に見るロマンチックなＤＶＤを選んでおいたのに。それに一緒にわたしの部屋の天井に星を飾りたかったのに。シタはそういうことが上手だから。

だけど、短いメールのやりとり以外、ほんとうにその日わたしはシタと話さなかった。

「今夜何するの?」わたしがたずねる。

「寝るわ。とっても疲れてるの」そう返信が来る。

母さんが食事のあとで「わたしたちと下でくつろがない?」と聞いたけど、わたしはまったくそんな気分じゃなかった。中年ふたりとソファーに座ってくだらないテレビ番組を見るなんて、悲しくない?

わたしは自分の部屋で、今はベッドにしている大きなソファーに寝そべり、宇宙旅行の映画を見る。ナレーターが語った言葉を書き写し、ベッドの近くに貼った。


われわれはみな闇の中で生きている。地球の成層圏の向こうには広大な闇が広がっている。銀河系だけでも二千億個もの星が存在するが、闇を払いのけるにはあまりに少な過ぎる。宇宙空間に初めて飛び出した宇宙飛行士たちは、そこは目もくらむほどの闇で身を切るような寒さだったと後に振り返っている。しかし彼らはまた闇の中へと戻りたいという。われわれはやめられない——あの闇の中に地球外生命体を探し求めることを。

映画を見ながら、しょっちゅうスペインのチャットサイトをチェックしたけど、誰もオンラインでつながってはいなかった。分刻みでパソコンの時計を見ても、時間はちっとも進まない。金曜の夜はこれからだ。クラブやレストランはお客が押しよせていて、スペインではちょうどこれから夕食どき。誰かがどこかで馬を小屋に連れていく。だけど、わたしは何をすればいいの？

もう一度、壁の棚に飾っている星グッズの宝物を見る。宇宙に関する本やロケット型のペン、ガラスの地球儀と月のカレンダー。わたしは電気を消して、宇宙遊泳しているところを空想する。小さな輝くボールみたいに見えるほど遠く離れたところから地球を眺めたら、いったいどんな気分だろう？　地球からあまりに離れていて怖くなるだろうか？　孤独だろうか？　すべてがあまりに美しくて、神様のことを考えるだろうか？　宇宙船から夜の地球を眺めたらすばらしいだろう。どこかしらで稲妻が光るところや、油田の炎、オーロラ、漁船の強烈な明かり、そしてもちろん町や村や道路の明かりがいつも見えるだろう。まるで黒と金色の毛布みたいだ。

目もくらむほどの闇と身を切るような寒さ。見下ろす地球は大きなビー玉のよう。そして月は、どの角度からでも見ることができるから、いつでも満月だ。丸いお月様、丸いお月様……昔よくやった遊び。シタがわたしの背中に指で月を描いた。目と鼻と口のある、丸いお月様……。

わたしは驚いて目を覚ます。今何時？　もう朝？

一時半だ、びっくりした。寒い。服を着たまま眠ってしまったようだ。

わたしはトイレに行き、母さんにおやすみを言おうと立ち上がる。でも階下は真っ暗だ。母さんはわたしにおやすみなさいのキスもしないで寝たんだろうか？　そうに違いない。でなければきっとわたしに毛布をかけてくれるか、せめて靴は脱がせてくれるはずだ。

わたしはスニーカーを床に思いっきり投げつける。いったい今日はどうしたっていうの？　みんなわたしのことを忘れちゃったの？

ふとアトリエに明かりがついていることに気づく。そっとドアを押してみる。

ポスおじさんが大きなやすりを手に、例の大きくて不気味なネズミと向き合っている。

「ポスおじさん？」

おじさんは驚いて顔を上げる。「ロット！　眠れないのかい？」

「寝てたんだけど起きたの」わたしは明かりに目をしばたたく。「母さんはどうしてわたしに何も言わないで寝ちゃったの？」

「ロットの部屋が真っ暗だったからな。それに母さんもくたくただったんだ」

「わたしはちっともくたくたじゃないよ」わたしはシタのお気に入りのイスにドサッと腰を下ろす。「ちょっと見てていい？」

「わたしを見るのかい？」とポスおじさんが聞く。「おじさんがしていることを見るの」おじさんは穏やかに作業を続け、やすりで削ったり研磨したりしている。

ここはすごく静かだ。部屋の隅には小さなストーブがたかれていて暖かい。わたしはイスの上でシタがよくやるようにひざを抱えて丸くなり、さっき見た夢を思い出そうとする。船に乗っていてみんな船酔いしていた。

しばらくしてわたしはこう言った。「シタとの関係が危機的なんだ」ポスおじさんはちょっと笑っているように見える。「ほんとうなの。わたしはシタがオランダに来るのを待ちこがれてたんだよ。ようやくここに来たのに、何でもひとりでやらなきゃいけない気がするんだ」声が震える。

ポスおじさんは像を確認するために二、三歩後ろへ下がった。おじさんは首をかしげている。

「ステキだね」わたしが言う。

「そうかい？　たまに作業をやめられなくなるんだよ。ここはもう少し滑らかなほうがいい、あそこはもっととがらせたほうがいいってな」

「まさにあのアザラシみたいに」わたしは、ほとんどアザラシには見えない像を指さした。ポスおじさんがくまなくつるつるに磨いたものだ。

「ああ。あれはつるつるにしなきゃならなかった。アザラシは水中に棲んでいるからな」ポスおじさんはそれで全部を説明したかのような調子で答える。

「シタとのこと聞いてくれないの？」

ポスおじさんがわたしを見た。「ちょっとシタを放っておきなさい」と穏やかに言った。

「どういう意味？」

「シタはただひとりになりたいだけかもしれないよ」

「だけどシタだよ？　わたしたちいつも一緒だったのに」

「だが今は少し違う。シタのプライバシーを大事にして、少し自由にさせてやりなさい、ヒット」

「だけどすごく怖くて……」わたしは、床に置かれた冷めたコーヒーが入ったマグカップをわざと蹴って倒す。敷かれた新聞紙に、濡れた茶色のシミができる。

ポスおじさんは口をはさまない。だからわたしは独り言のようにこう言う。「そのうちシタも失う気がする」

「それはおまえ次第だ」ポスおじさんの言葉は謎めいていた。

わたしはクッションのように柔らかいイスの背に頭をもたせかける。絵の具ほどいいにおいのものはない。その夜わたしはずっとそこにいた。

★★★

「今日の午後、授業が終わったら一緒に帰ろう」わたしは月曜日の朝一番にそう言った。シタがうなずく。まったくいつも通りに見えた。

シタのアムステルダムの家は、ホテルみたいにきれいで、ガランとしている。おじさんは夜遅くまで大学にいるし、そこで食事をすませてくることもある。おばさんはヨガレッスンの合間をぬって、あらゆる「スピリチュアルな集会」に出かけなければならない。母さんはまだ職業安定所に通っているというのに、シタの母さんは仕事を断らなきゃいけないほどだ。

キッチンではノアが宿題をしていた。わたしはテーブルの上のランプをつける。

「待ってて」とシタが言う。「ちょっとやらなきゃいけないことがあるの」

そういうとシタは二階へ上がっていく。しばらくしてわたしも階段を上がる。

シタの部屋はドアが閉まっていて、音楽が聞こえる。

「シタ？」

父さんのお気に入りのバンドだ。

〈そしてダムがあまりにも早く壊れ、歳月を押し流し……〉

「シタ？」わたしはもう一度呼ぶ。ドアには鍵がかかっている！「何してるの？」

〈……ぼくは月の裏側におまえを見つけるだろう〉

驚いたことに、宇宙に関する歌はたくさんあった。月、星、飛行。そのことにわたしは最近気づいた。

「シタ！」

「今行く……」

わたしは五分間待った。十分間待った。これがポスおじさんのいうプライバシーってやつ？

「姉ちゃんは泣いてるんだ」シタの弟がいつの間にかわたしの後ろに立っている。

「ほんとう？　何かあったの？」

「何にも」とノア。「ただ泣いてるんだ」

「でも、どうして？」

「スペインがとても恋しいんだと思う」ノアはまじめくさって言う。

「それならそう言えばいいじゃない？　わたしだって毎日ホームシックよ」

「ぼくは毎時間だよ」ノアが言う。ノアの父さんと同じように、神経質にまばたきをしている。

「ノアが？　スペインの何が恋しいの？」

「おやつ《メリエンダ》」ノアは間髪《かんはつ》をいれずに答える。

「おやつ？」スペインの子どもたちが午後六時ごろに食べるおやつのことだ。ドーナツとか、チョコレート、チップス、なんでもいい。「なんだ、それならできるじゃない」

「え？」ノアが聞き返す。

「おいでよ」わたしは踵を返してキッチンへと向かう。「おやつを作ろう。チップスはある？クッキーは？」

ノアを喜ばせるのは簡単だ。ケーキとチップスにパック入りのココアを添えて、キッチンのテーブルにつく。ノアがこんなにスペインでの生活になじんでいたなんて、全然思っていなかった。ノアはおしゃべりが止まらない。話題は、今週末にFCバルセロナがマラガCFと対戦すること。今日はソフィアという洗礼名を持つ子どもたちみんなの聖名祝日（洗礼名にした聖人を称える日。たいていその聖人の命日）だということ。そして草原《カンポ》で遊ぶには今が一年中で一番いいということなどだ。

「かくれんぼ《エスコンディテ》とかして遊んだよね」これはかくれんぼの一種で缶蹴りみたいなものだけど、隠れた場所を探し当てるのがほんとうに難しい。「マリア・デル・マールを一時間以上も探したのを覚えてる？　岩の間にすっぽりはまって隠れてたんだよ」

わたしはそのことを覚えていた。「マリアは間違って落ちちゃったのよ」

「うん、それでマリアを助け出すために下まで降りなきゃいけなかったんだよね。そういうのが上手な人がまず降りて。それがロットとラファ・ラウリだったね」

そのことを思い出すと笑わずにいられない。「ようやくマリアを助け出したときには、もう暗くなってたよね」

「でもマリアは缶を蹴るのを忘れなかったんだ」

「そう、ちゃっかりしてるよね。親たちはみんな心配して、捜索を始めるところだったっけ」

「みんなスペイン人の親たちだよ」ノアは誰かが正確でないことを言うと、すぐに訂正したがる。でも今日は、スペインのことをいろいろ思い出せたので、気にならなかった。親たちがみんな昼寝《シエスタ》をしている午後中ずっと、わたしたちは岩山の間の広々とした青い芝生の上で遊んだ。今もにおいまで覚えている——そこに生えていた野生のミントの香り。わたしたちはいつも〝ペパーミント畑〟と呼んでいた。わき水はちょっぴりコケ臭かったけど、水はいつでもすごく冷たくて甘かった。

「今みんなはそこにいると思う?」わたしは聞いた。「わたしたちは家の中で座ってしゃべっているでしょ。外で遊んでも寒くないかな?」

「二十二度だもん」ノアが即答する。「今朝、天気予報サイトを検索したんだ」

「いいなー、ここはもうすっかり秋だよね」

たとえ太陽が出ていても、アムステルダムでは誰も外で遊ばない。たった今気がついた。遊ぶ場所がないし、外で遊びたがる子どももいない。みんないつも何かで忙しそうだ。急ぎ足で歩く人、赤信号を無視して自転車で通り過ぎる人。かくれんぼがしたい? そんなこと言ったら、みんなわたしをばかにして大笑いするだろう。

「アムステルダムはいつも寒いね」ノアが言う。「つまんない町だよね」

「ここのほうが買い物は便利だよ。もうすぐ聖ニコラス祭《シンタクラース》のショーウインドーが登場するし。マジパンの飾りとか」

「マジパンならスペインのもきれいだよ」ノアはかたくなに言う。

「それもそうね」ふとオランダのお店がみんな洗練されているのは、屋外があまり魅力的じゃないからかもしれないと思う。

「スモークソーセージ」わたしはノアに向かって言う。「これはスペインにはないよ」

「チョリソのほうがおいしいもん」

「フライドポテト!」

「リコおじさんのフライドポテトほどおいしくないよ」

ノアはわたしの父さんも恋しいのだとすぐに分かった。でもどうして？　ノアと父さんはそれほど一緒にいたわけじゃないのに。

「父さんとスカイプはできるかもよ」とわたしは言う。

「ほんとう?」とノアが聞く。「いつ?　今すぐ?」

「そうね。もしシタのノートパソコンを借りられたら」

「ノアのノートパソコンじゃだめなのかしら?」

ノアとわたしはすごく驚いた。いったいいつから、シタはドアのところに立っていたんだろう？　大きなサングラスをかけて、ショーウィンドーのマネキンみたいに身動きひとつしないで。

わたしはすぐにシタのところへ行った。「いったい何があったの？　スペインが恋しいの？」「とても恋しいわ」シタはふたつ目の質問にだけ答えたけど、どこかおかしい。シタはわたしの脇を通り過ぎ、イスに座った。

「シタもココア飲む？」

シタが嫌そうな顔をしたので、わたしは優しく言った。「コーヒー！　コーヒーをいれてあげる」シタの両親は大きなエスプレッソマシンを持っている。

「ぼく宿題をするよ」ノアはそう言って急いで立ち上がったので、自分の足につまずいた。

「明日かあさって、またおやつを作りに来るね」わたしはノアに後ろから声をかける。「そしたらあったかくて濃いホットチョコレートを作ろう」

「時間があったらね」

「どういう意味？」だけど、ノアはもういなかった。

「恩をあだで返されちゃった」わたしはシタに言う。

「ああ、ノアは学校でたいへんなのよ」シタはぼんやりと言う。

「背も低いでしょう？　スペインでは気にならなかったけど、ここではノアは迷い込んだ小学生みたいだわ」と言ってから、慌ててつけ足す。「ブリッジクラス（オランダの中等学校における進路を決める前のクラス）だからそれが普通なんだけど」両親がまた学校に来て話をするのを恐れているんだろう。

わたしはシタの前にコーヒーを置いた。「でもいったいどうしたの？　シタ、悲しいの？」

シタは肩をすくめる。

何かあるんだ。だけどもしわたしが、シタが話したがらないのにぐちぐち言いつづけると、嫌がることも分かっている。だからしばらく何も言わなかった。すごく難しかったけど。

シタはコーヒーをちょっとすすった。シタはいつもちびちび飲む。「ところでそっちは？何を話してたの？」

「かくれんぼのことよ」

シタは驚いて見上げる。「かくれんぼ？　どうして？」

シタの声が急にすごく子どもっぽく聞こえたのは、きっと〝かくれんぼ〟という言葉のせいだろう。わたしの十四歳の誕生日には、まだ外で長いこと遊んでいた。シタもそうだった。

「別に理由なんてないけど。草原でかくれんぼをして遊んでた思い出とか、そんな話をしてたの」

「あたしもかくれんぼのことを日記に書いたことがあるわよ」とシタが言う。「ちょっと待ってて、日記を取ってくる」

しばらくしてシタが日記を持って戻ってきた。「見て」

シタがそうっと日記帳を開く。わたしは読んだ。

たまに、自分が書いた言葉がしっくりこなかったり、あまりにつまらないことがある。何か悲観的なことを書いたときは、すぐにでも陽気に歌ったり、踊ったりしたほうがい

い。

　あたしは感じたことだけを日記に書くようにしている。

　体育の授業中、外にいて、ほかの子たちがはしゃいでいるのを聞きながら、草むらに寝転んで太陽を見ているとき。

　男の子があたしを好きだと言ったとき。

　とてもステキな音楽を聴いているとき。

　子どもたちみんながかくれんぼをしていて、大人たちはみんなタバコを吸っているとき（上等な銘柄じゃないけど）、あたしは思う。ここでいったい何をしているのかしら？


「ステキだね」本当にそう思っているわけじゃなかったけど、そんなことはどうでもよかった。わたしは壁にかかっている大きな時計の秒針を目で追う。四分後、シタが突然言った。「悲しみを背負っている人はたくさんいるのよ」

「ノアのこと？」

「例えばね。ロットの母さんもそうよ。クラスにも二、三人いて、あたしその子たちが今年自殺するんじゃないかって、ほんとに思うの」

「ほんとう？　誰なの？　わたしちっとも気づかなかった」

「でしょうね。ロットは何かよくないことがあると、すぐ目をそらすから」とシタが言う。

「ちょっと、どういう意味よ?」

でも自分でもよく分かる。わたしは嫌なことは見たくないだけ。それってそんなにおかしなこと? 学校の課題図書みたいなものじゃない。どの本にも人が死ぬ場面があったと思うけど、わたしは別世界のスリリングな物語を読むほうがずっと好き。だけどそんなのは学校のリストには載っていない。

「ロットは現実に起こってることの半分しか見てないのよ」シタは言う。

「そんなことないよ」

「嬉しがっていればいいんだわ」そうシタは言った。


わたしが現実の半分しか見ていないってどういう意味? その夜わたしは、自分の部屋の星がきらめく新しい天井の下で、シタが言ったことに対してとても腹を立てていた。わたしはほんとうにシタのことを分かっているんだろうか? 全部話してくれればいいのに。シタのことならすべてを知りたいのに。どんなに小さなことでもいい。いいと思う音楽のこととか、その日はどんな服を着ていたかとか、シタの日記の難しい文章のこととかすべて。そしてなぜ泣いていたのか。

それだけは絶対に知りたい!

だけどシタは、自分の心からわたしを閉め出した。

自転車に乗った人を路面電車の線路に突きとばす

わたしはやりたくない。わたしは、それを、やりたく、ない！

スペインのダンスは全然違うものだ。

スペインでは男子が女子の前に立つ。後ろじゃない。それにスペインではヒップはもちろん胸にだって、男子の汗ばんだ手が触れる心配はない。ここは正反対だ。女子は男子にお尻を向けなきゃいけない。

「ありえない」わたしはシタに言う。

シタは片方の口の端を少し上げる〝シタスマイル〟で微笑んだ。すごく大人びて見える。「そうね、確かにちょっと変かも」

がんばれロット、わたしは思った。シタと一緒にいたいんでしょ？　今週の残りはソファーベッドでゴロゴロできるじゃない。

わたしたちは今、人生初の本物のパーティーに来ている。これもスペインにはないものだ。もちろんパーティーというものはあるけど、それは誰でも参加できる。親や近所のおばさん、かわいらしく着飾った小さな子たちがたくさん来る。だけどこのパーティーは十二歳から十六歳までの限定だ。アルコールやドラッグはない。そしてあの変なダンスがある。

わたしたちは同じクラスの女子、ザラとエヴィと一緒だ。

エヴィはどこかスペインの友だちのロシオに似ていて、愛嬌がある。誰もが友だちになりたいと思うような女の子っているものだ。そういう子は感じがよくて、そこそこきれいだけど美人過ぎなくて、何よりすごく気さくだ。その子の歩き方や話し方、話す内容なんかでも分かる。間違ったことはしないし、ばかなまねもしない。男子もこういうタイプの女子が大好きだっていうことを、わたしは発見した。

ザラはエヴィよりもちょっと大胆で、一緒にいるとすごく楽しい。ザラは髪をすごくきれいな赤に染めている。

話題が男子のことになる。

わたしはしばらくシタの話にすごく感心して耳を傾けていた。シタの話を聞いていると恋愛経験が豊富なように思えるけど、実際はそれほどでもない。スペイン人の恋人《ノビオ》が二、三人と、グスから来ていたあの男の子たち。ほかにはいなかったと思う。なんでシタはそういうことに詳しいんだろう？　クラスで一番早熟な女の子のことを、シタはこう言った。「あの子がずっと好色な目をしているのを見ると、あたし気分が悪くなるの」好色！　なんでそんな言葉を知ってるの？　ザラとエヴィもうなずいているけど、その言葉がずっと頭の中でぐるぐるしているみたい。好色――よく覚えておこう。

そうこうしているうちに、ほかの三人はそれぞれステキな男子をゲットしていた。

シタはダンスがすごく上手な、ニット帽の男子を選んだ。エヴィはクラスのイケメン、ウォルフといい感じ。ザラはウォルフの友だちが気に入っているみたい。さて、わたしは?

わたしは残っていた男の子を選んだ。別にどうでもよかった。その子はけっこうステキだけど、クラスのほかの三人の男子でも同じようなものだし。

「行こう」シタがわたしに言う。「踊りましょうよ」

まるでこれから永久歯を抜かれるような気分で、シタの後ろを歩いていく。これは楽しいんだ、これがアムステルダムなんだ。わたし何かおかしいのかな?


三時間後、マスカラははげて、新品のブラウスには汗じみを作り、今夜の嫌な気分を吹き飛ばすようにガムをくちゃくちゃ嚙みながらわたしたちは外に立っていた。

「なんて子どもじみてるの」シタがため息をつく。

わたしは自分がどんなパーティーを期待してたのかはっきりとは分からないけど、スペインの移動遊園地《フェリア》の夜みたいなものを想像していた。家に帰ってもずっと温かくてキラキラして、どんなに疲れていても眠れなくて、何時間も頭の中がざわついているような。だけど今のわたしは空っぽだった。

「DJのせいよ」とエヴィが言う。「前来たときのほうが楽しかったわ」

「前のときエヴィはウォルフと一晩中踊ってたもんね」とザラ。

エヴィは傷ついた顔をした。「あの嫌な女、なんて名前だっけ……ヨリーン、わたし月曜日に学校へ行ったら殺しちゃうかも」

「女子があまりにも多過ぎたのよ」ザラがため息をつく。

シタは腕時計を見る。「あと一時間は遊べるわ」シタは今夜うちに泊まるので、いつもよりゆっくりできる。この時間だと、母さんはポスおじさんとワインを飲んでいるだろう。

「もう一軒クラブを知ってるんだけどさ」とザラ。「そこは十六歳でないと入れなくて」ザラはちょっと心配そうに一番背の低いエヴィを見る。

わたしはシタと一緒に帰りたかった。家でシャワーを浴び、あったかいベッドで横になって、iＰｏｄでギターの曲を聴きたい。そしてシタとちょっとおしゃべりをする。

だけどシタは、通りの向こう側にあるスーパーマーケットを見ながら言った。「のどが渇いたわ」

シタはコーラでも買うんだろうと思ったけど、まったくそんなつもりはなかったみたいだ。シタはパプリカ味のチップス一袋と飲み物二本の入ったビニール袋を手に、勝ち誇った顔で店から出てきた。

シタはレジの男の子に〝女の中の女〟みたいな笑顔で魔法でもかけたに違いない。だってわたしは近所のスーパーで、母さんに頼まれたハーフボトルのワインさえ売ってもらえないんだから。

「ウォッカ?」おいしくなさそうという思いがとっさに浮かんだ。アルコールを飲まなきゃならないとしたら、いいと思うのは、ビールとスペインの甘いスパークリングワインくらいだ。

だけど、ザラとエヴィは、まるで毎晩ウォッカを飲んでいるようなふりをしている。わたしたちは静かな路地を探した。男子たちがあちこちで騒いでいるので、探すのにけっこう苦労する。

ようやく運河沿いに、街灯のオレンジ色の明かりに照らされたベンチを見つけた。こんなに寒くなかったらきっとすばらしいだろうに。

わたしは座って考える。いいじゃない。今夜がそのときよ。人生で初めて酔っぱらってみる絶好のチャンスじゃない。

シタは紙コップも買っていた。そしてタバコも。これはやっぱり愚かなことだと思うけど。最初のひとくちはひどかった。口の中が焼けるようだ。でもわたしは飲みつづける。今知りたい。酔っぱらうのがどういうことか。何がそんなに楽しいんだろう？　わたし、ばかみたいなことをするんだろうか？　もうちょっと飲めばわたしもどんなことか語れるだろう。

そして分かったんだ。ああ、そうか、ほんとうによく分かる。ついにアムステルダム式のばか騒ぎがどんなものか、理解できた。

一杯目が空になったとき、わたしはもう酔っていた。なんだかキラキラして気も大きくなった。わたしが急に思っていることをずけずけと言っても、みんな全然ばかにしたりしない。例えば実はわたしが男子をばかだと思っていることとか。シタとザラは大ウケしていたけど、エヴィは全部まじめに受けとめた。

「じゃあスペインの男子のほうがステキなの？」エヴィがたずねる。

「ロットはスペインに〝ノビオ〟がいるのよ」とシタが言う。

「何がいるの？」

「恋人《ノビオ》よ」

「ぺぺっていうんだ」とわたしが言う。「ぺぺはステキだよ。すっごくかっこいいし」

「うーん」とシタ。

「どっちにしてもブサイクじゃないよね？」

「うん、それはないわね」

「スペインの男子ってさ、すっごく情熱的だよね」わたしの知るかぎり、スペインの男子とはなんの関わりもないザラが断言する。「だからロットは今日みたいなパーティーをつまらないって思うんでしょ？」

わたしはウォッカをまたひとくち、ふたくちすする。ウォッカを飲むピッチがだんだん上がり、わたしはもうウォッカをまずいとも思わなくなっていた。ウォッカを注いでもらおうと、シタにコップを差し出した。

「女子を乗り回すみたいなダンスをする男子なんて興味ないだけだよ」とわたしは冷やかに言う。

あまりにもいつものわたしらしくないセリフを聞いて、シタがウォッカにむせた。わたしは普段もっと穏やかで優しい言葉を使う。

「乗り回す、ですって」とエヴィ。「わたしだったら別の言い方をするわ」

「じゃあ何て言うの？」

「普通にダンスかな」

シタとザラはケラケラ笑っている。笑い声が運河に響きわたった。

「何よー」エヴィが言う。

「男子が勃起したモノをエヴィのお尻に押しつけることを、ダンスっていうんだ?」とザラが冷やかす。

「そうよ」エヴィはむきになって言う。「別にそれに触れる必要ないじゃない」

「それじゃあ、おなかを突き出して立ってなくちゃならないでしょ?」とわたしは言い、すぐに想像してしまって吹き出す。気持ちよくて、笑いが止まらない。ウォッカも止まらない。

「かーわいい」とシタ。

そしてザラが言う。「ちょっとエヴィ、あんたってそんなにうぶだった?」

もうできることはこれしかないとばかり、エヴィも笑いだした。最初はクスクス笑ってたけど、あっという間にわたしたちみたいに大笑いした。

サイコーの夜だった。ときどき自転車がわたしたちを追い越していき、ボートや、気味の悪いジャンキーがわけの分からない言葉をわめき散らして過ぎていった。

それでもわたしは怖くなかった。もう帰らなきゃとシタが遠くで言うのが聞こえるけど、そんなのどうでもいい。オランダに来てから寒さを感じなかったことなんてたぶん初めてだ。それにわたしはシタと一緒に笑いあえるのが嬉しいし、こんなことずいぶん久しぶりだ。ザラとエヴィも大親友だ。絶対、終わらせたくない。

しばらくしてからわたしたちはまた歩いた。夜中の運河や古い家並み、狭い路地……なんてキレイ。ショーウインドーを眺めてあれこれ指さす。真っ赤なブーツ、ボンボンのタワー。ここに、このリッチで大胆な町に住んでいることが、わたしは嬉しい。ここに友だちといられることが、嬉しい。

「こっちにおいでよ、ロット。あたしにしっかりつかまって」とシタが言う。

「シタ、よろけるのが怖いんでしょ？」わたしはクスクスと笑う。

「違うわよ、それはロットでしょ」とシタ。

「わたし？」アハハハハ。

「さっきは自転車に乗った人を路面電車《トラム》の線路に突きとばすところだったし、ほら、今度はごみ箱にぶつかるわよ。みんなで見てないと、そのうちどこかの路地に消えちゃいそうよ」

その考えをザラとエヴィ、わたしはすごくおもしろがった。四人で腕を組みながら通りを歩き、大声でゲラゲラ笑う。辺りには誰もいない。

「ペペをクリスマスに招待するよ」そう思いついたときにはもう声に出していた。

「いいアイデアね。友だちを何人か連れてきてくれない？」とザラが言う。「そしたらわたし、夜のアムステルダムを案内するわ」

「夜のアムステルダム」エヴィが甲高い声を上げる。ばかみたいだけど、そんなことはどうでもよかった。

「夜のアムステルダム！」みんなで叫んだ。

わたしは立ちどまって空を見上げる。夜ってどんな？　空はグレーというよりベージュだ。星もない。月さえも。今の月が満月なのか、新月なのかも分からない。スペインではいつも正確に分かっていた。どんな種類の月かということも。赤い月《ブラッド・ムーン》、狩人の月《ハンター・ムーン》、十月は何だったっけ？

覚えていない。

とたんにすごく悲しくなる。わたしの月はどこ？　大声で言ってみる。「月はいったいどこに行ったの？　わたしの月を返して！」

「ロットの、何？」

「わたしの、つーきー！」

「おいでよ、ロット。何言ってんのよ？」

今のは誰が言ったんだろう。何かおかしなことが起こってる。まるで傷のついたＤＶＤみたいに、時間がガクンガクンと揺れている。

宇宙病、きっとわたしは宇宙病にかかっているんだ。空を見上げるたびに、わたしはあのベージュの空間に吸い込まれそうになる。気持ち悪くなってきた。わたしは今静かな草原《カンポ》にいる。ペペと一緒にたき火のそばにいる。ペペはギターを弾いている。「ペペ、移動遊園地のこと覚えてる？」わたしはもちろん、絶対に忘れないだろう。

「それ誰？」

「ペペ？　わたしの恋人だよ。そう、恋人なんだ。ペペが大好き」

誰かがわたしを笑っている。それにしても、わたしたちはどこへ向かって歩いているんだろう？

「わたしのシタはどこ？」時間のブラックホールにはまってわたしは混乱する。

男子のグループが、少し前からわたしたちについてきている。ザラが突然、そのうちのひとりと腕を組む。シタのほうを向くとシタが消えていた。

「シタ！　シタ！」そんな、シタがいない。シタが死んじゃった、シタが……。

「シタはすぐに戻るわ」とエヴィが言う。「おしっこしてるのよ」

おしっこ？　トイレなんてどこにも見当たらない。

わたしたちは、ザラのデニムパンツの後ろで誰かの手がもぞもぞ動いているのを、じっと見つめた。

「ザラは楽しんでるの？」わたしはエヴィに聞く。

「楽しんでいるかもしれないし、そうでもないかもしれない」エヴィが哲学的に答えた。

次の瞬間、ザラとシタが何もなかったかのように再びそこにいて、わたしたちは自転車を探していた。どういうわけかかなり時間がかかる。どうしてこんなにたくさんの自転車がそこら中にあるんだろう？

エヴィが自転車を四台盗もうと言ったけど、それは行き過ぎだとわたしたちは思った。

「どうやって自転車を盗むの？」とわたしがたずねると、ほかのみんなはその方法を懸命に考えているかのように、わたしの質問をまじめくさって繰り返した。「どうやって自転車を盗むの？」

誰かがわたしにキスをしようとしたけど無視した。

こんなのもうたくさん。家に帰りたい。スペイン、ポスおじさんの家、どこでもいい。そこに這ってでも帰るんだ。

「自転車、あったよ」

さあ帰ろう！

わたしはシタと並んで自転車をこぐ。

腕時計を見ると二時半を指している。

ちょっと難しかったけど、なんとかポケットから携帯電話を引っぱり出す。何て表示されてるかな。二時半？

ベンチに座ってウォッカを飲んでいたとき、教会の時計が十二時を知らせていたのは覚えている。ベンチから自転車までせいぜい歩いて十五分だ。あとの時間はどこに消えたの？

着信が四件ある。

「やだ、母さんだ」わたしはシタに言う。自転車をこぎ出してから初めてシタに話しかけた。

「知ってる」

「シタ」わたしはシタにたずねる。「何が起こったの？」

「どういう意味？」シタはまるで、これが人生の分かれ道といわんばかりに自転車をこいでいる。しばらくしてシタが何かにぶつかって乗り上げた。シタのガラスの目は奥行きがよく分からないので、ほかの子に比べてしょっちゅう転ぶ。

「ゆっくり行こうよ」

「あたしはただ、おばさんがとても怒っているんじゃないかって心配なのよ。おばさんと言い合いなんてしたくないの」

それはちょっと考えなくちゃ。「母さんはそんなに怒っていないと思うよ。パーティーには初めて行ったんだし。上手な言い訳を考えよう。道に迷ったとかなんとか。自転車が見つからなかったでもいいし」

「それでこんな時間になる?」

「シタ」とわたしは言う。頭が重い。「まず何があったのか知りたいの。ベンチに座ってから駐輪場までの記憶がないんだ。わたし、何かした?」

シタはちょっと目をそらす。「男子たちのこと覚えてる?」

「何となく。ザラがキスしてなかった?」

「ちょっと、ちょっと」

「え、わたし?」わたしはパニックになる。「わたしなんか変なことしたの、シタ?」

「脈絡なく大笑いして、みんなを怒らせたこと? ずっと空を見上げてて、自転車に乗った人を路面電車の線路に突きとばしそうになったこと? 道に落ちてた古いチップスの袋を拾って食べたこと?」

「ゲー」ほんのちょっとだけ覚えている。「わたしが知りたいのは男子たちとのことなんだけど」

「甲高い声で、ずーっとぺぺのことばかりしゃべってたわよ」とシタが言う。「ロットがそんなにぺぺのことを思ってたなんて、知らなかったわ」

「わたしも知らなかったよ」

「しかもふたりがそんなに何度もキスしてたなんて」

わたしは驚きのあまり自転車をこぐのも忘れた。「わたしそんなこと言ったの？　まったくのでたらめだよ」

「だと思ったわ」シタがクスクスと笑う。「それがよかったのよ。男子はロットには手が出せなかったもの」

シタの言い方が気になってシタをじっと見つめた。怒ったような表情をしている。

「で、シタは？」

シタが何も言わないのでわたしは嫌な予感がする。

「何なの？」わたしはとっさに叫ぶ。

「ちょっと静かにして。別に大したことないの。あたしもロットみたいにお粗末な記憶力がほしいわ」

「シタ！」わたしは風を受けて息切れする。ポスおじさんの家がある通りまで帰ってきた。「この話はまたあとで。母さんをやり過ごしてからね」

自転車に鍵をかけてから、もう一度シタをおどかすように言った。「わたしに全部話してよ」

思っていた通りだ。母さんはポスおじさんとソファーに座っていた。床には空っぽになったワインのボトルが二本ある。

「やあお嬢さんたち、ようやくご帰還だね」ポスおじさんの声は陽気だけど、わたしを探るように見ている。

「パーティーが始まるのが遅くて」わたしはもごもごと言う。「それにすごく混んでて、なかなか会場を出られなかったんだ」

「うん、出口は大混雑だったわ」シタが弱々しく言う。「預けてたコートやなんかを受け取る人で」

「いったい今何時だと思ってるの？」母さんがぶつぶつ言う。母さんの格好にわたしは死ぬほど恥ずかしくなる。男みたいに足を投げ出してソファーに寄りかかり、足を大きく広げている。

「母さん、パンツが見えるよ」

「それがどうしたの？」母さんはクスクス笑いながらワンピースをグイッと引っぱる。わたしは一瞬目をつぶった。どうして母さんはシタの母さんみたいに、シックで洗練されていないんだろう？　シタの母さんは中年だけど今でも美しい。なのに母さんはしょっちゅう歯に口紅がついていたり、伝線したストッキングをいつまでもはき続けたりしている。しかも母さんはちゃんと見ないで座るから、わたしのｉＰｏｄとか何でもお尻に敷いてしまう。大きなお尻でドサッと座るのだ。

「さあ、もうみんな寝なさい」とポスおじさんが言った。おじさんが母さんを立たせる。

シタとわたしは慌ててドアへ向かった。お互いをチラッと横目で見て、そのまま部屋から逃げ出す。ところが、廊下の反対側にポスおじさんが立っていた。

「やれやれ、たいしたものだな」とポスおじさんがため息をつく。「同じ夜に母娘ともども派手に酔っぱらうとは。どんな家族なんだ？」

「いたって普通のアムステルダムの家族だよ」わたしは生意気に言う。

それから目を伏せた。「ごめん。ひどい頭痛がするの。こんなこともうしないようにするから」

「そうあってほしいね。こんなことは聞きたくないだろうが、おまえはまだ十四歳だ、シャルロッテ。今後はもう少し気をつけなさい。母さんはとても心配していたんだぞ」

「まるで母さん……」わたしは急に怒りが込み上げてきた。「母さんもわたしたちみたいに酔っぱらってたの?」

「ありがたいことにな」ポスおじさんは手厳しく言う。「酔ってなかったら警察を呼んでいたかもしれない」その声にはどこかわたしを黙らせる響きがあった。

階段をのぼりながらシタがこう言った。「ポスおじさんはおばさんが酔っぱらうように仕向けたのかもよ」

「え?」そう言ったものの、わたしはシタの言うことが正しいと分かっていた。

「守るために。ロットのことをあまり心配しないように」

ポスおじさんはほんとうは誰を守っていたんだろう? 母さん? それともわたし?


わたしたちがようやくひんやりして気持ちのいい毛布にくるまってベッドに横になったときも、まだ部屋がぐるぐる回って見えた。

「すごく気持ち悪い」わたしはつぶやいた。口の中は鉄の嫌な味がする。金属、それは宇宙のにおいだと、宇宙飛行のサイトで読んだことがある。

「吐きそうなの？」

「ううん、大丈夫。今のところ」

シタがわたしの隣で笑うのでベッドが揺れて気持ち悪い。「ロットちゃん、べろべろ」

「ロットちゃん何？」

「思いっきり酔っぱらったってこと。ロットが初めて飲んだお酒でいきなりこれだものね……あたしその場に居合わせることができて嬉しいわ」

シタの言い方はそんなに気にならなかった。べろべろも一度くらいいいよね？

「いかにも経験たっぷりなふりしないで」

「どっちにしてもロットよりは経験してるわよ」とシタが言う。

「へえそう？　じゃあの男子たちと？」

シタがぴたりと笑うのをやめる。長く奇妙な沈黙が続く。手を伸ばし、シタが身体をこわばらせていることに気づくと、わたしはガバッと起き上がった。

「シタ、何をしたの？」

シタは首を横に振って一言も話さない。わたしはさかのぼって思い出そうとした。どんな男子たちだったっけ？　少なくとも十八歳くらいで、革のコートを着てバイクのヘルメットを持っていた。

「シタ？」わたしはすごく心配になる。そして自分自身に腹が立つ。わたしはそのときどこにいたの？　ばかみたいに空を見上げて、古いチップスを食べて——なんていい友だち！

シタが深いため息をつく。「ロット、心配しないで。あんな男子たちと……あたしはばかじゃないわ」

「ほんとう?」

「ほんとよ」

わたしはゆっくりとまた枕に沈み込む。いつになったらこのめまいは治まるんだろう?

「でもシタ、また悲しそうにしてるんだもん」わたしは独り言のようにつぶやく。

「うん、ちょっとね」シタが優しく言うのでわたしは心が和らいだ。何にも考えずシタのほうへ転がっていく。わたしはシタの後ろで横になり、シタは子猫のようにわたしのほうへ這ってくる。スペインでの思い出がぱっと心に浮かぶ。子ども用のパジャマ、固く合わせた唇、グリーンバスオイル。そして再び消えていく。

「じゃああの男子たちとは何でもないの……?」

「ええ。何もなかったわ。めんどうだもの」

シタをこんな近くに感じられてわたしは気分がいい。シタは前と変わらず、おばさんのせっけんの香りがする。リンゴの香り。

「ねえ知ってる、ロット?」シタの声は相変わらず柔らかい。「何かが起きたとき、それはどんなことでもありうるんだけど、扉を開けるとそこは真っ暗なの」

「えっと……」

わたしは、自分がまさにそんなふうに今夜の記憶を一部なくして時間の空白ができたということを何か言いたくなった。〈ぼくの頭の中に誰かいる、だけどそれはぼくじゃない〉父さんとシタが好きな不気味な歌。でもわたしはどう切り出せばいいのか分からず、もっとぴったりとシタに身を寄せる。

シタが続ける。「でもラッキーなことにもうひとつ扉があって、それを開けるとまた光が差しているんですって。ほんとかしら?」

その声は少し不安そうで、わたしはシタを何もかもから守ってあげたいと思う。

実際、わたしは、自分のやり方のことをシタに話したいのだ。ときどきすごく分厚くて安全な宇宙服を着ているふりをするということを。これを着ていれば身を切るような宇宙の寒さも耐えられる。そしてヘルメットの丸いガラス越しに世界を見て、すべてをちょっぴりソフトな音で聴く。これは効く。

だけど、わたしはいよいよ吐きそうな気分になってきた。寝なくちゃ、そして元通りになって目覚めるんだ。

きっとシタは明日、もっと話してくれるだろう。もちろん全部じゃないだろうけど。ゆっくりと、少しずつ。

明日、とわたしは考える。ベッドにラスクを持ってきてシタを喜ばせよう。ピンクのマウシェがたっぷりとかかったラスクで、もしかしたらシタの気持ちをほんのちょっとでも軽くしてあげられるかもしれない。マウシェ。ベッド中をピンクのマウシェだらけにしよう。

「いつでもわたしのところに来ていいんだよ」わたしはシタの髪に向かってつぶやく。

「うん、分かってる。それがあたしにとってとても大切なこともね、ロット」

「特に……特にうまくいかないときは」

「どういう意味?」シタの声は弱々しく、眠りに落ちる寸前のようだ。

ウォッカのおかげでわたしの口は滑らかだ。「だから。シタはすぐに友だちができて……ここでもそうだし、シタは何でもすぐに理解するよね。でもわたしは……何も分かってないんだ。シタのことさえも分かってない。分からなくなっちゃった。シタがわたしに話してないことがあるのは、分かってるのに」

「そうなの?」

「それに最近よくほかの子と一緒じゃない、わたし抜きで。わたしがすごく焼きもちやきなの知ってるよね? わたしはシタをほかの子に取られたくないの。いつもステキで楽しいザラや、かわいいエヴィに」自分でもバカなことを言っているのが分かったので、すぐにこうつけ加えた。

「だけど、シタがつらいときはいつでもわたしのところに来てよ。いつでも」

長い沈黙があり、わたしはシタが眠ったに違いないと思った。だけどそのとき、シタがつぶやいた。

「誠実なロット、ほんとに誠実ね。ありがとう」

マルメロとバナナ

生物の先生が大きな一房のバナナを手に、教室に入ってきた。

「わ、おいしそう。先生ごちそうしてくれるの?」誰かが叫ぶ。

先生は微笑む。「みなさん、先週勉強したことを覚えていますか? 生殖について勉強しましたね?」

もちろんみんな覚えている。

「今日は実習しましょう」カバンからカラフルな包みをどっさり取り出す。わたしは最初それをチューインガムだと思った。

「うそでしょー」とシタが言う。

「あれ何?」

すぐわたしにも分かった。「コンドーム? バナナにコンドームをつけるの? そんなグロいこと、母さんだってやらないよ」

先生がコンドームを配りだすと、クラス中に叫び声や悲鳴が上がる。「先生、バナナの皮はつけたまま? それともむくの?」

わたしはシタがコンドームをさっさと取り出すだろうと思っていたけど、シタはイスを引いてちょっと後ろに下がりながら言った。「スペインではこんな授業は絶対ないわよね」

「うん、絶対ないよ」わたしは即答した。「それにいつも生理のことばかり話してるよね」

「え？」

「ほら、こっちの女子って、生理中だから体育の授業は参加できないっていつも大声で言ってるじゃない。特に男子がいるところで」

誰もわたしたちの会話を気にとめていない。教室は大騒ぎだ。コンドームを風船みたいに膨らませている。床にはバナナの皮が転がっている。

「スペインじゃ秘密めいていることがたくさんあったよね」とわたし。

「どういうこと？」とシタが聞く。

「えっと、名前のついていない物があったり。はっきりしていないこととか。例えばマルメロみたいな」

「ああ、マルメロね」シタはわたしに微笑みかける。

秋にはいつもマルメロを摘んだ。ちょっと変わった果物で、洋ナシに似ているようで似ていない。すごく硬いのだ。でも父さんはマルメロをクローブとシナモン、それにたっぷりのお砂糖で煮て、とても柔らかく甘く仕上げていた。スペインで〝マルメロの肉〟と呼ばれる、マルメロのプリンのようなものを作ることもあった。それを骨つきの肉と一緒に出すといつもお客さんたちはすごく興味を持った。とにかく、みんなでマルメロを食べるときは興味津々だった。マルメロを食べると発情するって聞いたことがある。

「発情するぞ」お客さんたちは愉快そうに言うと、自分たちもおかわりをした。

わたしには当時、「発情」が何だか分からなかった。今でもよく分からないけど、マルメロを食べるときはすごくワクワクした。そして甘ったるくてべとべとになりながら、シタと一緒に「発情」が起こるのを待ちかまえていた。ときには星空の下に座って、ときにはレストランの大きな暖炉のそばで。火が燃え盛ってパチパチと音を立て、おなかが奇妙にぞくぞくするのを感じた。シタとわたしは寄り添って座り、みんなが発情してわたしたちに夢中になるのを待ちながら忍び笑いをした。

「もう秋ね」シタが静かに言う。「マルメロの季節だわ」

わたしはうなずいてすぐにこう言った。「今晩うちに泊まりに来ない？　金曜日はいつでも来て。ポスおじさんが恋愛映画をいっぱい持ってるんだ」

★★★

映画はまた『タイタニック』だ。

でも全然問題ない。わたしたちは『ロード・オブ・ザ・リング』と同じように、映画の全シーンを覚えているけど、かまわない。すばらしい映画だ。レオナルド・ディカプリオに助けてもらいたくない人なんているだろうか？　しかも恋人を助けて自分は死んでしまうのだ。ときどきわたしたちはあまりにも大泣きして、ＤＶＤを止めなければならなかった。

「なんとまああたいした悲しみようだな」ラスクの食べかすとピンクのマウシェにまみれてソファーに座っているわたしたちを見て、ポスおじさんが言った。キャンディーとハンカチをくれる。

「あたしもう一回観たいわ」画面にエンドロールが流れるとシタが言った。

「もういいよ、でも、わたしはあそこにいたかったな。ほんとうに。あの船に」わたしはタイタニックを指さす。

「あたしが恋人役のケイト・ウィンスレットだったらいいのに」とシタ。今日はやたらと悲しげで、涙が止まらないみたい。

わたしはというと、実のところ食欲のほうが勝っていた。

かなり長い沈黙のあとわたしは言った。「もっと早く生まれてきたかったな。社交界デビューがある時代に生まれて、長いドレスを着て最初の舞踏会に招待されるんだ」

シタが見上げる。「ほんとに？」

「うん、そしてケイトみたいに彼から正式なファーストキスを受けるんだ。そのキスですべてが決まるの。わたしにキスをした男の子が何人もの女子とキスするような、無秩序でくだらないパーティーと違って」

「彼？　そんな古臭いロットの彼って、どんな人？」

わたしは雨の伝う窓から外を眺めた。ほとんど何も見えない。

「彼は陽気でかっこいいの。わたしたちは手をつないで森を歩くんだ。別れ際に軽くキスをして、長い手紙をやりとりするの。ときどき会って、楽しいことをして——映画を観たり、アイスクリームをふたりで食べあいっこしたりね。彼は絶対に行き過ぎたことはしなくて」

最後の言葉をシタは聞いていなかった。涙が止まって今や笑っていた。「森を散歩？　手紙？」

「そうだよ。それがどうかした？」

「別にただ……とってもロマンチックなのね、ロット」

「スペインじゃそんなの普通のことじゃない」

「ええ、スペインではね……」

「畑でのたき火を覚えてる？　移動遊園地《フェリア》は？」

今日のシタはスペインのことを話したいみたいだ。一緒にわたしの部屋へ行くと、シタが持ってきた日記の一部を読み聞かせてくれた。

「ロットの両親がよりを戻すとして」とシタが言う。「おばさんがまたスペインに住むことになるとするでしょ。そしたらついて行く？」

「うん、もちろんだよ」

「でも選べるとしたら？　あたしたちやポスおじさんとここで暮らせるとしたら、それでも帰る？」

「うん、そうすると思う」

「じゃあ、ロットはあたしより親と一緒にいたいのね？」

「ううん、シタと一緒のほうがいい」

「じゃあどうするの？」

「えっと、そうだ、一年の半分はここで暮らして、残りの半年は向こうへ行くとか？」

「もしペペがこっちの学校にいるとしたら、まだペペを好きだと思う？」

「そんなの想像できないよ」

「ちょっとやってみて」

「ペペはここに向いてないんじゃないかな。シタは想像できる？　ペペの服装、ペペの馬、ペペのギター」

「でももし……」

「分かったよ。質問はなんだっけ？」

「まだペペを好きかどうか」

「それなら……そう思う」

「もし今ペペがこの部屋に入ってきたら、ペペとキスする？」

「さあ、すぐにはしないよ」

「じゃあここアムステルダムで誰かに恋したら、彼とあれをする？」

「なあに、キスを？　たぶんね」

「もし彼が自分についてきてほしいと言ったら？　そして彼のことがとても好きだったら？」

「そしたら、うんと言うと思う」

「じゃあ、もしペペが突然目の前に現れたらどうする？　そしてまだロットのことが好きだったら？」

「えっと……」

それからわたしたちはスペインの音楽をかけて、ポスおじさんがアートのように壁に飾っていた自分たちのフラメンコのドレスを着る。スペインの女子はみんなフラメンコのドレスを持っていて、わたしたちのドレスはマリア・デル・マールのおばあさんが作ったものだ。シタはわたしのためにフラメンコを踊ってくれた。ほんとうに久しぶりに。

「父さんはまだ向こうにいるんだよね」わたしは父さんがくれたシルバーのハートのネックレスに無意識に手をやる。シャワーを浴びるときもネックレスは外さなかった。

シタはたっぷりとしたフラメンコのドレス姿のまま、わたしの隣に来て座る。シタがうなずいた。もう一度、またもう一度。

母さんが早く寝なさい、今すぐ寝なさいと三回目に叫んだときには、ほんとうに冷えていたので、わたしたちはベッドにもぐり込んだ。でもそれから何時間も、眠気に襲われるまでペチャクチャとしゃべり続けた。

しばらくしてわたしは目が覚めた。ベッドの中で伸びをする。シタはどこ？

シタは部屋の入り口のそばに座っていた。ドアが少し開いていて光が漏れている。シタはそこに座って日記を書いていた。ペンを噛んでいて、小さな女の子みたいに見えた。

わたしは安心してまた眠りに落ちた。

★★★

「ちょっとおもしろいことをしましょう」次の日、母さんが言った。「一緒にね」母さんはもう何日も前から行動が怪しい。

「ご飯食べに行くの？　それとも服でも見に行くの？」

「まあ、乞うご期待」

「まさか友だち同士のふりをして映画館へ行くとかじゃないよね？」

母さんはため息をつく。青白い顔をしているけど、やつれた中年に見えないようにするのに必死だ。「何か今までと違うこと、新しいことがしたいだけなのよ。あなたと」

「あたし母さんに……」とシタが言いかけたけど、一緒には連れて行けないようだ。

「じゃあ、あたしはポスおじさんのところに行くわ」そう言うとシタはアトリエへと消えた。

「行くわよ」母さんはもう自転車に乗っている。マスカラをつけて、新しい赤色のコートを着ている。

アルティス動物園沿いを走りながらわたしは考えた。まさか動物園へ……？　でも違った。母さんは少し先の古い倉庫が建ち並ぶ運河のところで止まった。

ドアの前にスーツ姿の男性が立っている。見るからに寒そうだ。

「こんにちは、ヘラルド」と母さん。「えらくかしこまっているじゃない」

男性は作り笑いを浮かべ、母さんにまるで女優のペネロペ・クルスを見るような視線を送る。

「ステキなコートですね」いい声だ。「スペインの流行りのブランドですか？　いやー、わたしもちょっとは……」少し焦った様子で自分のビジネスーツを見る。

「ちょっとはどうしたの？」と母さんは聞きながら自転車を無造作にポールに立てかけた。それから男性に近寄り、目の前に立つ。「それで？」

「いや、もっとカジュアルに水着でもはいて来ればよかったかと。せめてデニムパンツくらい」男性は赤面している。母さんは笑っているけどわたしにはわけが分からない。「母さん！　ここで何をするの？」

「自転車に鍵をかけてこっちにいらっしゃい」母さんは建物の正面の看板を指さしている。「売家」と書いてあった。

そしてわたしのほうに向きなおる。「家を見てみない、ロット？」

驚きのあまりわたしは言葉を失った。

ヘラルドが――不動産業者に違いない――ドアを開け、わたしたちは狭い階段を上がる。気づけば、年月を重ねて落ち着いた色合いになった木材がいたるところに使われている、奇妙な暗い家の中にいた。母さんはハイヒールのかかとをコツコツと鳴らして部屋を歩き回る。「この梁《はり》！あの味わいのある壁！」

不動産業者はこの家がいかにすばらしいかというセールストークをささやいている。

「キッチンはとてもモダンなのね」母さんはすばらしい発見をしたとばかりに言う。「このオーブンはほんとうにあのイギリスの老舗メーカーのものなの？　すばらしいわ。ねえ、ロット？」

わたしはドアのところに突っ立ったままだ。「この家がわたしたちと何の関係があるっていうのよ？」

「あなたはどう思う？」

「ポスおじさんの家の何がいけないの？」

「だって、そもそもあの家はポスのものでしょう。わたしたちが永久にそこにいるわけにはいかないわ……」

「この奥に寝室が二部屋ございます」と不動産業者が言う。「ちょっと暗いかもしれませんが、もちろん倉庫もついています。表側から見えますよ」

「見に行きましょう、ロット」と母さんが言う。

「いやだ」

「ステキじゃない？」

「何が？　オーブン？　料理できないくせに」

母さんがパッと振り返る。「シャルロッテ！　この家を買う必要はないのよ。でも一緒に見て回るのはワクワクするじゃない？　あなたを少しでもパソコンの前から引っぱり出したかったの」

「メッセージを定期的にチェックしなかったら、全部逃しちゃうんだよ。約束やパーティー、宿題だって。スペインにいたときより何でもスピードが速いんだから」

「それは分かるけれどね、ロット。でも母さんは本物の暮らしを逃してるのよ」

不動産業者がうなずく――まるで自分も関係しているかのように。わたしは思いっきり叫びだしたくなる。

そこでわたしは意地悪くこう言った。「母さんはいつもいないじゃない。昔の友だちと映画を観に行ったり、町のパブへ飲みに行ったり、仕事を探したり。出かけてなければポスおじさんと部屋で飲んでるか」

母さんはくすりと笑う。「人生は短いのよ、めいっぱい楽しまなくちゃ」

わたしはこの母さん自作の格言がほんとうに我慢ならない。「じゃあロットは母さんがいつもいないことを変だと思ってるの?」わたしはつっけんどんに言った。「母さんがいなくても、いたとしても――誰かさんほどつらくないよ」

母さんは、興味津々でわたしたちを交互に見ている不動産業者にちらりと目をやる。「父さんのことを言ってるの?」

「そうだよ、もちろん。わたしが選んだんじゃない。子どもには親はふたりとも必要なの。片方が遠く離れたスペインにいるんじゃなくて」

母さんの顔が失敗したプリンみたいに崩れるのを見たとき、わたしは後悔した。

「ああ、ロット、母さんだってこんなことしたかったわけじゃないわ。あなたの父さんが……」

「父さんのいないところで悪口を言わないでよ」

母さんはすぐに黙った。

わたしは周りを見渡す。「楽しいことにつき合ってあげたよ、母さん。だけどわたしはこの家はいらないから」

母さんは新品のネックレスをいじっている。「最初に言っておけば……わたしたちがロットをとても愛していることは分かってくれているわよね、父さんもよ?」

「はいはい」

ピシッ！　ネックレスが床にはじけ飛んで、バラバラになる。母さんが赤い顔をしてあちこちに散らばったビーズを拾い上げる。不動産業者もかがんだ。「このクラスには失望したよ」と言わんばかりの教師のような目で、わたしを見たあとで。

わたしは踵を返して立ち去った。

母さんは今までわたしにあまり干渉しなかったし、四六時中いい母親ぶるようなこともなかったのに。


ポスおじさんの家にひとりで自転車をこいで帰ってきたとき、わたしはすごくみじめな気持ちになった。

母さんがどんなふうに見えたか。赤いコートで窮屈そうに床を這いまわる母さん。そして母さん自慢のネックレス。自分へのご褒美として買ったものだ。

わたしはみじめったらしいことに耐えられない。

誕生日にすでに持っている本をプレゼントされたときみたい。そして喜ぶだろうと思ってプレゼントをくれた人に、そのことを伝えなきゃいけないときもそうだ。あるいは、誰一人楽しんでいないパーティーに出席したときとか。そんなときわたしはいつもよりたくさん食べて、どんなに楽しんでいるか言おうとする。シタなら笑うことも、わたしは泣いてしまうかもしれない。

前にスペインでファラフェル（ひよこ豆の揚げもの。中東の料理）の売店が、村の広場にできたことがあった。真新しくていい感じのお店で、ファラフェルはほんとうにおいしかった。

ところが残念なことにスペインの子たちは顔をそむけて「臭い」と言った。

母親たちは首を横に振って言った。「高過ぎる。都会の値段だね」

ファラフェルには肉が入っていないので、粗末な食べ物だと思っているみたいだった。それに使われているスパイスが口に合わない。

ある土曜日の午後、わたしはずっと売店を眺めていた。ときどき励ますつもりで店の人に笑いかけた。おじさんはファラフェルを山のように作っていた。そこに置かれたまま、だんだん冷たくなっていく。おじさんがスペイン語をあまり話せなかったこともよくなかった。

わたしはその月のお小遣いを全部ファラフェルにつぎ込んだ。自分でも買ったし、友だちを売店に送り込んだ。「はい、これでファラフェルを買って。わたしがお金を出したって言わないでね。そしてあのおじさんにおいしいって言ってくれる？」

「でもおいしくないわ」とマリア・デル・マールは言って、口いっぱいのファラフェルを全部吐き出した。

もちろんおじさんはそれを見ていた。

ほどなくしてお店はなくなった。わたしはおじさんを助けられなかった。そのことでどうしてわたしが数日落ち込んでいたのかは、シタでさえよく分かっていなかった。

「あのおじさんは知らない人でしょ？」

「だけど、きっとおじさんには奥さんと子どもがいるんだよ。商売がうまくいくことを願って家で帰りを待っているかも。奥さんは翌日のために期待を込めてファラフェルをいっぱい作っていたかもしれない。そして自分のせいだと思っていたかも――ファラフェルが受け入れられないことが」

「おじさんは独り者で、難民施設にいるのかもしれないわ。夜はみんなでファラフェルパーティーをして、夜遅くまで楽しんでいるかもしれないじゃない」

「ばかなこと言わないでよ」わたしは怒った。「シタもおじさんが明るい顔で店に立ってたのを見たよね？　それから誰も店に来なくなったとき、笑顔が曇ってどんなに悲しそうな顔になっていったかも」

「ロット、ほんとにつらいの？」シタは驚いた様子で聞いた。

「泣きたい気分だよ」

シタはそのことにすごく関心を持った。そして一部始終を日記に書いた。

★★★

わたしはすぐにでも家と不動産業者のことをシタに話したかったけど、シタはポスおじさんのところにはもういなかった。電話をしても出ない。

「シタなら〝パラディソ〟に行ったわよ」夕方シタを訪ねていくと、おばさんが言った。

わたしは耳を疑った。「え？　誰と行ったの？」

シルヴィーおばさんは肩をすくめた。「テクノライブか何かでしょう」

「でもシタは何も言ってなかったのに」

「今日の午後シタに電話があったの。招待状《ゲストリスト》がどうとか」

わたしも〝パラディソ〟へ行こうと思った。だけど入り口に「チケット完売」のボードがかかっているのを見て、わたしは自転車で通り過ぎる。

シタのばか！　わたしは土曜日の夜にまたひとりぼっちだ。

シタは楽しいことを全部台無しにする気なの？


銀河系だけでも二千億個もの星が存在するが、闇を払いのけるにはあまりに少な過ぎる。

わたしの部屋の天井の星はほんとうに上手にできた。プラスチックの星がついた子どもっぽいやつじゃなくて、専用のスクリーンに何十個もの星々をポスおじさんとふたりで貼りつけたものだ。わたしはいつものようにこれを眺め、星空が眠りにいざなってくれることを願いながら横になっている。

そして、いったいいつから、シタが主導権を握るようになったんだろうと考える。

ほんの少し前まではわたしたちは一心同体で、馬に乗ってエルフごっこをして、ほしい物リストにはまったく同じものを書いていたのに。

そして主導権を握る者が誰かといえば、それはわたしだった。例えばシタが絵を描きたいと言って、わたしが馬に乗りたいと言ったら、最終的にはいつも馬に乗ることに落ち着いた。たぶんシタのほうがおとなしくて、わたしのほうが頑固だった。

わたしたちはふたりとも嫌なところがあった。シタはたまにわたしのものを盗《と》って、自分はやってないと嘘をつくことがあった。わたしがこの世で一番美しい羽根を拾ったときのことだ。細い縞《しま》模様の真っ青な羽根で、父さんと一緒に何という鳥の羽根なのかを調べた。カケスという鳥だった。それはわたしの幸運の羽根だったけど、あまり長くは手元に置いておけなかった。羽根は大事な手紙の入った箱から突然なくなった。

わたしはシタが盗ったと確信していた。ほかには考えられなかった。シタがうらやましそうに羽根をずっと見つめていたのを知っている。「ちょっと触ってもいい?」シタは物欲しそうに言ったのだ。

でもシタは羽根を盗ったことを断固として否定した。母さんがシタと話をして、それからシタの母さんや父さんとも話し……とんでもない騒ぎになり、わたしはテラスをドスドスと歩き回って叫んだ。「わたしの羽根、わたしの羽根!」

ところが結局、母さんたちがやってきて、シタはわたしの羽根を持っていないと告げた。「違うわ、シタはほんとうに持ってないのよ」

シタの母さんはひどいお仕置きをするわよとおどし、シタの父さんは警察の事情聴取みたいなことをしたけど、シタはただ静かに泣いて知らないと言った。そしてわたしが羽根を失くしたことをとてもかわいそうだとも。

「ほんの子どもがこんなに上手に嘘をつくとは思えないわ」と母さんが父さんに言っているのを聞いた。

だけどわたしは全然信じていなかった。わたしだってそれくらいの嘘はつける。シタだってそうだ。

わたしは暗闇の中でシタに仕返しをした。

シタは暗闇を怖がった。少なくともシタの部屋の二台のナイトランプはいつも明かりがついていて、大きな電灯もついていた。電気をつけて寝るのはすごく便利だということを、わたしはシタから教わった。

シタがお気に入りのコットンの毛布に顔をうずめて隣で横になると、わたしはときどき、怖い話をするようになった。年老いた吸血鬼がわたしの洋服ダンスに棲《す》みついていること、シタが眠りにつくと死人の霊がやってきて、楽しい夢を探してシタの脳みそをかき回すこと。あるいは、ただこんなふうに言いつづけたこともあった。「シタも聞こえた？　あの気味の悪い音。ほんとうに聞こえない？　せき込んだような声よ。どこから聞こえてくるのか分からないけど、すごく近くで聞こえる。あそこ！　ほらまた聞こえる！　きっとこの部屋のどこかだよ……」

「やめて、ロットちゃん」シタは初めはそう言っていた。「やめてよー」

しばらくするとシタは静かに泣きだし、毛布を頭からかぶった。

でもわたしはやめられなかった。シタが怖がれば怖がるほど、もっと続けたくなったのだ。あまりにひどいと、ついには泣きながら毛布を引きずって部屋を出ていくこともあった。するとおばさんか母さんがやってきて、わたしは大目玉を食らう。

そしてほんのちょっぴり後悔した。

だけど今はシタが突然行方をくらませたりして、いつもわたしを怖がらせる。どうして全部話してくれなくなったんだろう？　どうしてわたしは前みたいにシタの気持ちが読めなくなったんだろう？　以前は一目見れば、シタが何を考えてどう感じているかが分かったのに。逆に今でも変わらないこともある。シタは誰よりもわたしを理解しているっていうことだ。

「電話してこないでよ」ようやく電話に出たと思ったら、シタはそう言った。今が何時か、わたしには分からない。

「パラディソで何をしてたの？」とたずねる。

「何だと思う？」シタはちょっと声を和らげてこうつけ加えた。「ロット、あたし当選して、招待状に名前が載ってたの。当たったのは一枚だけど。チケットは完売だったのよ」「テクノなんて好きじゃないよね」

「テクノは好きよ」

「ウソ」

「じゃあどうしてほしいのよ？　ずっと一緒に遊んでほしいの？　きのうも今朝も一緒だったでしょ？」

わたしは天井の天の川を見つめた。「出かけるなんて言ってなかったよね」

「ロットはあたしの母さんじゃないわ」

「先週末だってそう。ひょっとして彼氏でもいるの？　それならまたしばらくわたしと会わなくなるね。彼氏と別れるまで。そしたらまた戻ってくるんだ」

「ロットだってぺぺといるときはそうだったでしょ？」

「それは違うよ」

ほんとうにそうだろうか？　わたしはシタとの電話を切ったあと、スペインの移動遊園地の夜のことを思い出す。ぺぺがあのメモをくれた夜だ。わたしは一晩中、ぺぺの隣にいた。ラナに乗ったときも、ゴーカートも、お化け屋敷も。わたしはシタがそこにいたかどうかさえ思い出せない――わたしたちはいつも一緒にゴーカートに乗っていたのに。何回も、何年も。

女友だちの間にはそういうことが起こるものだと思う。

彼が絡んでくると女子はすべてを投げうってしまう。彼は楽しいことすべてを手に入れる。女子たちは、とっておきの話やサイコーに新しい服を、ときにはお小遣いを全部つぎ込むことだってある。

だけど終わったらまた女友だちのところに戻って、お決まりの位置に収まる。女友だちっていう関係は絶対に終わらないから。

わたしとシタの関係にもあてはまるだろうか。おとなになって結婚して、夫がずっとそばにいても続くのだろうか。わたしたちの関係はよくなる？　それとも悪くなる？

息子はオカマ?!

「見て、マリア・デル・マールが送ってきたんだ！」

わたしはノアのカバンにつまずきそうになりながら、四角い包みを高く持ち上げる。

ノアは写真を整理中で、いつものようにきっちりとアルバムのページの中央に貼っていた。ヨガファームから持ち帰った木製のテーブルはここではばかみたいに大きく見える。そしてノアはすごく小さく見える。

毎日のおやつタイム《メリエンダ》に、わたしたちはフォトプロジェクトを始めた。写真を見つけてはプリントして大きなアルバムに貼る。村祭りのチラシや絵ハガキも一緒に。スペインⅠ、スペインⅡ、スペインⅢ。

ノアは特にイースターのパレードの写真が大好きだ。男女とも修道士に扮して頭巾のついた長いマントを羽織る。衣装には目を出すための穴がふたつ開いているだけなので、誰が修道士に扮しているのか分からない。

「大きくなったらぼくもイースターのパレードに出るんだ」とノアが言う。真っ赤な美しいマントがお気に入りみたい。「マントはすごくぴかぴかしてて、しわひとつないんだ」

どの写真にも思い出が詰まっていて、ノアとわたしはお互いに思い出を語る。まるで競争でもしているみたいに。

わたしはペペのこともノアに話して、「きみがいないと人生は難しい《ラ・ビーダ・ノ・エス・ファシル・シン・ティ》」と書かれた例のメモのことも打ち明けた。

「ラ・ビーダ・ノ・エス・ファシル・シン・ティ」ノアが繰り返す。「じゃあペペは今つらいんだね」

「どうして?」

「だってロットがいないから」

「うん、たぶんね」スペインのチャットサイトへのアクセスをやめたことを、ノアには言っていない。ペペからのメッセージ全部に対して、どう答えたらいいか分からないから、見るのをやめたのだ。ペペはいつも同じことを言う。TKM——きみのこと、大好きだよ《テ・キエロ・ムーチョ》。メッセージがあってもペペの笑顔が見えないと、母さんの好きな間抜けなラブソングみたい。

「マンテカード（スペインの焼き菓子）?」本物の?」ノアはようやく顔を上げた。ノアはすごく慎重に箱からそれを取り出して、キラキラ光る包み紙を開いた。

「粉に気をつけてね」

「分かってる」スペインのおばあさんはみんなこのマンテカードを焼く。まずマリア・デル・マールにレシピを聞いたらラードが必要だと分かったけど、オランダのスーパーのアルバート・ハインには売っていなかった。だからマリア・デル・マールに送ってもらったのだ。

わたしはマンテカードを浸すためのミルクを持ってきた。

「リコおじさんもこれ作れるよ」ノアは口いっぱいにほおばりながら言う。

「父さんは世界中のどんなお菓子でも作れるよ」

「おじさんはいつオランダに来るの？」

「それはわたしもいつも考えてるの。父さんはすごく忙しいって言うけど、母さんがまだ父さんに会いたくないんじゃないかな」

「今何をしてると思う？」とノアが聞く。わたしたちはよくこのことを話題にする。マリア・デル・マールは何をしてるかな？　スクールバスは今どの辺りを走っている？　オリーブの収穫はもう始まっているかな？　といったことだ。

「父さん？　きっと今頃ローズマリーを摘んでいるよ。太陽の下で最高に新鮮な空気を吸いながら」

「村へ行っておしゃべりしてるかも」

「いつも通り厨房にいるかもよ」

「おじさんとスカイプしない？」ノアは言うと、学校用のパソコンをわたしに差し出した。

実はすでに今朝父さんと話をしていた。父さんは、わたしの誕生日プレゼントに望遠鏡を買いたいと考えているのだ。わたしたちは今、どの望遠鏡が一番いいか、スペインまではどうやって輸送するかを調べている。ポスおじさんの家からはあまりよく星が見えない。「だが、今年の春、一度はロットと父さんとふたりで一晩中起きていよう。新月の夜に、土星の輪を見ような」そう父さんは約束した。

ノアを喜ばせるためにわたしはスカイプにログインした。「よし、父さんはオンラインでつながってる」

わたしたちはひとつのイスによじ登った。父さんはわたしたちがスカイプをつなぐのを待ちかまえていたかのように、すぐに応答した。

「リコおじさん、ここにマンテカードがあるんだよ」ノアが真っ先に言う。

「おじさんは今朝、パーティーのためにバケツいっぱいのチュロスを作ったよ」父さんは自慢げに言う。

「バケツいっぱい？　おいしそう」

「父さん」と言いかけたとき、突然、わたしたちの後ろのドアが開いた。

「何してるの？」シタがたずねる。「ああ、分かったわ」

「父さん、見て。シタもいるよ」わたしはシタをカメラの前に引っぱってきた。

「こんにちは、シタ」父さんが言う。

シタが手を振る。

「イチジクの木を切るよ」と父さん。「実が落ちてそこら中がネバネバしているんだ」

「ダメ、切らないで！」ノアとわたしは同時に叫ぶ。

「おまえたちがいないから、イチジクを持て余しているんだ」と父さんが言う。

「おじさん送ってくれない？」ノアがたずねる。スペインではイチジクに見向きもしなかったのに、今では新鮮なイチジクが大好きだったと思い込んでいるみたい。

父さんの大きな笑い声が部屋中に響く。「アリつきのがいいかい？　それともアリなし？」

「それとも、父さんが持ってきてくれない？」わたしは期待を込めて聞く。

父さんは急にまじめな顔になる。「だめだよ、ロット。まだだめだ。こっちは祝日やサッカーの試合でかなり忙しくてね。クリスマスのときはどうか考えてみるよ」

「それまでだめなの？」

「すぐに会えるよ」

会話を終えると、シタが奇妙な目つきでわたしとノアを見ている。「そんなにぴったりくっついて座って。もしかしてノアをひざに座らせたいんじゃない、ロット？」

ノアが慌てて飛びのき、わたしはイライラして言う。「何を言ってるの？　わたしたちが一緒に画面に映るためじゃない」

「あたしが言いたいのは、かわいい弟がロットに恋してるってことよ」

わたしは怒るどころか、笑いだした。「何の話をしてるの？」

「毎日、午後にはふたりで一緒にそこに座っているでしょ。それってよくないわ」

「そんなことないよ！」

「ノアの部屋を見たことある？」

わたしが返事をする前に、ノアが駆けだした。

「悪魔！」ノアはシタに向かって叫ぶ。ドアにはめられた小さなガラスが不気味に震えた。

わたしたちはふたりでその後ろ姿をじっと見る。

「ノアの部屋はどうなってるの？」わたしは聞いた。

シタは両手で髪をかき乱す。今にもわっと泣きだしそうだ。

「言ってよ、ノアの部屋はどうなってるの？」

「まあ、その、ロットのポスターがそこら中に貼ってあるのよ」

「わたしの？　ポスター？」

「つまり、あのひどいパレードのポスターよ。だけど、ノアがそれにロットの写真を切りとって貼りつけてるの。とんがり帽子の間にロットの顔を貼ったり、みんながいつも運んでいる金色の台の上に、ロットがマリア様みたいに立ってるのもあるわよ」

わたしはテーブルの上に置かれたスペインのアルバムを見つめた。「聞かなきゃよかった」

「言わなきゃよかったわ。ごめん。早く忘れて」シタの目には涙が浮かんでいるのがはっきりと分かった。

わたしはシタに近寄る。「シタ？　何があったの？」

シタはわたしを見ない。「どういう意味よ？」

「わたしがいつもシタの弟と一緒にいるのはなんでだと思う？　シタが部屋に閉じこもっているからだよ。今も泣きそうな顔をしてここに座っているし。いったい何があったのか、わたしに教えて?」

「泣きそうになんかなってないわよ」

「プライバシーを守りたいときはそう言って。だけど、それでわたしがノアとおやつを食べたり、アルバムを作ったりしても怒らないで」われながらよくやった、言いたいことはすべて言った。口をついて出る言葉はもっともで、筋が通っていた。結局、シタはかなり長い間何も言わなかったけど、わたしは怒らなかった。

シタがようやくわたしを見た。「ロットはほんとにあたしの一番大好きな友だちよ」と言った。

「永遠に。それは分かってるわよね、ロット?」

その言葉にわたしはすごく嬉しくなって、シタが質問に答えていないことを見過ごしてしまう。

「行こう」シタが言う。「ノアと仲直りしましょう」

「どうやって?」

「考えがあるの」シタはスペインの女子たちがいつもするように、わたしの手を取る。

ノアの部屋は最上階の屋根裏にある。シタがノックした。

「あっち行け、悪魔!」

シタとわたしは笑いをこらえるのに必死だ。

「ノア?」シタはすごく優しい声で言う。「提案があるんだけど。ロットとあたしで、ノアにメイクしてあげる―

沈黙。

わたしは熱心にうなずいてシタに賛成した。以前はこの遊びをよくやっていた。シタとわたしが美容室を開いて、ノアとマリア・デル・マールがお客だった。

「ノア?」わたしは閉まっているドアに向かって言う。「フェイスマッサージをしてあげる。いいでしょう?」

「ロットがしてくれるのよ」とシタ。わたしはシタと顔を見合わせる。

まだ沈黙が続いている。そしてドアが開いた。わたしはノアの肩越しに見える壁のポスターを見ないようにした。だけどそれは難しく、部屋中の光景が目に飛び込んでくるのは避けようがなかった。

ノアはドアを後ろ手で閉める。「いいよ、じゃあ」まるでわたしたちを楽しませるためだと言わんばかりだ。

ほどなくして、わたしたち三人はバスルームにいた。シタは自分のメイクボックスだけでなく、シタの母さんのおしゃれな美容液やクリームのボトルも並べた。ノアはスツールに座ってタオルを胸元で結んでいる。わたしたちは以前と同じようにノアにフェイスマスクをして、ディープクレンジングを施す。ノアはぼうっとして、まばたきすらほとんどしない。シタとわたしはほんとうに美容室を経営しているような口調で話す。

「次はお化粧よ」とシタが言う。「ちょっと大胆にするつもりだけど、いい?」

「それってどんなの?」ノアがそっとたずねる。

「ちょっとレディー・ガガみたいにするの。こういうの何ていうんだっけ?」

シタが言いたいことは分かるけど、わたしもその言葉が出てこない。「芸術作品に近いかも」とわたしが言う。

「奇抜だってことよ」最後にシタが言った。

シタはすごく小さな筆で口紅を塗り、リップライナーでノアの目の周りにラインを引いた。すばらしい出来だ。太陽神みたい。でもそこでたいへんなことが起きた。

突然おじさんがドアのところに現れた。大学へ着ていく上品なスーツを身に着けている。

「これは何だ?」おじさんは静かだけど有無を言わせない口調で聞く。

「何が?」とシタが聞き返す。おびえているみたいだった。ノアもだ。

「仕事からとても疲れて帰ってきて、ゆっくりシャワーを浴びようと思ったのに、わたしは何を見たんだ?」

「あたしたちよ」シタは横柄に言う。

「わたしの息子に何をしたんだ?」

「メイクよ」とシタ。

「メイクだと?」おじさんは激怒してバスルームに入ってくる。「わたしの息子は女々しい意気地なし《シシー》じゃない!」シタの父さんは長年イギリスで働いていたので、ときどき英語を使う。

「何よ?」シタが聞く。

「ノアを見なさい。見るんだ! おまえはノアをピエロにしたんだぞ」

こんなときわたしはいつも、自分の父さんが物静かで優しいことを嬉しく思う。シタの父さんはこんなうっくつしたぞっとするやり方で怒るんだ。おじさんにこんな異常な一面があることをずっと知らずにいたけど、ある日突然、サイコパスみたいな面が明るみに出るんだ。

「パパ」とノアが言う。「ぼくはこれいいと思うよ、パパ」パウダーで真っ白なノアの顔がさらに青白くなっていく。黒くアイラインを引いた目はすごく大きく見える。

「とびっきり奇抜にしたの」とシタが言う。「芸術よ」シタは威勢よく振る舞おうとしているけど、お菓子の盗み食いがばれた小さな女の子みたいにそこに立っていた。

「おまえは……」おじさんは完全にシタのほうを向いた。「おまえはもっと気をつけなさい、若い娘のくせに。おまえの振る舞いや話し方は、まるでいっぱしの女性気どりだがな」

「あたしはもう一人前の女よ」とシタが言う。

「おまえはそうなりたいだけだ。だが、まだほんの子どもだ。自己中心的でやっかいな子どもだな」

「パパ」とノアがおびえて言う。おじさんはシタのすぐ目の前に近寄り、怒りをメラメラと噴き出させている。わたしはノアを守るように腕に抱いた。

「へえ、そう?」シタは反抗的に言う。着ているセーターを身体につくようにピンと引っぱり、胸を前に突き出した。「どこが子どもなの? じゃあこれは何? 脱がなきゃ分からないかしら? これを見せるのは父さんが初めてじゃないかもよ」

浴室はシンと静まり返った。ノアとわたしはお互いをぎゅっと抱きしめる。

おじさんがシタの顔を思いきり叩いた。

シタがふらつく。頬はみるみる赤くなった。

次の瞬間、シタはわたしたちを置いて自分の部屋へと走っていった。ドアがバタンと閉まるのが聞こえた。

おじさんは踵を返した。その表情は厳しかった。わたしはたまにおじさんが愛しているのはシルヴィーおばさんだけなんじゃないかと思うことがある。おじさんは妻を崇拝し、妻のために一所懸命働いて、いつも妻を守ろうとしている。例えばこの「扱いにくい」子どもたちから。

「もう帰りなさい」おじさんは抑揚のない声でわたしに言う。「すぐにだ。それからノア、顔を洗って、母さんが帰ってくるまでにこのごちゃごちゃを大急ぎで片づけなさい」

「シシーって何?」わたしはポスおじさんにたずねる。

「シシー!」おじさんは熱狂的に叫ぶ。「あの映画を観たことがないなんて言わないでくれよ? 絶世の美女ロミー・シュナイダーが演じた、オーストリアの皇后さ。すべてを物語るあの目! そしてあの衣装……」

「だけどそれとノアと何の関係があるの?」わたしは今日の出来事を話した。

ポスおじさんはとたんにまじめな顔をした。「ノアの父さんはおそらく、息子が意気地《シシー》なしの軟弱なオカマになってしまうと恐れたんだろう」

「何それ? なんでそんなふうに思っちゃうわけ?」

「まあ、どっちかっていうと、ノアよりもおやじさんのほうが問題かもしれないな」

ノアの父さんはみじめったらしい臆病な男の人だとわたしも思う。だけどわたしにはそんなことはどうでもよく、今はただシタのことだけを考えている。

「大丈夫?」わたしは携帯電話のショートメールを送る。パソコンにメールする。チャットで呼びかける。

シタはオンラインでつながっているのに、何の返事もかえさない。

翌日学校で会うと、頬がまだちょっと赤かった。

「どう……?」わたしは声をかける。

だけどシタは首を横に振った。「もう何にも言わないで。この、ええと、つまらない騒ぎをできるだけ早く忘れましょう」

「だけど、おばさんは? 何て言ってた?」

シタは下唇を噛んだ。そしてこう言った。「何にも。実際のところ、最悪よ」

「どういう意味?」

「母さんはあたしのことが好きじゃないのよ、ロット」シタは強がっているけど、声は小さく震えていた。

わたしはすごくショックだった。「そんなこと絶対ないよ」

「ほんとなの。あたしだんだん分かってきた。母さんは人に対する温かさがないのよ。友だちもまったくいなくて、みんなうわべだけのつき合いだし。たまに怖くなるの……」

「何が?」

「あたしもそうなるんじゃないかって」シタは頬に伝う涙をぬぐった。

「そんな、シタったら、そんなことないよ」わたしはスクールバッグとランチボックスを放り出してシタに駆け寄り、抱きしめた。いつもはあまりベタベタしないシタが、わたしをぎゅっと抱きしめたので、わたしは全身からこみあげてくるありったけの愛情と温かさをこのハグに込めた。

それからシタは一歩下がり、かがんでわたしのバッグを拾い上げる。

立ち上がったときには、シタはもうすっかり泣きやんでいた。

「ジェノヴェーゼ・ソースとモッツァレラチーズのサンドイッチでどう?」とシタが聞く。学食のサンドイッチはすごくおいしい。

「苦労してちょっとはやせたのに」わたしはぶつぶつ言う。「それ、何カロリーあるか知ってるの……?」

「今は忘れましょうよ」シタがわたしの手を取る。「おごるわよ」

背泳ぎする魚

「パッショネイト・レインドロップス」。この曲から連想する曲がある。わたしの誕生日に、父さんがいつもかけていたものだ。

「これもスティーヴィー・ワンダーの曲だよ」そう言って父さんが自分のｉＴｕｎｅｓのコードを教えてくれたので、わたしはその曲を買うことができた。

これまでの十四年間、ケーキつきの朝食とこの曲で、わたしの誕生日は始まった。曲の中で赤ちゃんの泣き声が聞こえる。「可愛いアイシャ」はスティーヴィー・ワンダーが歌った曲で、父さんが言うには、自分の娘のために書いたものらしい。「ロットが生まれた三十分後にはこの曲を聴かせたんだよ。母さんの胸に抱かれながら、生まれて初めて聴いた曲だ。大音量で。母さんはおまえの耳が悪くなるんじゃないかと心配していたよ」

誕生日でもないのに誕生日の歌を聴くのって妙な気分。でもそれ以上に妙なことが起きた。すごく穏やかで嬉しい気持ちになったのだ。この曲を三回連続して再生する。

そして父さんに電話をかけた。「スティーヴィー・ワンダーってどんな人なの？」わたしはたずねた。

父さんは驚いたみたいだ。「ソウルミュージックの元祖のひとりだ。ソウルミュージックがどんなものか分かるかい？」父さんは控えめに話しだす。

「ブラックミュージックの一種でしょ？」わたしはまだあのレッスンのことを覚えていた。

「スティーヴィー・ワンダーは今も作曲をしているんだ。彼ほどファンキーなアーティストはいないんじゃないかな。よく車の中でかけていた、長いドラムソロのある曲を覚えているかい？あれはほんとうにスウィング感がある。ぜひアルバム全体を通して聴くべきだよ」

父さんがアルバム名を教えてくれたので探してみた。以前はシャワーのようにただ流れていた音楽だけど、今は何かがわたしの頭をくすぐる。ふかふかのソファーに寝転がってヘッドフォンをつけて天井の星を眺めていると、父さんがすぐそばにいるように感じた。父さんがいるところにはいつでも音楽があった！

〈きみはぼくをロケットに乗せ、ぼくに星をくれた〉

わたしはまた父さんと一緒にあの濡れた砂浜に寝ころんで、ガイドが語ってくれる星座の物語を聞いている。あるいは月のない夜に、父さんとふたりでヨガファームのテラスに立っている。

「ロット、ベッドから出ておいで。流星群が見えるよ」

わたしはスティーヴィー・ワンダーの曲を聴きながら、父さんがどんなふうに突然笑いだしたかを思い出した。クッキーとあわせて食べる父さんの作ったナティーリャス（スペイン伝統のカスタードのデザート）の味。わたしをぎゅっと抱きしめたときにタバコのにおいがしたこと。たまに田舎道で父さんが内緒で、ちょっとだけ車の運転をさせてくれたことや、チラッと見ただけで数学の問題をいとも簡単に解いてくれたことも思い出した。母さんがすごく強いストレスを抱えているときでも、父さんは母さんを落ち着かせることができた。「洗い物はあとにしよう。きみのためにワインのボトルを開けるよ」真夜中にトイレに行くときも、父さんのスタジオから音楽が流れていたから、すごく安心できた。

わたしは父さんがくれたシルバーのハートのネックレスに手をやった。その瞬間、しっくりこなくてぎこちない着け心地だったネックレスが、おばあさんの金の指輪より何千倍も好きになった。中にはシタの写真が入っているけど、父さんがわたしにくれたハートなんだ。首元の温かくてずっしりとしたハート。わたしまで温かくなる。

〈虹が空の星々を燃やしつくすまで、きみを愛している。海がすべての山を覆いつくすまで、きみを愛している。イルカが空を飛び、オウムが海に住むようになるまで、きみを愛している。ぼくたちが人生を夢見て、その人生が夢になるまで……〉

★★★

「クリスマスに一緒に父さんに会いにいかない？」わたしはシタにたずねる。

「一緒に？」

「わたしたちだけで飛行機に乗る勇気はない？　母さんはいまだにクリスマス休暇のことをはっきりさせてなくて、母さんがスペイン行きを決めるまで待てないんだもん」

シタはカプチーノが入ったカップをかき回す。おばあさんたちで混んでいる〝ヘマ〟でトンプースを食べるのがわたしたちの土曜日の恒例になっていた。「もちろん平気よ。だけどおじさんはアムステルダムに来ないの？」

「あてにできないよ。クリスマスなんてレストランはめちゃくちゃ忙しいもん」

「あたしたちも忙しいわよ。休み明けには追試を全部受けなきゃいけないし」

「全部、語学関連なんだよね。わたし選択コースを変えようかな」

「あたしは変えないわよ」シタが顔を上げる。「ロットは将来、星に関係する仕事をやりたいってまだ思ってるの？」

わたしは肩をすくめる。

「じゃあ何になるの。占星術師？　もしかして宇宙飛行士とか？」

それに関してはもう何回も説明したと思う。「宇宙飛行士になろうと思ったら、二十年以上勉強しなきゃいけないんだよ。そんなつもりは全然ないよ。だけど……」

「そう？　冗談のつもりだったんだけど」

「わたし、無重力は体験してみたいんだ」

「気持ち悪そう」そう言って、シタはわたしのトンプースのクリームをスプーンですくう。シタのトンプースはもうない。

「浮遊するのってステキだよね？　水のないところで潜水するみたいで。変な感じがするのは最初だけ。地上の二倍の重力を感じるんだって。宇宙病になることもあるらしいんだ。どっちが上でどっちが下だか分からなくて混乱するみたい。最近物理の授業で調べたんだ。それから、魚を使ったすごくおもしろい実験のことも読んだよ」

「宇宙に魚を持って行ったの？」

「うん、水槽に入れてね」

「水はこぼれなかったのかしら？」

「もちろん水槽は密閉されてたよ。どっちにしても、無重力になると魚はみんな背を下にして泳ぐんだって。おかしいでしょ！　なんで背泳ぎ？　なんでどの魚もなの？　半分は背泳ぎで、もう半分は普通に泳ぐほうがまだ論理的じゃない？　それか、ぐるぐる回遊するとか。全然分かんないよ」

〈イルカが空を飛び、オウムが海に住むようになるまで〉

あの歌と似ているみたい。

「ロット、また声が大きいわよ」シタは気づかれないようにわたしたちの隣に座っている女性を指さす。真紅に染めた髪からうっすらと頭の形が透けて見える。女性は口紅を塗りながら鏡越しにわたしたちを見ている。

「ごめんなさい。わたしこの話がおもしろくてつい、魚の話が」

「おもしろいわね。それを宇宙病っていうのね？」

「はい、ジェットコースターに乗っている感覚と似ているらしいです。めまいがして、気持ち悪くて。吐くこともあるみたいです」

「それはひどいわね。せっかく無重力を体験できたと思ったら、気持ち悪くなるなんて」

「でもそのうち治るんです。ある程度時間がたてば」

「なんだ。それで分かったわ」とシタが言う。

「一年間宇宙に滞在したロシア人の宇宙飛行士がいたの。これ世界記録なんですって。その人が地球に帰ってからというもの、もう一度宇宙に行きたいっていうことしか、頭になかったそうよ。少なくとも、彼はそう言ったの」

シタはかがんでカバンを取る。「日記に星のことを書いたことがあるんだけど、読む？」シタは昨夜うちに泊まったので、いつものように日記を持ってきていた。

「ちょっと待って」シタは日記をパラパラとめくる。

「このノートもうすぐいっぱいになるね。何をそんなに書くことがあるの？」

「あった、これよ」


あたしは今夜流れ星を四つ見つけて、願いごとを四つした。
1. これ以上胸が大きくなりませんように。今のままで十分だから。
2. 決して戦争に巻き込まれることなく、幸せになれますように。
3. 人間がこれ以上環境を破壊しませんように。オゾン層に穴をあける車や飛行機、森林伐採、浪費されるエネルギー。早く対策を取らないと、あたしたちの子どもはこの地球に住めなくなると、最近誰かがテレビで言っていた。エネルギーは底をつき、空気は汚染され、北極や南極の氷が解けて海があふれる。テレビによるとそのスピードは思った以上に速くて、すごく危険な状態だという。今そのことについてよく考えなければならない。
4. 四つめの願いごとは恋愛について。いい人が早く現れますように。

わたしは日記を閉じ、テーブルの上を滑らせるようにしてシタに返す。「これを書いたのがいつか分かるよ。庭のトランポリンの上で毛布を広げて寝てたときだよね。覚えてる？」

「蚊がいたわよね？」

「そうそう。あのたくさんの流れ星を見てどうだった？」

「まだ覚えてるわ」シタがそっと言う。

わたしはシタの腕に手を置いた。「そうなの？　じゃあ、クリスマスに一緒にスペインへ行こうよ？」

シタがトンプースの入っていたお皿をわきによけると、フォークが大きな音を立てて石の床に落ちた。「トランポリンの上で寝るにはクリスマスは寒過ぎるわよ」

「そんな必要ないじゃない。父さんの暖かい厨房に行ってチュロスを食べよう。そして夜は……」

「考えてみなくちゃいけないわ」

「なんで？　母さんみたい。すぐに飛行機のチケットは売り切れるよ。早く父さんに会わないと死んじゃいそうだよ」

「いつだってチケットは取れるわよ」

「そりゃそうだけど、当然チケットは高くなるし、それに……」

「ロット、やめてよ！」

わたしは驚いてシタを見た。シタは顔を真っ赤にしている。「いつも強制するんだから」

「そんなこと……」

「あるわよ。何かやりたいことがあると、いつもそれを押し通すんだから。何でも自分中心で。

一大ロットショーよ。自分はスペインに行かなくちゃいけない、それも今すぐ。そしたらみんな従わなきゃいけない。ロットがかわいそうで、苦しんでいて、何もかも失ったから。あーあ、オランダの生活はなんてつらいのかしら。両親が離婚しそうでみじめだわ。シタが毎日一緒にいて、わたしの手を握ってくれなきゃやってられないわって？　ロットにいいことを教えてあげる。世の中にはもっとたくさんの人がいて、ロットが中心じゃないのよ」

わたしはショックのあまり怒ることもできない。「強制なんてしてないよ」と言うのが精一杯だ。小さな声で。

「ああそう、ならもういいわよ」とシタ。「お勘定してくる」

その間ずっと、赤い髪の女性はわたしを見ていた。シタがレジへ向かうと、女性は噂話をするときみたいに身を乗り出してきた。「まあまあ、あなたのお友だちも……」

「うるさい！」

家に帰ってもわたしはまだ震えていた。

廊下で母さんとあやうくぶつかりそうになった。「母さん？　どこへ行くの？」

「ジョギングよ、ロット」

「すぐに戻ってくる？」

母さんが振り返る。珍しくぺったんこの靴をはいている。身体への負担を軽減するというコイルのバネが内蔵された蛍光色のスニーカーだ。

母さんはわたしを探るように見る。「あなた、大丈夫なの?」

「ただ出かけないでほしいだけ」

「それなら一緒に走りましょう。青い顔して。走ればよくなるわよ」

わたしが「オーケー」と言うとびっくりしたみたい。

「早く着替えていらっしゃい」

「デニムで大丈夫だよ」

「ダメよ、汗だくになるわよ」

「母さん!」

「分かった、分かった」

外へ出ると母さんはのろのろと走りだす。

「こんなにゆっくり走るの?」

「それが大事なの。最初はゆっくり。走るためにはまず筋肉をほぐさないと」

わたしは一緒にゆらゆら揺れる。「母さん?」母さんを見ないでたずねる。「わたしってわがままかな?」

「誰がそんなことを言ったの?」母さんはもう息が切れている。

「ただ質問に答えて」

「そうねぇ」と母さん。「わがまま。あなたはそういう年頃ね」

「じゃあ、そうなんだ」

わたしは枯葉を踏む。

「そうでもないわよ、ロット」母さんはあえぐ。「でも、たまにそう思うかしら。就職活動から疲れて帰ってきて、掃除や炊事をしなくちゃいけないときに。ロットはパソコンをしながらおなかが空いたって叫ぶだけなんだもの」

わたしは思いっきり走りたくなった。「いつになったらこのチョコチョコ走りをやめるの?」

「そうねえ」母さんは額の汗をぬぐう。「じゃあ、こうしない? それぞれのペースで走りましょう。公園を一周して、終わったら遊具のところで待ち合わせるの」

「いいよ」そう言うとわたしは駆けだした。なんて穏やかな走りなんだろう。いきなり全速力で走るよりずっといい。ザッ、ザッ、柔らかな地面を靴で蹴る。草や落ち葉のにおいをかぐ。強烈な向かい風を顔に受けながら、わたしは深呼吸する。

公園を半周したところでちょっと疲れてきた。辺りを見渡したけど母さんの姿はどこにもない。脚が悲鳴を上げているけど、わたしはもっと速く走りつづけたい。ケーキに粉砂糖を振りかけるように、小さな雨粒がわたしに降り注ぐ中を走っていく。

まるでカイトサーフィンをしているみたいだ。しばらくしてわたしは地面に倒れこむ。乗馬やスキーをしてるときみたいに。あるいは全速力で自転車をこいでスペインの丘を下る競争をしているときみたいに。風に髪をなびかせて、全身の筋肉を使い、絶対に止まらないで、無重力状態になるまで走りつづける。

わたしの思いもトップスピードで駆けめぐる。

わたしはシタにわがままだと思われたくない。

シタに言ってもらってよかったんだ。これからわたしは変わる。シタがひとりになりたいときは、邪魔しないようにしよう。ときどきは母さんとポスおじさんに料理を作ろう。ｉＰｏｄを聴きながらただ歩き回るんじゃなくて、自分の部屋は自分で掃除しよう。もう百回は頼まれている、シタの新しいスパンコールのワンピースの写真を撮るために、いいかげんデジカメを充電しよう。シタほどわたしをよく分かってくれる人はいないと、手紙を書こう。そしてシタの前では黒子に徹すると、わたしはシタの友だちでありたいと書こう。その手紙にシタがきれいだと言っていた、アンティークのステッカーを貼ってあげよう。〝デ・バイエンコルフ〟で、シタに新しい日記帳を買おう。どんなに高くても、一番ステキなノートを探して買おう。

乞うご期待、新生ロットは間もなくやってくる、全速力で！

エッチなこと

じらす女。そうシタは学校で言われている。シタが色目を使うだけで男子は次々に落ちる。しばらくつき合うとシタはすぐに振る。最近の彼がそれに腹を立てて、夜シタの家に怒鳴り込んだ。

「あたしはただキスするのが好きなのよ」とシタは言う。「でもキス以外のことでは、男子に夢中になれないの。全部予想できちゃうし、不器用なんだもの」

「そうなの?」

シタが微笑む。

「キスの何がそんなにいいの?」

「ただ楽しいのよ、ほかのこととは全然違うの」とシタ。「夢中になっちゃうわよ」

そして男子が自分を好きになるとき、どんな感じがするかを話してくれる。「ふたりで触れ合うときって、その場に魔法がかかったようなの。何かが起きる予感はするけど、それがいつかは分からない。ふたりの距離がだんだん近づいていって、まるで偶然そうなったみたいに彼の隣に座ってお互いを感じるの」

シタが説明する。わたしたちはお互いをメイクしているところだ。わたしは〝テスとレティシア〟を――昔よくやったモデルごっこをいつも密かに思い出す。いつの間にかシタはかなりメイクに詳しくなったけど、わたしはマスカラでぼってりとしたまつげや真っ赤な唇の自分を見ると、今もレティシアみたいな気分になる。お互いの写真や動画を撮ったりするときは特に。

「キスをすると周りのすべてを忘れてしまうの」とシタが言う。「校庭の真ん中に立っていたとしてもね。完全にそこから消えてしまって、完璧に心地よい世界に入り込んじゃうのよ」

「どういうこと?」

「そうね、本や映画の世界みたい。ロット、そういう世界好きでしょ?」

せっかくのメイクが台無しになりそうなので、シタはキスの実演ができない。わたしはシタの話にちょっとイライラした気持ちになる。

「誰もわたしには言い寄らないよ」わたしは大げさにため息をつく。

「もしかしたら今晩あるかもしれないじゃない」とシタは言う。「そうだ、一緒にベビーシッターをしない？」シタの母さんが妊婦にヨガレッスンをするようになってから、シタはいろんなところでベビーシッターをしている。

「赤ちゃんとキスをさせるつもりでしょう？」

「違うわ、マイクよ。赤ちゃんのお兄さん。十六か十七歳よ。とっても楽しいわよ。マルメロみたいに発情するわよ」

「ゲッ、シタ、何を想像してるの？　それにその子がわたしとキスしたいって思うかな？」

「もちろんしたいと思うわよ。自分を見なさいよ、ロット。髪も目も、とっても魅力的よ。行きましょう、新しいスカートをはけばいいわ。あれかわいいし、短いでしょ。男子の好みよ」

レティシア。鏡を見ながら考える。わたしは今晩もひとりで自分の部屋にはいたくない。男子をゲットしよう。

★★★

「チップスをもうちょっと食べましょうよ」

シタとのベビーシッターはすごく楽しかった。道徳的でないテレビ番組を見たり、戸棚いっぱいのお菓子を食べつくしたり。赤ちゃんが寝ている二階は静かで、リビングは暖かくて散らかっている。例のお兄さんがいる気配はない。シタが携帯電話のショートメールを打つと、ジムにいるという返事がきた。帰ってこなくてもかまわないけど。

「わたし、バイト代は半分もらえるの?」

「そんなこと考えてなかったわ」とシタが言う。「わたしの仕事だもの」シタはかなり変わった絵本をパラパラとめくっている。「これ見て、ここの両親がこんなもの持ってるとは思わなかったわ」

表紙にはヨガのことが書いてあるけど、これってエロ本だ。中身はどれも巨大なペニスの男性と、お腹の下の方にある不快で大きな穴を露わにした女性の変な絵ばっかりだ。

「わたしたちが生まれたのは、男と女が性的に結びついた純粋な喜びの結果である」シタが声に出して読む。

わたしは吐くまねをする。

「ポーズのほうが、むしろ興味あるわ。それにこれ。『女性はパートナーの助けによって、より強い一連のオーガズムを感じることができる。これは潮吹きの現象にいたることもある』」

「ああもう、シタ、やめて! まったくここにはどんな人が住んでるの?」

「いたって普通の人よ」シタは興味深げにページをめくり続ける。

リモコンを取ろうと立ち上がった瞬間、廊下で大きな物音がした。

「マイクが帰ってきたかしら」シタは顔も上げずに言う。

「本を隠してよ、ばか!」

「どうして?」シタはそう聞きつつ立ち上がる。

「やあ、シタ」男の子は部屋に入ってきて言う。背が高くて筋肉質だ。

「マイク、こちらはロットよ」

「よう!」鋭い目つきでわたしを見る。シタが携帯電話のショートメールでわたしのことを伝えたに違いない。髪はジェルで固められていて、ポスおじさんと同じシャワージェルの香りがする。本物の男の香り。ボトルにそう書いてあった。

わたしはちょっと後ずさりした。

「何してるんだい?」マイクはわたしを見てからエロ本に目を止めて、にやりと笑う。

「ビール飲む?」彼はそう言ってキッチンへ向かう。

「シタ」わたしはささやく。「彼はシタにあげる。わたしのタイプじゃないよ」

「もういただいたわよ」シタはクールに言う。

「え? いつ?」

「それにロットにちょうどいいわ。彼、キスが上手なの」

「わたしとは合わないよ」

「ロットを気に入ったみたいよ」

「そんなことないよ」

「まあ様子を見ましょうよ」

マイクがビールを三本持って戻ってきた。ステレオへと向かい、ラップ調の曲をかける。

「赤ちゃんが起きない?」わたしはたずねる。

だけどマイクはソファーのシタの隣にドサッと座って、わたしの話は聞いていない。ふたりは音楽やわたしの知らない歌手の話をしていた。それからパラディソでのコンサートの話。わたしはわきの下が汗ばみ、身体中かゆい。この男の子に出て行ってほしい。そしたらシタとアメリカの病院のドラマが観られるのに。赤ちゃん、起きてよ、今すぐ! この子のパパとママも帰ってきて!

でもほんとうにそうなってほしいの?

エッチなことをしてほしい。マイクを横目で見ながらふと思った。眉のところにリングピアスをつけた、なかなかのイケメンだ。そう思いながら、自分でも嫌になる。だけどわたしはそのことを考えてしまう。わたしって何ていけない娘《こ》なんだろう? こうなったのも絶対、シタがキスにとりつかれてるのとあのセックス本のせいだ。

「あたし、宿題するわ」突然シタが立ち上がった。部屋の反対側には丸いダイニングテーブルがある。シタは教科書を置いて座る。

マイクがわたしのほうに向き直る。急に距離が近くなった。本物の男の香りがする。

「それじゃ、きみもスペインに住んでたの?」

「父さんが向こうでレストランをやってるの」わたしはちょっと澄ました、レティシアふうの声で言う。

「パエリアをたくさん作るんだろうな」

「スペインのこと知ってる？」

マイクは大きなホテルに泊まった海辺の休日のことを話してくれた。サーフィンや街歩きのことも。ちっともばかばかしい話じゃないし、マイクはいい声をしている。サーフィンはわたしも好きだ。マイクにカイトサーフィンのことを話すと興味を持ったみたい。

「フリースタイル派、それともスピード派？」

「ボードによるわ」

話しながらわたしはビールをあっという間に飲みほした。もう一本。またもう一本。

マイクがだんだんわたしに近寄ってきて、ソファーに座りながらわたしに腕を回す。

わたしはときどきシタをちらりと見るけど、行儀よく座ったままペンを走らせている。シタはマイクに何を言ったんだろう？　わたしは男子とキスをしたことがないから教えてやってほしいとか？　今は考えないようにしよう。

エッチなことをしてほしい。

幼稚園のとき、トイレでパンツを脱ぐ女の子がいた。その子は頼むと見えるようにかがんでくれた。ときどきわたしも見に行った。トイレの前に行列ができて並ばなくちゃいけないこともあった。先生に気づかれないかとドキドキした。ほんとうのところ、わたしはその子のしていることをばかみたいだと思っていた。その子が哀れに思えたし、見たときにちょっと気持ち悪くなることもあった。だけどわたしは見に行った。何度も。

だけど今回は違う。わたしも自分で何かしたい。知りたい。

「きみってスペイン人みたいだね。きれいな髪だ」マイクは人差し指でわたしの髪を一すじ巻きつける。彼の親指が羽毛のようにそっと頬に触れる。わたしはたじろぐ。

音楽が鳴り響く中、ああ、マイクは、ゆっくりともう片方の手をわたしのひざに置いて、ひざからスカートの裾のラインまで手を滑らせる。腕に鳥肌が立った。マイクがそれを見ているのにわたしは気づく。

わたしはこれがしたいの？　もちろん、という心の声が聞こえた。シタがそばにいるから危険はなさそうだ。

それに撫でられてもてあそばれることが、ちょっと気持ちいい。エッチな感じがする。

マイクはわたしにぴったりくっついて座っていて、キスをしないほうが不自然なくらいだ。まさに映画のシーンみたい。まずわたしはうっすらと微笑んでマイクを見上げる。

目の端に金の十字架がちらついた。わたしはネックレスをする男子が嫌いだ。彼を押しのけて立ち上がり、シタのもとへ行きたくなる。それでもわたしは動かない。

割れたあご。大きな口、剃り残したひげ、古い傷跡。びっくりするほど青い目。

レティシアならこうするだろうというふうにマイクを見ると、彼の目がぼやけてきた。助けて！

そしてマイクはわたしにキスをした。

ついに。シタ、見てる？　わたしキスしてる、キス！

最初は少し優しく、でもすぐに荒っぽくなった。舌とビールと歯を感じる。犬みたいな低いうなり声もする。

もちろんヤギ飼いのことを思い出した。特にマイクがわたしに覆いかぶさってきたときには思い出さずにいられなかった。

だけど今度は逃げなかった。大丈夫。無理強いされることはなさそうだ。シタも近くにいるし。

わたしはキスを返した、実際のところ、かなり激しく。マイクの首筋をひっかいて、筋肉質の背中を愛撫する。わたしにもできた！

するとマイクはわたしの胸に手を置いた。わたしは固まった。手をどけてと叫びたくなる。母さんが言っていた賢明な教訓のすべてが頭の中を駆けめぐる。自分がしたくないことまでやってはダメ、自分の意志に反することを男の子とやってはダメ、あなたの身体は自分自身でコントロールしなさい。

うそだ。わたしは自分の身体をコントロールできない。わたしの胸はわたしを裏切って、今ではブラジャーの中にあるマイクの指にすぐに反応している。

そしてわたしは？　さらに激しくキスをする。とりあえずこのまま続けよう。でもできるだけ早くやめなくちゃ。

わたしは自分でブラジャーのホックを外した。

キスして、感じて、ビール、唾液、歯。荒々しくてちょっと気持ちいい。ほんとうのこと言うと、ちょっとどころじゃない。どこでやめればいいの？

きっとここだ。

門が開く音がして、廊下で声がする。

「マイク、ご両親よ」

シタは開いたフランス窓のそばに立っていて、すばやく火のついたタバコを庭にはじき飛ばした。

猛スピードでわたしはマイクと離れる。ぶらぶらしているブラジャーの上からシャツを引っぱって、震える足でまっすぐに立つ。わたしは暑さと寒さを同時に感じていて、あごにはマイクの唾がついていた。彼の顔は起き抜けのように間が抜けて見える。口紅がついた口元をぬぐっていたけど、まだいくらか残っている。

ドアが開いた。

電気を消してほしいとわたしは思った。どうか電気を消して？

「で、どうだった？」自転車に乗って家に帰るとき、そのあとベッドの中でも、シタは全部を詳しく聞きたがった。

「わたしがキスをしたの、見てたでしょ？」

「彼ステキじゃない？　目でロットの服を脱がしたわよ」

「目で脱がしただけじゃないよ」

わたしはまるで難しい試験にパスしたときみたいに、陽気で大胆だった。そしてちょっぴり恋をしているような感じだった。

こまかなことまで全部シタと話をするのは楽しかった。「彼すぐに胸を触ってきたんだ」「男子ってみんなそうよ」とシタが言う。「そんなに先までしなくていいのよ。もし嫌だったら冗談を言えばいいの」

わたしは『タイタニック』のキスシーンを思い出す。レオナルド・ディカプリオは胸を触ったりしなかった。キスはただただロマンチックだった。だけどあとでケイトを車に引き入れて情熱的なことをした。車の窓は曇っていた。

『ロード・オブ・ザ・リング』では、アラゴルンは誰にも手を出さないで、ただ軽いキスをしていた。

次の日の夜、シタがいなくなるとそれは突然襲ってきた。この惨めさをどうしたらいいのか分からない。わたしがしたこと、わたしの身体がしたこと。わたしはただ続けた。あの子と続けるつもりだった……そう、いったいどこまで？

「わたしはしたくない、わたしはしたくない」そう言いつづけたけど、何をしたくないのかよく分からない。

シタにメッセージを送った。「きのうのこと、ちょっと後悔しているんだ」だけどシタから返事はない。土曜の夜だからきっとまた出かけているんだろう。

ラッキーなことに父さんがオンラインでつながっていた。父さんは音楽のことをずっと話してくれた。わたしはただ聞いていればいい。

「ロット、今日はいいバラードがあるんだ。また星についての曲だよ」

わたしはこのことを父さんには言わなかったけど、曲にほんとうに救われた。

〈わたしは星に願いをかけている、あなたがいるところに行けるように。わたしは夢に願いをかけている、その意味をたどれるように……〉

この曲をiPodに入れて走る。母さんがいないからうんと速く。わたしは思う存分、飛ぶように走っていった。

元気が出るスープ

「もう一回行ってみない、ロット？　いいでしょう？」母さんが赤いコートを着てわたしの前に現れる。

「この章を読み終えたいんだ」

『秘密の花園』。この本は、代わり映えのしないばかばかしい課題図書リストにわたしがぶつくさ文句をつけていたときに、ボスおじさんが本棚から出してきてくれたものだった。

わたしは『秘密の花園』を一日で読破した。インドからイギリスに引っ越してきた、とても不幸な少女の話だ。彼女はまったくのひとりぼっちだった。だけどそこで、すべてが美しくてすばらしい魔法のような庭を見つける。友だちもできた。病気で甘やかされて育った男の子だったけど、少女と同じようにその庭で幸せになっていく。

わたしはこのところ、『秘密の花園』にどっぷり浸かっている。寝る前にその花園を思い浮かべ、夢に見たいと願う。学校にいるときも、雨の中を自転車に乗っているときも、そのことを考えている。わたしもバラを育てて、まるで黄金の寺院の中にいるみたいに黄色く染まった木々の下を歩きたい。

わたしはため息をついて本をわきに置く。もう暗記しているところもある。

「いい本でしょ?」と母さんが言う。

「この本知ってるの?」

「それ母さんの本なのよ」

「でも最初のページには、〈アンニカの本〉って書いてあるよ」

母さんはそうねというようにうなずく。「家を一緒に見に行かない? 今度はきっと気に入ると思うわ」

自転車で向かいながらわたしはたずねた。「でもアンニカって誰? 母さんはアンネケでしょ?」

「自分の名前が気に入らなくてね。『長くつ下のピッピ』に出てくるアンニカのほうが好きだったの」

フォンデル公園の濡れた落ち葉にハンドルを取られながら考えた——母さんとわたしは、お互いに似ている。映画や物語に夢中になるところや、何もかもが退屈な大人の世界よりも、本の中の世界に憧れているところ。母さんもそうだ。もしかするとだから母さんは、ある意味逃避行みたいにスペインに引っ越したんだろうか？

わたしがたずねようとしたそのとき、母さんはお城のような建物の前で止まった。

例の不動産業者がそこに立っていなかったら、信じられなかっただろう。

「夢のような家でしょう？」不動産業者がうっとりとため息をついた。すべての錠を外すのにかなり時間がかかっている。

「母さん？　ほんとうにここなの？」

母さんはちょっと謎めいた微笑みを浮かべる。

そしてわたしたちはおとぎ話の世界に入っていく。

長い廊下、クモの巣がかかった古いランプに照らされている荒れた部屋に通じる数々の扉。

「母さん」わたしはささやいた――自然と小声になってしまうような家だ。「何をするつもりなの？　家を買うお金なんてないよね？」

母さんは見破られたというような目つきでわたしを見る。「あるわよ」

「宝くじでも当たったの？」スペインにいるときは、母さんはスーパーでいつも電卓を叩いていた。貧しくはなかったけど、ある程度は切り詰めないといけなかった。「ステーキを食べた次の日は豆の日よ」といつも言っていた。

「シーッ」母さんは不動産業者を横目で見ながら言う。「あとで話してあげるわ」

わたしはすぐにエキサイティングなことを想像しはじめる。誰もが忘れ去った貯金箱があるとか。ポスおじさんと母さんが誰かからお金をだまし取ったとか。実はポスおじさんは億万長者だとか。

「ホテルに改装できるかもしれませんね」不動産業者は軽口を叩きながら左右の部屋のドアを勢いよく開けては、壁を叩く。「あるいはヨガ教室とか」

「いやよ！」母さんがぎょっとしたように言う。わたしがびっくりしていると、母さんはクスクス笑って言った。「シルヴィーのことをすぐに思い出してしまうじゃない」

「シルヴィーおばさんを思い出しちゃいけないの？　ふたりは友だちだよね？」

「ええそうよ」と母さん。

料理人と給仕係が大勢いると想像されるようなすごく広いキッチンに移動すると、母さんが言った。「スペインでは友だちがひとりしかいなくて、それがシルヴィーだったの。シルヴィーとは都会的な会話ができたわ。洋服やインテリアや本の話。ときにはふたりでマドリードまで飛行機で飛んでランチに出かけたのよ、覚えてる？　シルヴィーがいなかったらあんな田舎で気がおかしくなってたわ」

「わたしは母さんが……」

「もうこの話はおしまいよ、ロット。とにかく今はまたアムステルダムに戻ってきたんだし、シルヴィーは相変わらずとんでもなく忙しいのよ。邪魔するつもりはまったくないわ。きっとわたしも少しシルヴィーのことが怖いのよ、あなたと同じように」

「わたしはそんなこと……え？」

母さんはちょっと決まり悪そうだ。「今は昔の友だちを訪ねたいの。どんなにみんなに会いたかったか忘れてたわ」

母さんはもうスペインに、父さんのもとに帰るつもりがこれっぽっちもないように聞こえた。

わたしは唇を噛み、急いでキッチンを飛び出す。

この家には家具がほとんどない。でも二階にはサプライズがあった。

わたしは両開きの扉を開ける。「母さん、見て！」

そこには巨大な天蓋つきの四本柱のベッドがあって、サテンのベッドカバーがかかり、その上には羽毛のクッションが載っている。ベッドのそばのテーブルにはアンティークの香水ビンがずらりと並び、そのいくつかにはまだ中身が残っている。舞踏会用の色あせたレースのドレスとペチコートまで二、三着あって、お城の女主人がいつ現れても不思議じゃない。

床にはじゅうたんが敷かれ、大きなドレッサーとつい立てがあって、思わず開けたくなるような見事な装飾が施された金庫の上には、二体のアンティークのテディベアが座っている。

「十八世紀の博物館みたいね」と母さんが言う。

「いえ、どちらかというと二十世紀初頭です」と不動産業者は言う。

「さもなきゃ、アンティークのドールハウスだよ」とわたし。「どんなに望んでも、触れることはできないもん」

「分かるわ」と言う母さんをわたしは見つめる。母さんはほんとうに分かってくれたんだ。

「ここで一晩過ごしたいな」わたしはつぶやいて、古いドレスを憧れのまなざしで見る。

そしてサプライズが起きた。

「ヘラルド」母さんが甘く優しい声で言う。「お願いがあるんだけど」

母さんはひそひそ話を始めて、不動産業者は困ったように足を組み替えている。母さんがまた何かを言って、不動産業者の手を取った。彼は自分の手を見つめ、次にわたしをちらりと見た。

「じゃあ三十分だけですよ」と不動産業者が言う。

「あなたはいい人だわ」と母さんが言ってドアを開ける。不動産業者は廊下へ出て行った。

それから母さんがわたしを振り返る。母さんは子どもみたいにはしゃいでこう言った。「ピンクのドレスにする？　それともわたしが着ようかしら？」

わたしは羽毛のベッドに飛び込んで寝そべる。想像していた通り柔らかくてふかふかだ。「ここにいていいの？」

「ヘラルドが戻ってくるまではね」母さんが得意げに言う。「この部屋はわたしたちのものよ」

母さんはわたしの隣で、ベッドに長々と身体を伸ばす。「何になろうかしら？　お姫様？　お嬢様？　ロットが決めて」

「お嬢様がいい」わたしはすぐに答えた。「わたしはオーロラという名前ね。外の世界では伝染病が蔓延しているから、わたしたちはお城に閉じ込められてるの、それで……」

★★★

次の日もずっとお城のことを考えていた。ついにわたしはほんとうに物語の世界を体験したんだ。

このことをシタに話したかったけど、タイミングがなかなかつかめなかった。学校ではずっとほかの子たちが一緒にいた。

今日という今日は、ほんとうにあんなどうでもいい話にはつき合っていられない。

「あんなにいい点数を取れるなんて、あんたたち頭いいのね。つまりさ、スペインの学校はとっても……その、違うでしょ？」ザラはちょっとイライラする言い方をする。たぶんウォルフがそばにいるから、いい格好をしたいんだろう。

「そうね、モッツァレラチーズのサンドイッチは売ってなかったわ」シタがありのままを言う。

「それにカプチーノもないよ」とわたしがつけ加える。

「ないの？　じゃあ学食がなかったの？」

「食堂《コメドール》はあったわよ。放課後はみんないっせいにそこで温かい食事を取るの」

「ほんとう？　楽しそうね」エヴィがにこにことして言う。

「温かい食事よ」シタがもう一度繰り返す。だれも反応しないのでこうつけ加えた。「豚の耳でだしを取った濃いスープとか」

「何のだし？　ホント？　ゲー」

やっとみんなが食いついてきた。シタはいつものように話題の中心におさまる。そしてスープに入っているグロテスクなものを詳しく語る。豚の足。鼻。そしてあのプルプルした豚の白い耳。最初はわたしもシタと一緒にしゃべっていた。「ブラッドソーセージが入ってることもあったよね。まずそれを温めるんだ。口の中でぐちゃっとするけど味は悪くないよ」

「ブラッドソーセージ！　ほんとうに血で作られてるの？」

「そうよ、豚をつぶしたときに取っておくの」

「うそ！」

「ほんとよ、あたし何度も見たもの」

突然わたしは会話からそっと抜け出す。

みんなが悲鳴を上げたり騒いだりしている――わたしは雲の上から見物しているように感じた。わたしたちいったい何してるんだろう？　あのスープは食堂でよく飲んでいたし、父さんの作るスープほどではないけどおいしかった。例えば極上のフライドポテトと一緒に。真冬の寒い時期や、クラスの子どもたちも含め、みんなで何時間もオリーブを収穫したあとに飲んだスープは、すごく温かくて、おなかを満たしてくれた。元気の出るスープ、いつもそう思っていた。飲むとまた寒さに立ち向かうことができた。

「足首まで血に浸かって……」シタはまだしゃべっている。

スペインの屠畜の時期のことをわたしはよく覚えている。お店は自家製ソーセージを作るための専用のスパイスとハーブを売り出し、農家の娘たちは一週末ずっと手伝わされた。そのときにソーセージを作るのだ。マリア・デル・マールが虚ろな目をして大きな挽肉機を延々と回している姿が今でも目に浮かぶ。マリアの母さんと親戚のおばさんたちがミンチ状のものを集めて、白くて細長い袋に詰め込む。豚の腸だ。そのくだりになるとシタは気持ち悪そうな口ぶりだ。そんなことはなかったと思うけど。どうだったっけ？

「ソーセージはすっごくおいしいって言ってたじゃない」とわたしは言う。でも誰も聞いていない。わたしにはあの光景がはっきりと目に浮かぶ。おしゃべりする女たちでいっぱいの納屋。お肉の入った桶。火にかけられてグツグツと煮える巨大な鍋。家畜の血と脂のにおい。小さな窓についた湯気。猫がドアのところに群がっている。マリア・デル・マールのおばあさんは女王のように動き回って、大きな桶に入れられたものの味をみて、スパイスやハーブを加え、満足そうにうなずく。

「マタンサが懐かしいな」わたしは次の授業のチャイムが鳴ったときに、シタに言った。スペインでは屠畜の時期のことをそう呼んでいた。

「えー、あたしはそんなことないわ」とシタが言う。

「納屋はすごく暖かくてけっこう楽しかったじゃない？　辺りにスパイスの香りが立ち込めて」

「あたしは気持ち悪かったわよ」とシタ。

「ソーセージが長い棚に並んでゆらゆらとぶら下がっていたっけ……」

「そうね、そしてつぶされていく豚。のどを切られるときにあげる悲鳴をまだ覚えてる？」

わたしたちが耳をふさいでいるのを見て、女たちが笑っていたのを覚えている。「それでもいい思い出だよ。これが終わるとクリスマスはもうすぐで。とにかくマリア・デル・マールのおばあさんのソーセージが食べたいな」

「動物虐待よ。そういうことじゃない。まったくナンセンス。それにあのソーセージはとても太るのよ。マリア・デル・マールのおばさんたちみたいになるわよ。スペインの女性はみんな太って醜いじゃない」

「でも……」

「大都会の女性は別かもしれないけど」

「だけど、ロマの女性たちは、きれいな色のスカートや長い髪で……」

「歯の抜けた口元とガラガラの声。そんな人たちのことを言ってるの？　ロットはいつもロマンチックなことばかり。何もかもスペインのほうがよくて、美しくて、すばらしい。大人になりなさいよ、ロット！　あたしたちはここに住んでるのよ」

わたしたちはお互いに腹を立てて自分の席についた。

物理の先生が教室に入ってきて、試験用紙を配りはじめる。「みんな、抜き打ちテストをするぞ」

とたんに教室は大騒ぎだ。「でも先生、わたしたち何も勉強してません」

「そうだ、だから抜き打ちなんだ」

みんないっせいにそんなのおかしい、卑怯だとしゃべり出す。先生は、自分が引き起こした光景をちょっと気にしたように、辺りをぐるりと見渡した。赤毛のオタクっぽい先生だ。そしてこう言った。「やっても無駄だと思う者は教室を出なさい」

シタが真っ先に立つ。続いてウォルフとその友だち、ザラ、結局エヴィとわたしも続いた。数人のオタクのグループが残っただけという状態に先生はショックを受けていた。わたしは先生をちょっとかわいそうに思った。先生の授業はたまにはおもしろい。前回は〝王水《おうすい》〟というものを使って、金を角砂糖みたいに溶かす実験の映像を見せてくれた。わたしは家に帰るとすぐにこの言葉を書きとめて、大事な手紙や歌詞が入っている箱に入れた。美しい言葉やフレーズに出会うといつもそうしている。王水。流星群。咲きほこる木の下でピクニックをしている絵ハガキも入っていて、わたしはその裏にこんなことを書いていた。「花がつく言葉すべて。花園、花盛り、花吹雪、花言葉……」

「みんな、コーヒーでいい？　タバコ吸おうよ！」

わたしたちは学校から一番近いカフェのテラス席に腰を下ろす。凍りつきそうに寒いけど、タバコを吸う人たちはいつも外に座りたがる。ほかにはブリッジクラスの生徒が二、三人座っている。その子たちが目を丸くしてわたしたちを見ているのが分かり、わたしは面白いと思うと同時に、大人になったと感じた。

スペインの学校の周りにあるカフェは、どこも先生たちと通じていた。だからさぼって遊ぼうとしても、カフェに入れてもらえなかった。だけどここではカフェのオーナーが毛布を持ってきてくれて、わたしたちはみんな毛布にくるまっている。

「誰かを愛し過ぎるのによくないわ。何も手につかなくなるもの。すっかり溺れてしまうのよ」

シタはまた何でも知っているかのように恋愛について語っている。スター気取りね――そう思った自分にわたしは驚いた。

エヴィとウォルフがふたりで毛布にくるまっているのを、ブリッジクラスの女子生徒たちがうらやましそうに見ている。わたしはウォルフがザラとつき合っているとばかり思っていたけど、明らかに勘違いみたい。

シタはまだしゃべっている。「女子ってよく思っていることと違うことを言うのよね」と主張する。

へえそう？　わたしは考える。それってどういう意味？

だけどほかのみんなは分かったようにうなずいている。

「じゃあつき合うっていうのは？」ウォルフがたずねる。「女子にとって何なの？」

ウォルフがわたしを見たので、とっさに肩をすくめた。「わたしに聞かないでよ」

「ロットはつき合ったことあるんだろ？」

なんと、その言葉でみんながわたしに注目する。わたしは真っ赤になった。

優しいエヴィが助け舟を出す。「つき合うって、とってもすばらしい友情なんじゃないかしら」

またみんなうなずく。これまでアムステルダムの学校に通ったことがなかったせいかもしれないけど、この答えがわたしには理解できない。つき合うのは夜のパーティーがきっかけになることが多い。だけど、それですぐにすばらしい友情が芽生えるだろうか？

「もちろんセックスも関係してくるわよ」とシタがタバコに火をつけながら言う。口元の火に手をかざしていたけど、シタの言葉は聞き取れた。

エヴィは目を見開いたけど何も言わなかった。ザラはクスリと笑う。

ウォルフがシタに聞いた。「だらしのない娘《こ》だと思われるのが怖くない？　女子の間じゃあっという間に広まるんじゃないの？」

「そんなの関係ないわ」そう言うとシタは煙を一筋、上向きに吐き出す。

わたしは抑えきれずにすごく大きな声で突然笑った。わたしはまだクールなシタに慣れることができない。髪をきゅっと後ろで結んで新しいグリーンの服を着ているシタに。十六歳くらいに見える。

シタはものすごい目つきでわたしをにらみつけた。

それを見ていたウォルフがまた当然のように言った。「じゃあロットは？　スペインの男子は肉食系だって聞くけど」

もちろん、そんなことわたしには分からないと、冷静に答えるのがベストだろう。だけどわたしはもうシタに子どもっぽいと思われたくない。わたしはためらう。

かなり長い沈黙があった。

「ロット、ロマの彼氏がいなかった？」ふとザラが思い出す。

「うん、まだ続いてる」とわたし。

「ぺぺだっけ」とエヴィが言う。みんなで飲んだあの夜、わたしは不覚にもぺぺの名前を叫んだ。みんなにはぺぺの話をしたくない。

ところがシタが前のスペインのクラス写真を携帯電話に入れていて、みんなに指さして誰がぺぺかを教えた。

「何てキュートなの」ザラが黄色い声を上げる。

「だけど、小さい男の子じゃないか」ウォルフが驚いたように言う。

ぺぺはある意味、ウォルフより大人だよ。わたしはそう言いたかったけど、自分でも何を言いだすか分からなかった。わたしは汗をかきながら決まり悪そうに座ってシタを憎んだ。ぺぺは住む世界が違うの。そこにいなきゃいけないの。それはシタも分かるでしょう?

だけど今日のシタはひどかった。ステキなものすべてをぶち壊しにするつもりだ。

「ぺぺはロットの熱烈な崇拝者よ」とシタが言う。「ロットにちょっとした手紙をたくさん送って、詩まで書いたのよ」

「そんなことしてないよ」わたしは小声で言う。

「ひょっとして妬《や》いてる?」ザラがからかう。

「妬いてる?」シタは笑いだす。「まさか、ウォルフの言う通りよ。あたし、小さい男の子には興味ないの」

ウォルフの背の低い友だち数人が、お互いをこぶしで叩き合う。

「気をつけて!」シタが叩かれそうになってわたしは言った。「シタの目はガラスなんだから」

思わず言ってしまった。わざとじゃない。せめて、あとでシタにそう言おう。だけど、わたしは大声で言ってしまって、みんながそれを聞いていた。全員がシタのほうを向く。

「え?」「マジ?」「どっちの目なの?」

シタはまばたきをしてわたしを見る。怒っている。シタはガラスの目がセクシーじゃないので気に入らない。

氾濫した川の流れのように質問がシタに押しよせる。「目は取り外せるの？」「生まれつき？」

「ちゃんと見える？」

「ううん、見えないの。もう片方の目はもちろん見えるけど、奥行きが分からないのよ。それからこれは生まれつきじゃないわ」シタが事故のことを話しているとき、わたしは自分を恥じた。目のことは話さない、それがふたりの約束だった。シタはどうするだろう？ きっとわたしに罰を下すだろうということしか考えられない。しかもひどいやり方で。

罰はすぐに下された。

「みんなのファーストキスはいつ？」

誰が聞いたのか気づかなかったけど、また話題は恋愛のことに戻っていた。そしてわたしは会話について行けなかった。自分はまだキスの初心者で、完全に後れを取っている。みんなの話を信じるなら、すごく早かった子もいる。「ブリッジクラスのときよ」「違うよ、小学生のときだ。学校のキャンプで、覚えてないの？」「ああそうだ、ウォルフ、あなたとだったわね。プールで」エヴィの目がきらりと光ったけど、ウォルフはエヴィを見ていない。

「じゃあロットは？」ウォルフは今日やたらとわたしに絡んでくる。

エヴィもそれに気づいたらしい。「ロットに根掘り葉掘り聞いて、何なの？」

「ただファーストキスがいつだったかって聞いてるだけじゃないか。おかしいか？」

「えっと……」とわたし。ベビーシッターで会ったマイクのことを考えていた。激しいキス。このことを話さなきゃいけないの？

わたしはシタの視線に気づく。シタの母さんと同じような、氷の女王みたいに冷たい視線。突然、シタが何をしようとしているかが読めた。

ほら、やっぱり。「ロットがファーストキスをいつしたのか知ってるわよ。あたしもそこにいたの」

ちょっと、やめて。わたしはシタにサインを送る。お願いだから黙って。

「そこにいたの？」ウォルフが夢中になって聞く。

「ええそうよ。つまりキスの相手は……」

ダメ、シタ、ダメ！

「ロットのファーストキスの相手はあたしなの。あたしのベッドで、毛布にくるまって」

わたしは雨の中を自転車で家に帰る。濡れていてすごく寒い。わたしは震えていた。

部屋に入ると濡れた服を脱ぎ捨て、こっそりとベッドの下に隠していた父さんのデニムジャケットを着る。まだ震えが止まらない。

スペインの元気が出るスープが飲みたいけど、わたしのために作ってくれる人はいない。

テーブルに母さんの置き手紙があった。「ロットへ。職業安定所で職業適性検査を受けてきます（緊張するわ！）」

父さんに電話しようかな？　ダメ、父さんを悲しませたくない。

ポスおじさんのところへ行こう。夢の隠れ家。おじさんのアトリエの大きなイスに座って、毛布にくるまろう。

だけどポスおじさんはドアに鍵をかけていた。大音量でクラシックが流れる中、商売道具を使って研磨する音が音楽に紛れて聞こえる。

「ポスおじさん！」ドアを激しく叩いたけど聞こえないみたいだ。

それとも聞こえないふりをしているか。

どうしよう？

シタがすぐそばにいるのに無視して、シタの弟とおやつ《メリエンダ》を食べることができる？　やっぱりそれもダメだ。

わたしの作った空想上の宇宙服には、小さな裂け目があちこちにできつつある。それが起こっているのを感じる。

シタが憎い！　卑劣な裏切り者だ。まるで今の生活こそ本物の人生みたいに振る舞うなんて。くだらない話やダンスに明け暮れて、キスして、エッチなことで頭がいっぱいの男子やら、あまりにもたくさんの人が周りにいて、みんなピーチクパーチク言って、わたしには分からない、できない、したくない、シタがいればいい、ずっとシタだけ、馬やエルフや太陽のあるスペインに帰って……。

頭がズキズキしてじっと座っていられなくて、オリの中のトラみたいにポスおじさんの家をうろうろする。思考の津波が襲ってくるみたい、助けて！　どうやって止めたらいいの？　わたしはトイレに逃げ込んで鍵をかける。窓がなくてドアに鍵がある唯一の場所。吐くときみたいに便器の前にしゃがみ込む。わたしを守ってくれる、目に見えない宇宙服はどこ？　それはシタだけだ。泣いちゃだめだ。しっかりして、ロット。声に出して言いそうになる。

ひんやりとしたタイルに頭をもたせかけたけど、思考の波を止められるものは何もなかった。

★★★

シタが電話してきたとき、わたしは『秘密の花園』を読んでいた。

わたしは念のために携帯電話をそばに置いていた。

「人生って涙の谷ね」シタが最初に言った言葉だ。母さんお気に入りの格言。わたしにはどれがほんとうに存在する言葉で、どれが母さんの自作なのか分からない。

画面にシタの番号が表示されるとばかみたいに嬉しかったけど、ちょっと冷やかに母さんの決めゼリフを返した。「いつのときも親友は自分自身」

シタはすぐにこう返してきた。「穏やかさを保てば、強くなる」

母さんが部屋に入ってくるのを目の端にとらえた。風で髪がぼさぼさになっていて、頬は真っ赤だ。「愛が何かを知れば、人生の何たるかが分かる」わたしは小声で言ったけど、母さんに聞こえたようだ。

母さんが突然歌いだした。「愛が～何かを～知れば……」

シタが電話の向こうで吹き出す。「静寂に耳を澄ます」

「最高のものは退屈から生まれる」

「クリームたっぷりのケーキ」

「シリアルの中のドライフルーツ」

「のどに刺さったガラスの破片。ロット、ごめんなさい」

「笑って、涙は身体に毒だよ」

「そうするわ、ロット」

「わたしも。大好きよ」

「あたしもよ、チカ（スペイン語で女の子の意）」

あなたはここにいる、恐れることは何もない

「わたし、マンションには住みたくないよ」

「これはマンションなんかじゃないわよ」

母さんの秘密の貯金箱には、あのお城を買うだけの大金がないのは明らかだ。しかも、「わた

したちふたりだけではあの広いスペースを持て余すわ」と母さんはヘラルドに愛想笑いを浮かべて言う。

今日は不動産業者がわたしたちのために選んだ家を見せてくれる。

「お客様にぴったりかと」と母さんに言う。「この物件を見るといつもお客様を思い出します」

わたしはこの「物件」という言葉は、堅苦しくてちょっと冷たく聞こえるから嫌いだ。

「それってどんなの？　どこが母さんにぴったりなの？」わたしは疑ぐり深くたずねる。

「スタイリッシュで、独創的で、芸術的です」

わたしはオエッと吐くまねをしたけど、母さんは目を輝かせる。母さんをおだてるのはこんなに簡単なんだ。わたしもちょくちょくおだてたほうがいいかも。

黒くて高い不気味な建物だ。運河に面しているから風がすごく強い。遮るものが何もないんだ。

玄関ホールは広くてガランとしている。エレベーターもそうだ。それからサメやイルカが泳ぐ水族館の水中トンネルを連想するようなガラスの廊下を進む。今は屋根から灰色の雲の波だけが見える。

「シタは気に入るだろうな」とわたしは言う。すっきりとしたラインで、三六〇度どこからでも空や運河が見える。

「シタを連れてきたかったの？」と母さんが言う。

「無理だよ。学校イベントの〝スクールアイドル〟の練習があるから」

「そう」と母さん。わたしと並んで歩こうとするけど、それにはトンネルの廊下は狭過ぎる。

「あなたが急にやめちゃったのは、いまだに理解できないわ」

「スマーフ・ラップのこと?」

「ええ、そうよ」

わたしたちはそのラップがどんなにつまらないものでも、DJがその場で音楽をミックスして、ザラとエヴィとわたしがハイヒールをはいてスマーフ・ラップを踊ることに、まじめに取り組むつもりだった。

「シタはほんとうにロットがやめるように仕向けたりしてないの?」と母さんがたずねる。

「してないってば」

ヘラルドはちょっと驚いたように振り向く。彼も話を全部聞いていた。


シタが〝スクールアイドル〟に参加するだろうということは、初めから明らかだった。エヴィがこう言った。「シタの声だったら、『タイタニック』の曲を歌うべきよ」

わたしはもう「タイタニック」の曲を聴きたくない。シタはときどき、一日中この曲を再生していたのだ。

「シタにピアノの和音を教えてやろうか?」ある日ポスおじさんが言った。

シタはほんとうに神童だ。おじさんのピアノを週末にいじっていたと思ったら、もう飲み込んだみたいだ。

〈毎晩夢の中で、わたしはあなたに会い、あなたを感じる……〉

嫌でもこの歌が頭に浮かび、ぐるぐる回って離れない。母さんが階段を下りながら歌声を響かせる。

〈近くても、遠くても、あなたがどこにいようとも……〉

するとポスおじさんがアトリエから飛び出して続きを歌う。〈……気持ちは変わらないとわたしは信じている……〉

ノアですらある日学校から嬉しそうに帰ってきた。「英語の授業でたいへんよくできましたって褒められたよ。なんでだか分かる？　『距離《ディスタンス》』の意味が分かったからなの。お姉ちゃんがいつも歌ってる曲のおかげだよ」

シタがピアノの前で歌っていると、セリーヌ・ディオンよりずっとステキだ。この歌を聴いていると何かを感じる――シタが歌うと――ほとんど泣きそうになる。まるでシタの声に合わせて特別に作られたみたい。シタが歌いだすと、わたしはそこにただ立ちどまり、手を止めて、耳を傾ける。

実際、シタの手にかかると何事もただではすまない。

シタがぶっちぎりで予選を通過しても誰も驚かなかった。

「決勝では何を着ればいいかしら？」シタがたずねる。「それにヘアスタイルは、下ろしたほうがいい？　それともアップ？」

「いつも通りでいいよ」とわたし。「シタは相当いい線いってるんだから。少なくてもわたしたちよりは。男子ったら、わたしたちはピンナップガールみたいに超ミニのワンピースを着なきゃウケないって思ってるんだから。絶対ばかげてるよ」

「じゃあどうして参加するの？」

「誘われたから」

シタは何も言わなかった。だけどシタだけが知っていることがあるように見えた。


わたしは初めてクラスの子たちを家に連れてきた。広くて薄暗い屋根裏でリハーサルをしていると、ポスおじさんがときどきアドバイスをしにやってきた。おじさんは昔演出について勉強していたので、この手のことに詳しい。

「笑わないように気をつけるんだぞ」例えばおじさんはこう言う。「出演中にヘラヘラ笑うことほど最悪なことはないぞ」

シタが一度入ってきたときは、まるで幕が開いたみたいだった。とたんに照明が変わってすべてが違って見えた。そう感じたのはわたしだけ？

「やあ、シタ」ウォルフが言った。

「あら、来てくれて嬉しいわ」とエヴィ。「観客になって。どんなふうに見えるか教えてよ」

シタがＤＪの隣に立った。ＤＪの機材は後日学校に届くので、今は携帯電話を使って曲をかけていた。

だけどザラは不満気だった。「それってどうかな。まずはもっと練習しなくちゃ」

「うん、もちろん」わたしは慌てて言った。「だけどシタだよ。わたしたちの仲間じゃない？」

ザラは首を横に振った。「シタはライバルよ。今度ステージで対決するんだから」

沈黙が広がった。エヴィが言った。「そんなこと言わないで」

「あたし帰ろうか?」とシタは聞いた。

「ううん、そんな必要ないよ」とわたし。

ところが練習しても今までより悪くなるばかりで、どうしてだか誰にも分からない。ザラが新しいダンスを踊ってみせたときに、いい雰囲気になってきた。〈スマーフ・イン、スマーフ・アウト……ほらぼくは青色だよ。ほらぼくは青色だよ。こんにちは、スマーフェット、きみのそばにいたいよ……〉

「本物のスマーフ（ベルギーの漫画のキャラクター）そっくりだな」ウォルフがザラに向かって言った。

「ちょっとスマーフの気分になればいいのよ」とザラが言う。そしてわたしたちはまたこらえきれずに吹き出した。

「いつもこうなんだから」みんなが帰るとわたしは言った。「すぐにめちゃくちゃに散らかしちゃうんだよね」

「そういうものよ」シタは屋根裏の小窓から半分身を乗り出して、タバコを吸っていた。

シタがかなりおとなしいと気づいたのはそのすぐあとだった。何も話さないときでさえいつも場の中心にいるシタらしくない。

わたしは何か埋め合わせをしなければいられないような気分だった。そこでわたしはシタの歌の調子はどうかと優しくたずねた。「もう一回歌ってみてくれない? 学校の本番で歌うのと同じように」

　だけどシタは肩をすくめた。

「何を着るかもう決めたの？」

「いつも通りよ」

　開け放した窓から冷たい空気が部屋に大量に流れ込んだ。

　ようやくシタが振り向いた。吸殻を外に投げ捨て、屋根裏部屋の方へ身体を戻す。窓を閉めながらシタは言った。「ねえロット、ザラはあんまりいい仲間じゃないわ」

「どういうこと？」

「ザラがロットとエヴィを自分のショーに引っぱり出しているみたいに思うのよ。あなたたちはザラのワンウーマンショーのお飾りみたい。さえないお飾りだけど」

「え？」

　窓が閉まらないみたいで、シタはまだ窓と格闘している。「スマーフの衣装をちゃんと見た？自分のワンピースを着てみた？」

「短過ぎると思う？」

「まあ、ロットがプレーボーイスタイルを好きなら……」

　わたしは腹が立ってきた。「下にレギンスをはくんだよ」

「それをはきこなせるのは特定のスタイルの人だけよ」

「ザラが言ってたんだけど……」

「ザラは脚が長いのよ。それに筋肉質だし。バルーンスカートだってはきこなせるわよ」

「わたしには無理だって言いたいの?」わたしは嚙みついた。

シタは振り向いて眉を上げた。「自分ではどう思う?」

わたしは散らばったグラスやチップスの袋を片づけはじめた。「ただの学校行事じゃない」

「学校全体のね。その通りよ。親もみんな来るのよ。もしお粗末なラップしかできなかったら……ばかみたいに見えたくないでしょ?」

「それはそうだけど。いったい何が言いたいのよ?」シタがよくやるように、わたしは歩み去ろうとした。

だけどシタはついてきた。「ロット、ちょっと待ってよ」

キッチンでわたしの腕をつかむ。「怒らせるつもりはなかったの。ステージに立ちたいならそうして。あたしが言ったことは気にしなくていいから」

わたしは腕を振りほどいた。「もしシタがわたしがばかみたいに見えると思うんだったら……」

「そうね、ちょっと言い過ぎたかもしれない。でも怖くない?」

しばらくしてから、シタがほんとうは何を言いたかったのか、突然思い当たった。

「全校生徒の前でステージに立つのが嫌なの?」わたしはベッドで一緒に横になりながらたずねた。シタは一日中すごく優しくて、今日はうちに泊まっている。

「とっても嫌」とシタは言った。

シタが毛布を山のようにかぶっていたので、わたしはシタの返事を正しく聞けたかどうか分からなかった。「だけどシタはいつも何にでも怖がらずに挑戦するじゃない」

「そうしようと思うけど、ほんとに怖いの。大勢の前で歌うのよ。高音が出ないかもしれないし、間違った和音を弾いちゃうかも。みんなあたしの歌を聴かないでずっとおしゃべりしてるんじゃないかしら」

「そんなこと絶対ないよ」

「それに曲がちょっと古臭いし。特殊効果もなければ、ダンスも何もないもの」

わたしはしばらくヒーターのブーンと鳴る音を聞いていた。そしてためらいがちに言った。

「ふたりとも参加しないっていう手もあるよ。ストレスはかなり減るんじゃない？」

だけどシタは毛布の中で首を横に振った。「将来歌手になりたいんだったら、いつかはやらなくちゃ。歌うことはほんとにすばらしいことだとも思うのよ。準備ができていればね。あたしはただ……今はものすごくナーバスになってるの。みんなはあたしが何でも簡単にできると思ってるけど。でも今回はそう簡単にいきそうにないわ」

「だけどシタならできるよ。誰もシタみたいにうまくは歌えないもん」

ようやくシタが毛布から顔を出した。そして小さな声でこう言った。「ロットが必要なの。あたしを全力でサポートして」

次の日、わたしはエヴィにスマーフ・ラップから抜けると言った。「スマーフ・ラップは退屈過ぎる気がするんだ」

エヴィは驚いた。「ロット抜きでどうすればいいの?」

「大丈夫。スマーフェットはふたりで十分だよ」

「だけど三人の振りつけを考えたばかりじゃない」

わたしは肩をすくめた。「わたしはどっちみちスマーフェット向きの脚じゃないし」

「シタのため?」とエヴィがたずね、わたしはもう一度肩をすくめた。「そのほうがシタをサポートできるから」とわたし。「ザラが、わたしたちはライバルみたいなものだからやっかいだって言ってたじゃない」

ウォルフが、彼にくっついていたザラに何かつぶやき、ザラは大げさに笑った。

「何?」

「ううん、何でもない」

だけどウォルフが言った「大げさなやつ《ドラマクイーン》だな」という言葉は、わたしにもはっきりと聞こえていた。わたしのこと? それともシタ?

その日は気を使って過ごしたけど、誰もわたしやシタに腹を立てはしなかった。よかった。ただみんながわたし抜きで練習に出かけるのを目にしたとき、童語の「赤ずきん」のオオカミのように、おなかに石が入っているような感じがした。

★★★

「ここがいいわ」と母さんが言う。

ヘラルドは嬉しそうだ。「すぐに入居できます。家主様と連絡を取りましょうか？」

「お願いします」と母さん。「あの使い勝手のよさそうな戸棚を置いたままにしてくださるのか知りたいから」

「あれはこの部屋のためにあつらえたものでして、ピート・ヘインという芸術家の作で……」

「わたしの意見を聞きたい人いる？」わたしがたずねる。

母さんとヘラルドは驚いたように振り向く。

「もちろんよ、ロット」

「わたしはつまらない家だと思うな。積み木の箱みたい。建物が十五階建てですごくたくさんの住人がここにいるなら、それはマンションっていうんだよね？　わたしはマンションには住みたくないの」

穏やかに話しはじめた声が、どんどん大きくなっていく。

「そんなにすぐ怒らないでちょうだい」と母さんが言う。

「怒ってなんかない！」わたしは叫ぶ。「ただこの家に住みたくないの。わたしは古くて迷路みたいな家がいいの」

「だけどね、ロット、前に見たあのお城のような家は……」

「あれも嫌。わたしが住みたい家はただひとつ、スペインの家だよ。あれがわたしの家なんだし。いったい母さんはいつになったら分かってくれるの？」

「まあ」不動産業者は言う。「その家とはもちろん対抗することはできませんが」

冗談かと思った。今日のヘラルドはデニムパンツをはいていて大胆に見える。最悪なのは母さんがその魅力にひかれていることだ。芸術家ピート・ヘインの戸棚がどんなにすごいか知らないけど、その前でモデルみたいにポーズをとって立っている母さんの姿は滑稽だった。

「この子ったら……」またあの口調で言う——ごめんだ。

わたしは空腹を感じるみたいに、突然父さんがひどく恋しくなった。

★★★

シタが本番を迎える前の夜、わたしはまるで自分がステージに立つかのように緊張していた。シタがピアノをミスタッチするんじゃないかと気が気じゃない。歌詞を忘れるかもしれない。誰もシタのステージをよく思わなかったら?

「ロットはこの曲、いいと思うわよね?」とシタが言う。「ザラやエヴィも。それに父さんと母さんと弟も、ロットの母さんやポスおじさんも。よし」

うっかりだまされるところだった。だけどシタの手は冷たい。そしてまぶたがガラスの目の上でピクピクしている。共有のパジャマとして使っている、父さんのお古のストライプシャツを着てベッドに横たわっているシタは、十四歳というより十二歳くらいに見える。

「そんなことしなくていいよ」わたしはささやく。

シタは答えない。

わたしはゆっくりと眠りに落ちる。夢の中ではその続きが始まっていた。

わたしは騒がしい会場にいる。シタがステージに現れても誰も見ない。ピアノの前に座って前奏を弾きだす。何も変わらずみんなしゃべり続けている。まったく聴いてない！

シタが歌いはじめる。〈毎晩夢の中で……〉

おしゃべりはひそひそと続く。生徒たちはシタを見ていないわけではない。シタを指さす生徒もいれば、落ち着きのない視線をステージにさまよわせる子もいる。

だけどみんな関心がない。シタが何をしても誰も注目していない。一列目に座っていた生徒たち全員が歌の途中で席を立って出ていく。「コーヒー飲もうよ！」その子たちが叫ぶ。「タバコ吸いたい！」

シタにはもちろんその光景がしっかり見えているけど、本物の歌手みたいにりりしく歌いつづける。シタの口が動いているのは分かるけど、わたしには何も聞こえない。それほど騒々しいのだ。

わたしはもう耐えられない。

イスの上に飛び乗って怒鳴る。「静かにしてよ！　教養のない野蛮人たち！　シタの歌を聴きなさいよ！」

「シーッ」誰かが言う。

わたしは大げさな身振りでシタを指さす。「シタを見て。聴いて、シタが歌ってるんだから！

聞こえるでしょう……なんてきれい……」そしてわたしは激しく叫んだ。「シタが素っ裸だ！」

衣装を脱ぎ捨てた小柄で裸のシタが、大きくて黒いグランドピアノの前にいる。スツールに乗せた白いお尻が突然目に飛び込んできた。

「ほんとだ」わたしの周りでささやき声が聞こえる。「彼女は裸だ。完全に裸だ」

空に浮かぶ星のように歌うシタに静かに耳を傾ける代わりに、観客のガヤガヤ騒ぐ声が大きくなる。「裸だ、素っ裸だ、あの歌手はヌードだ。脱いで歌っている」

シタが顔を上げ、観客の間を縫ってわたしを見つめ、首を振る。悲しげに、みじめな様子で。それは裸だからじゃなくて、わたしがシタは裸だって言ったからだ。シタはもう身を隠すことができない、二度と。そして歌は延々と続き、タイタニック号は航海しつづける。

「いやー！」わたしは叫び声を上げて目を覚ます。

「ロットちゃん、ねえ、どうしたの？」シタがわたしの上に身体を傾けている。ナイトランプをつけたところだった。

「シタが裸だったんだ」わたしは叫ぶ。

「え？」

「ステージで。シタはヌードで、誰も舞台を見てなくて。やっと見たと思ったら、みんなおもしろがってるの」

夢の内容をシタに話すのにかなり時間がかかった。

話し終えるとわたしは無性におしっこがしたくなった。トイレに駆け込む。バスルームの鏡に映るわたしの顔は吸血鬼みたい。落ちたマスカラ、妙に逆立った髪。わたしはすぐに明かりを消した。

水の入った大きなコップを片手に部屋へ戻る。

シタは身体を起こしてベッドに座っていた。「怖い夢をあたしの代わりに見てくれるなんて、ロットはなんて優しいの」とシタが言う。「これであたしは怖い夢を見ないですむわ」

やっぱりシタは嫌なんだ。

「やめようよ」わたしはシタの隣にもぐり込みながら言う。「やらなくていいよ、ステージで歌う必要なんてない。なんでって？　ほんとうに失敗するかもしれないもん。きっとこれは正夢なんだよ」

シタは首を振る。「やるわ」とシタ。「分かってくれる？」

「だけどこの歌……微妙だよね。みんなおしゃべりしやすいよ。それにあの大きなピアノ。生徒みんなに半分背を向けて座るんだし、観客はシタの歌を聴きに来るわけじゃないよ。たぶんほとんどは五年生の二人組のラッパーのために来るんだよ。どっちみち彼らが優勝しそうだもん」

「それは分からないわ」シタは軽く笑って言う。「あたしを信じてるでしょう？」

「そりゃそうだけど……」

シタがわたしの口を手でふさぐ。「ロットが怖がってる、あの嫌な予感は全部」シタが言う。「もちろん起こるかもしれない。でもね。それでもあたしはあそこでピアノを弾きながら、歌を歌いたいの。やらなきゃいけないの」

★★★

幕が開き、わたしはポスおじさんの腕にしがみつく。シタは夢の中みたいに裸ではないけど、小柄だ。長くて薄いワンピースを着ていて、映画から抜け出てきたみたいだ。髪をアップにしているけれど、いく筋かは垂らしていてかわいい。

シタの後ろには大きなスクリーンがかかっていて、そこにシタの名前と歌のタイトルが書いてあった。「マイ・ハート・ウィル・ゴー・オン」。

スクリーンには映画のシーンが映し出されているけど、わたしにはシタしか見えない。シタの手がそっと鍵盤に置かれ、口をマイクに近づける。

わたしはこの歌を百回以上聴いているけど、また鳥肌が立つ。

なんてドラマチック！　映画を思い出して、ちょっとぺぺのことも思い出したけど、何といってもシタとふたりでいつも恋について語っていたことが一番だ。

ポスおじさんがわたしをつつく。「見てごらん」とささやく。

会場ではみんな携帯電話を高く上げている。シタとピアノが何十もの小さなスクリーンに映し出される。

「午後にはもうＹｏｕＴｕｂｅやＶｉｍｅｏでこの映像が流れるよ」ノアがちょっと大きな声で

言う。

「シーッ」とわたし。

心配することなんてまったくなかった。会場はシンと静まり返り、シタに魅了されている。そして最後の一節に入ってシタの感情が爆発した。その声が四方から響き、シタは観客を見つめることさえした。そしてたくさんの顔の中からわたしを見つけた。

〈あなたはここにいる、恐れることは何もない〉

心の中でわたしは今、一緒に寄り添ってすべてを歌っていた。

わたしは息を止める。

そして拍手がわき起こった。

「ああ」ポスおじさんが感動してため息をつく。そしてちょっとわたしを見る。「どうだった？」

「とてもステキだったわ」同時に母さんが言う。陳腐なほめ言葉を選ぶこともできないみたい。

そのすぐあとがスマーフ・ラップで、これもかなりよかった。一からやり直してほんとうによくなっていた。母さんがずっとわたしを見ているのを感じたけど、わたしはあえて母さんを見返さなかった。

だけどスマーフは優勝せず、それでちょっとは救われた。シタも優勝できなかった。五年生のラッパーがその晩は一番盛り上がった。だけどシタにはたくさんのファンができた。ステージが終わってから、シタはファンの集団に取り囲まれて消えた。わたしはほんのちょっとだけ嫉妬する。

一生忘れることのできないひとときがあった。シタはわたしのために歌ってくれたんだ。〈あなたはここにいる、恐れることは何もない〉。〝王水〟と同じように美しい言葉。

わたしは突然分かった――お互いの不安を取り除くことができること、それこそが愛なのだと。

みんな風の中

レアル・マドリードとFCバルセロナの試合があるときは、父さんのレストランもいつもこんなふうにお祭り騒ぎだった。

ポスおじさんと母さんはソファーでくつろぎ、シタの両親はテーブルについて青かびチーズをつまみにワインを飲んでいる。シタは部屋の隅で日記を書いていて、ノアとわたしは大きなクッションを抱えてできるだけテレビに近づいている。ノートパソコンの画面の中だけど父さんもいる。ノイズがひどいので画面を最小化したけど、父さんはわたしたちを見ていると思う。もちろんテレビも。

わたしたちが予選から見ていたショーの決勝戦だ。この種のテレビ番組はかなりたくさんあるけど、父さんが言うにはこの番組は実力派のミュージシャンがそろっているらしい。

ポスおじさんと母さんが一番盛り上がっている。ふたりはまるで審査員みたいに紙とペンを膝の上に用意している。シタの父さんがお金を管理する。わたしたちは誰が優勝するかを賭けていた。わたしはほかのみんながいいと言わなかった少年を選んだ。彼は帽子をかぶっていて、自分でリリースしたカイトの歌を歌う。もし彼が優勝すれば、うまい具合にわたしが賭け金を総取りできるってわけ——四十ユーロだ。

「若過ぎるな」わたしの選んだ少年が歌い終わると、ポスおじさんが容赦なく言った。

「それに子ども向けの歌みたい」と母さんが言う。「みんな風の中、みんな風の中……」

「シーッ」とノアが言う。もう次の挑戦者が登場しているからだ。

こんなふうに全員がそろったことは今までなかったと思う。結局のところ、それは可能なのだ。わたしたちはまるで小説に登場しそうな、むさくるしいけど愉快な家族みたいだ。数人の大人と、別の場所に住んでいるけどすべてを共有する父、娘どうしは姉妹のように仲のいい友だちで、すごくかわいい弟がいて、変わり者のおじさんが暮らしている大きな家に集っている。

まったく予想外の挑戦者が優勝したけどわたしは上機嫌だった。優勝者はタトゥーを入れていて、ピアスで耳がびっくりするほど伸びた少年だった。もちろんシタはそれが気に入ったみたい。

「ピアスのことは忘れなさい」シタの父さんが厳しい口調で言う。

「へそピアスなら開けていい？」

「それについては母さんと父さんでよく考えないといけない。傷跡が残るんだぞ」

「父さんはよく知らないからそんなこと言うのよ」

「ばかなことを言うんじゃない」

「でも……」

「みんな風の中……」母さんは静かに歌う。

「あたしを止めることなんてできないわよ」

言い争いになる前にボスおじさんが明るくこう言った。「シタには似合わないぞ。だが、あの少年が耳に着けていたのはアメリカ先住民の装飾品で、とてもよく似合っていたことは確かだ。さあ、みんなで勝利を祝うとしよう」

みんなは立ち上がり、テーブルに置いてあるスペイン産スパークリングワインを飲むためにキッチンへ向かった。

わたしはパソコンのマウスを手にしたけど、ネット回線が重くて父さんにうまくつながらない。父さんに「ファンクだね！」とだけ書いてメッセージを送る。われながら優勝した曲を完璧に表現していると思う。それからキッチンへ向かった。

途中でシタの日記につまずきそうになった。拾い上げようとしたとき、日記が落ちてページが開き、「秘密」という文字が目にとまった。たぶん、その言葉のせいだろう。秘密っていうのはいつでも気になるものだ。深く考える間もなく、わたしは読みはじめていた。


あたしは秘密が大好き！

秘密にはいろんな種類や程度がある。例えば、お店の棚にある新作ブラウス（それが自分のものになるということをあたしだけが知っている）。羽毛布団をかぶって、くす

ぐったくなるような考えに熱くなる（ぜったいに秘密）。あるいは将来テレビに出演するときの格好とか。とても長くてきれいな髪をして、豪華なドレスに身を包むの。

女友だちどうしの秘密もある。ほかの誰にも分かってもらえないようなこと。ちょっと安っぽい映画の同じシーンでふたりとも泣いたり、もう話さなくなってしまったようないろんなばかなこと。あらゆる秘密から分かることは、あたしたちは永遠に友だちだということ。秘密がなかったらあたしは退屈で死んでしまうわ。

だけどときにはとんでもない秘密もある。

今あたしには郵便爆弾のような秘密がある。あまりにも大きな秘密で誰にも話すことができない。誰にも、誰にも、誰にも。そのせいでもう何日もちゃんと眠れない――いつも恐怖で目が覚める。眠っているうちに誰かにしゃべらなかったかしらとか、本心をさらけ出したりしなかったかしらと怖くなる。絶望して疲れきっている。一日中、自分の発言や行動、見るものに気をつけていなくちゃ。そうしなくちゃいけない。だってばれてしまったら最後、すべてが爆発してしまう！

「ロット」母さんに呼ばれて、日記をバタンと閉じる。

誰かに見られなかった？　わたしはキッチンへと急いだ。「はい」とシタに日記を差し出す。

驚いただろうか？　シタがこちらを見る前に、わたしはテーブルについて、グラスを手にした。

だけど、シタの父さんが賭け金を分けているうちに、気分が沈んでいく。

やっぱり。

もうずいぶん前から分かっていた。だけど、シタの秘密って何だろう？　ばれたらすべてが爆発してしまうほどひどい秘密って何？　それにどうしてわたしに話してくれないんだろう？　ちょっとだけでも。

母さんはまだあのばかげた歌を歌っている。「みんな風の中、みんな風の中……」この歌は昔を思い出させる。いい思い出じゃない。

わたしたちは四歳くらいだった。シタがレースのワンピースを着て、紙の冠を被っていたのをよく覚えているので、たぶんシタのためのパーティーだったと思う。シタが本物のお姫様みたいに見えた。

わたしたちはまずゲームをした。まだゲームを理解できない子もいたけど、母さんが賞品と目隠しとオランダ製ハチミツケーキを持って、せっせと歩き回っていた。

それぞれのゲームには独自の歌がついていた。

シタが輪の真ん中に立ち、わたしたちはシタを取り囲んで回った。「みんな風の中、みんな風の中、船長さんの子が歩いてる」と母さんが歌う。

突然わたしたちは立ちどまった。ちょうどシタがわたしの目の前にきた。

「こっちへおいでローザ」母さんとシタの母さんが歌う。

そしてわたしがローザになった。シタは腕を伸ばしてわたしの手を取り、わたしは輪の中に入ることができた。前に飛び出してみんなと一緒に輪になって踊った。

「わたしの妹、わたしの妹」とシタが言う。

すごく嬉しかったのを今でも覚えている。あまりに激しく踊って、シタとわたしは輪にぶつかった。母さんが何か叫んだけど、わたしはピンクのお姫様のワンピースを着たシタしか見ていなかった。「わたしの妹……ハイ、ハイ」

このあと、わたしたちは突然立ちどまらなければならなかった。そのわけは分からなかったけど、誰かにシタから引き離されて、わたしは輪の外で後ろに隠れなければならなかった。

最初は楽しかったけど、そのうち歌がすごく悲しげな感じになった。どうしてか分からない。みんなは、妹がいなくなったと歌っていた。そうじゃないのに。

わたしが前に出ていこうとすると、ふとシタがほかの子と手をつないでいるのが見えた。

「こっちへおいで、ローザ、あなたじゃない、あなたじゃない」みんなは歌う。

誰だか忘れたけどシタはほかの子と踊っていた。わたしはその輪の中にはいなくて、シタがもううわたしを見ていないことが分かった。輪の中はすごく楽しそうで明るかったけど、輪の外にいるわたしを誰も見ていなかった。シタなんてまったく見ていない。

わたしは泣きだした。そしてけんかが始まった。わたしは目の前にいる子どもたちの背中めがけて突進し、泣き叫びながら繋いでいるみんなの手をほどいて輪っかを壊した。

みんなが大混乱になった。子どもたちは倒れて泣きだした。

母さんはわたしを慰めるどころか、パーティーをぶち壊したと言って怒った。わたしの手を取って激しく振ると、「まだ終わりじゃないのよ」と言い聞かせた。「まだ三番があるんだから。大丈夫なのよ」
だけどわたしは理解できなかった。当時はまったく理解できなかった——そして今も。割れたコップは割れたまま。どっちみち割れてしまったんだ。もう絶対に元には戻らない。

みんな風の中、みんな風の中、
船長さんの子が歩いてる。
みんな風の中、みんな風の中、
船長さんの子が歩いてる。
こっちへおいで、ローザ、
わたしの妹、わたしの妹。
こっちへおいで、ローザ、
わたしの妹、ハイ、ハイ。

なんて悲しいの、なんて悲しいの、
妹がいなくなった。
なんて悲しいの、なんて悲しいの、
妹がいなくなった。

こっちへおいで、ローザ、
あなたじゃない、あなたじゃない。
こっちへおいで、ローザ、
あなたじゃない、ハイ、ハイ。

あの橋の下、あの橋の下、
妹を見つけた。
あの橋の下、あの橋の下、
妹を見つけた。
こっちへおいで、ローザ、
わたしの妹、わたしの妹。
こっちへおいで、ローザ、
わたしの妹、ハイ、ハイ。

吹きすさぶ風

Wild is the wind

世界を破滅させる七つの方法

あたしは後悔するだろう。もしそれをしてしまったら。

だけどしなくても後悔するだろう。


シタの日記にはそう書いてあった。

読まないでいることなんてできない。わたしはこの二、三日いろいろ試してみた。シタが自分から秘密を切り出せるように、いろんな手を使って誘導尋問をした。

「大丈夫?」わたしはたずねる。「何か悩み事あるの? いつでも何でも話してくれていいんだよ」

わたしは自分の秘密を打ち明けることもした。「金の指輪を覚えてる? あれ、実は亡くなったおばあさんからこっそり盗ったんだ」

「どうやって?」とシタが聞く。「ロットはおばあさんのこと知らないじゃない」

「おじいさんが死んだときに、母さんがアンティークのジュエリーを相続したの。わたしは母さんにあの指輪が気に入ったって十回は言ったんだよ。だけど母さんは貴重な家宝だから身に着けるなんてとんでもないって言うんだもん」

「それでそのままちょうだいしたのね」

「本物の金なんだ」わたしは自慢げに言う。

「おばさんに見つかるとまずいから指輪をはめないのね」

「部屋にひとりでいるときはするよ。それで、指輪を眺めるんだ。金庫とかに眠らせておくよりはいいでしょ？　シタはこういうワルイことしたことある？」

シタはちょっと笑ったけど何も言わない。

このあいだシタの父さんに聞かれたことも言った。「ロット、わたしの娘はいったいどうしてしまったんだ？」わたしがびっくりしておじさんを見ると、さらにたずねられた。「ドラッグをやっているのか？　不良少年たちと寝てるのか？」ほんとうにいやらしい、シタの父さんが言うなんて考えられない発言だった。

「もちろんおじさんには悪いことなんて何もないって言っといたけど……」

「父さんには黙っててもらいたいわ」シタは投げやりに言う。

そうこうするうちに、わたしはほかのことは何も考えられなくなっていった。偶然日記を見て、シタに秘密があることを知ってしまったと正直に言おうか。わたしにはその勇気がなかった。もし言ったらシタは激怒するだろう。

そして今日、秘密を探る絶好のチャンスが突然訪れた。

わたしはすごく親切なふりをして、シタの母さんの代わりに大量の買い物をし、シタの家に届けた。シタはおばさんやうちの母さんと一緒に、高級ダンスショップとやらへ出かけている。店にはヨガウエアやダンスの衣装、それから母さんによると〝数あるレギンスの中でもとてもよく汗を吸収する最高級品〟があるらしい。ノアもいなかった。たぶん音楽レッスンに行ったんだろう。

キッチンに日が低く差し込んでいたので明かりを消して、荷物を調理台に置く。

コーヒー、卵、シタ御用達のスタイリングジェル。これはシタの部屋に持って行こう。

わたしは階段をのぼっていくと、ピンクのチューブをきちんとシタのドレッサーに置いた。

ちょうどわたしの後ろにあるナイトテーブルの雑誌の山に、日記がいつものように埋もれている。

ナイトテーブルに近づくとすぐに見つかった。

日記を手に取ると、鉛のように重い。

「シタは苦しんでるんだから」わたしは鏡に向かって言う。「何があったのか分かったら、きっとシタを救えるよ」

でも、わたしは自分が信用できない。秘密っていうものは……たまらない魅力がある。

わたしは昔、家にひとりでいたときのことをまだ覚えている。とても小さくて、まだ聖ニコラス《シンタクラース》の存在を信じているけど、ちょっと疑いはじめたころのことだ。両親の寝室にタオル用のタンスがあった。タンスの上のほうには禁断の棚があって、誕生日プレゼントを隠していたり、母さんが絶対着けないような赤い羽根のついた真っ赤なブラジャーがあった。ある日わたしは棚を探すことにした。タンスの前までイスを引きずってきて、ブラジャーや、箱に入った小さなフラメンコシューズ（女の赤ちゃんが誕生したとき用のプレゼント）、ＦＣバルセロナグッズのよだれかけ（男の赤ちゃん用）をわきにどける。そして探していたものを見つけた。聖ニコラス祭用の包装紙でラッピングされた箱。スパイス入りクッキー《ペーパーノーテン》もあった。いつもわたしたちの聖ニコラス祭用の長靴の中に入っているネズミの形のチョコレートも。そしてわたしはほんとうのことに気づいてしまった。悲しかったけど、自分の知らないところでいつも何かが行われていると感じるよりはよかった。

　わたしはシタのベッドに腰かけて、「恋愛」という言葉が書かれたページまで日記をパラパラとめくる。

　恋愛には何が必要なのかしら？

きっと大事なのは、あたしを見つめるあなたの眼差しだけ。まるで熱狂的なファンのように、あたしを見つめてくれるってこと。

あたしはいつもあなたのすぐそばにいたいし、そのためには思いつくかぎりのばかばかしい話題を作ってでもあなたと一緒にいる時間を作る。偶然あなたに触れることも大事。

　恋愛って思いがけなく始まる。歌や物語のように。ついさっきまで何でもなかったのに、次の瞬間には恋に落ちる。

毎晩あたしは驚いて突然目が覚めて、脚はふらふら、心臓はバクバク。あなたに会え

ない時間が長ければ長いほど、ひどい気分になっていく。苦痛さえ感じる。

わたしはちょっとがっかりした。よくある思春期の秘密じゃない。

だけど誰のことだろう？　グスのあの男の子？　こんなにいろいろ思ってたなんてちっとも知らなかった。

わたしはスペインの学校でのどうでもいいような話を飛ばして、ふたつの文章に目をとめる。


おなかの中にチョウがいる。恋しているときの状態をそんなふうにいう。どういうことかは分かるけど……なんでおなかなの？　バタついているのはもっと下のほう！

毎晩毎晩、どうにかなってしまいそう。あたしを落ち着かせてくれるのは、ひんやりとした毛布だけ。ちょっとごわついた、お日様のにおいがする毛布がいい。脚の間に挟んで引っぱる、強く、もっと強く。痛みを感じるまで。

恋愛中
待って、待って、待ち続ける
ひどく嫌な気分
寝不足の頭で、何ものどを通らなくて、見た目を気にし過ぎて、何にでも嫉妬して、何度もひどいヘマをして、何にも興味が持てなくて、自分を憎む

ひたすら泣く

すごく激しい思い。かわいそうなシタ。わたしはひとつ飛ばしてさらに読む。

どうしてこんなことができるんだろう。

あたしはいつもと同じことをしている。買い物をする。通りを歩く。道で出会ったスペインのおばあちゃんたちとおしゃべりをする。薬局で自分の番を待ちながら、パッケージの説明書きを読む。店員があたしに微笑んでおつりを渡し、最新のゴシップを教えてくれる。あたしは答える。適当なタイミングで適当なことを。

ほんとにみんな何も気づいてないの？？

どこかの場所にいるときも、まさに同じ瞬間に、まったく別の世界が存在しているっていうことに。あたしはその世界でとんでもないことをしている。あまりにも刺激的で、想像もつかないようなことを。

あたしは言う。「はい、調子はいいです。ビタミン剤もありますか？」

そうしている間も、頭の中では恥知らずな映画が上映されている。つい最近起きたばかりの危険な出来事や、これから起こるはずの出来事でいっぱいだ。あたしは脚が震えているのに、誰も気づいてないみたい。信じられない。そしてものすごくおかしい。

インターネットでアバターを使って、実生活とかけ離れた人生を送っている人がいる。

ごくありふれた女の子が、サイバースペースでは息を飲むほど美しいスーパーモデルで、身体の不自由な男が若いスーパーヒーローだったりする。

あたしも密かにふたつのアバターを使っている。ときどき、どっちのあたしなのか、分からなくなる。どっちがほんとの人生なの?

あなたとあたしの間には、愛では埋めることのできない深い谷がある。とても埋められそうにない。

こんなこと書いていると涙が出てくるけど、あたしはまだ諦めてない。くそー。

今日はずっとロットと一緒にいて、馬に乗った。スターとあたしが汗でびっしょりになるまで、思いきり駆けた。それからふたりで理想の恋人の話をした。どんな見た目がよくて、どんな性格で、どれくらいあたしたちのことを愛してくれるといいのか。かわいそうなロット、あたしが誰のことをいっているのかまったく分かってない……。


かわいそうなロット? どういうことだろう?

だけど続きを読んで、すぐに鳥肌が立った。

みんながこのことを知ったら、全員こう言うだろう。ただの気まぐれで、すぐにほとぼりが冷めるだろう、あの子はまだとても若い……。

あなたもそう思うかもしれない、分からないけど。

あたしはこんなに激しく恋したことは今までなかった。

あたしはばかみたいにあなたに夢中になっている。あなたと早く一緒に暮らしたい。大げさで子どもっぽく聞こえるかもしれないけど。あなたを抱きしめてキスしたい。

あなたとベッドをともにしたい。あなたがほしい。

あなたがあたしの気持ちを分かってくれさえしたら。だけど……。

この恋はやっぱりダメかもしれない。

ダメになってほしくない。今よりひどい状態なんてありえない。あたしはほとんど眠れないし、食べられないし、完全におかしくなってる。たまに正気を取り戻すけど、そんなときはほんとに絶望してしまう。あの感覚をすぐにも取り戻すべきなの？　まるでジャンキーみたい。


あなたとベッドをともにしたい。確かにそう書いてある。

「シタ！」わたしはまるで隣にシタがいるみたいに大きな声を出す。いったい何をしているの？　シタは十四歳だ。わたしはキスしていちゃいちゃしているくらいのことだと思っていたのに。この激しい恋愛感情は何？

ささやき声が聞こえる。これ以上読んではダメ、ロット、全部知りたいわけじゃないでしょ？

シタを守りなさい。自分自身を守るのよ！

わたしは飛び込み競技の板の端でつま先立ちしている。真下はあまりにも深い。回れ右をして、慎重に、だけどすばやく走り去ったほうがいい？

わたしは飛び込んでしまった。


厨房いっぱいに湯気が立ち込めていた。小さな窓は開いていたけど、何の役にも立たなくて汗が噴き出る。

あたしたちはフィッシュスープを作っていた。気持ち悪い生き物の入った鍋が火にかけられている。悪魔のような顔をしたアンコウ。

サルスエラという名のスープで、レシピはこの日記に書いておいた。あたしたちは玉ねぎとポロねぎを切らなきゃならなかった。ロットはずっとぶつぶつ言っていた。ほんとに何も見えてないの？

だってあたしはばかみたいにずっと声を潜めて笑っていたし、手は震えていたのに。

もちろんこっそりとあなたをのぞき見していたのに。

「イカの下ごしらえって難しいのかしら？」あたしは聞こえるように独り言を言う。

あたしをからかうように、あなたは大きな声で笑った。

でもそのときあなたはこう言ったの。「こっちにおいで、教えてあげるよ」

助けて！　あたしがそこに立つとあなたに触れてしまいそう。あなたがつるつるすべる生き物をひっくり返して、何て言ったかしら、墨の入った袋を探すのをあたしは見ていた。こんなにスリリングな経験をしたことはないわ。

ロットがイカ墨のことをペチャクチャしゃべりだした。これを使ってほんとに文字が書けるかとかなんとか、くだらないことを。

あたしはそわそわしながらあなたから離れて、ニンジンを一束勢いよく刻みだした。でもまたそこにあなたが現れた。「気をつけるんだよ」と言って、あたしの手に手を重ねた。偶然なの？　おかしくなりそうだった！

ふとあなたがあたしを見ていることに気づいた。もの問いたげな、熱い視線。

何を聞きたいのかしらと考えてるうちに、あたしはゆでダコみたいに赤くなる。

幸いあなたはコンロのほうへ行って、大きくて黒い鍋に玉ねぎとポロねぎを入れた。鍋の中で音を立てて跳ねている。

「次はニンジンだ」またただ！　あなたの手がさっきより少しだけ長くあたしの手に置かれている。にんにくの香りが立ち込めて、おいしそう。今日着てる服と手は絶対に洗わないわ。

ソフリット。このソースはそう呼ばれているんだとあなたは言った。

ソフリット。

ソフリット。

ソフリット。

ステキな響き。

イカに小麦粉をまぶしている間、ロットはもうやめたいと泣き言を並べた。今度ははっきりと分かった。あなたはあたしの手を握った。何度も何度も。ロットはそれに気づいてない！　それであたしはちょっと大胆なことをした。

あなたをまっすぐに見つめる。顔中を真っ赤に染めて。あたしは一言も口にせず、眼差しで自分の答えを伝えようとした。

そう！

これが、あたしが望んでいたことなの。

あなたに触れてほしい。

もう一度。もっと、何度も。この天気のいい日に、わけもなく厨房で汗を流していたわけじゃないのよ。

あなたはさっと踵を返して、イカを鍋に放り込んだ。また音を立てて煙が上がる。ワインを一本取って、鍋に中身を全部あける。ぶくぶくと泡が立ち、あたしは蒸気と香りと熱とでくらくらする。

ロットはもう上がってもいいかとたずねた。「ほんとうにシャワーを浴びたいの。におうんだもん」

あなたは完全にスープに没頭していた。トマトを入れる。鍋の前に立って混ぜたり炒めたりする、あなたの少年のようなしぐさが好き。はき古したデニムパンツにふきんを引っかけている姿も。

あなたはようやく火を弱めて、あと一時間煮ると言った。

「じゃあもう行っていい？」ロットがしつこく言う。

あなたは笑って（あなたの笑ったときの顔ったら！）こう言った。「シャワーを浴びておいで。ここは片づけておくよ」

「手伝いましょうか？」あたしはとっさに口にした。

だけどロットが言った。「行こうよ、シタ。何を着たらいいか教えてくれなくっちゃ。それと編み込みもしてくれる？」

ほんのちょっとの間でも、ロットはひとりで外に出られないの？　あたしはこんなにあなたのそばにいたいのに。解決したいことがあるのに（まだ始まってもいないことかもしれないけど）。

だけどあなたはあたしを厨房からあっさりと押し出した。とても優しくて心地よかったけど、でもまだいたかったのに。

あなたの目は黒くて謎めいている。すべてはあたしの思い込みなの？

嫌だ！　こんなのありえない。絶対に。だめ。

なんてかわいそうなシタ。

まるでこれがほんとうに起こっていることみたいに。まるで父さんが……そんなこと考えたくない。そんな、とんでもないこと。

わたしは日記をバタンと乱暴に閉じた。シタのベッドに放り投げると、日記はベッドの上で揺れた。

帰ろう！　今すぐこの部屋から、この家から出よう。読んだことは忘れよう。


まるでそれができるみたいにふるまうんだ。

ずっと遠くから聞こえるこの小さな声を無視できるみたいに――〈そう、当然よ。これは起ったことだもの。確かにあなたは見たでしょ？〉

ほかにも何かある。日記は終わっていない。今読んだところからまだ先がある。

読むつもりなんてない。

胸の悪くなるようなことで、自分自身を拷問にかけることになるかもしれない。

わたしはドアへ向かう。そして振り返る。

もし今続きを読まなかったら、わたしの頭がその先を勝手に考えてしまうだろう。そして、起こったかもしれないことで頭がいっぱいになる。実際よりももっとひどいことを考えるかもしれない。きっとそうだ。

ゆっくりと、夢遊病者のように、わたしはベッドへ戻る。


今日こそはきっと起こるわ。移動遊園地《フェリア》で。

そこは暗くて、騒々しくて、誰も他人を気にしない。移動遊園地の夜は魔法の夜よ。何でも可能だわ。

だけどあたしたちはみんなを追い払うのに時間がかかって、あたしはダメかもしれないと思った。

ロットはぺぺのことで頭がいっぱいだから一番簡単だった。やっかいだったのはばかなお客たちよ。みんな、まずちょっと飲んでつまみを食べて、そしてもう一杯飲むんだから。それからつまらないおもちゃの指輪やら土産物やらを買っていた。昼間に見れば嫌になるようなものよ。

あたしはあなたに指輪を買ってほしかった。あたしは指輪を手に取ることもしたけど、あなたは買ってくれなかった。あたしを見ることさえなかった。だけど、ふたりが偶然触れたら爆発しそうなエネルギーを感じた。そう感じていたのはあたしだけ？　こんなはっきりしない状態なんて気がヘンになりそう！

ラッキーなことに誰かが回転ブランコで気分が悪くなった。弟もとても疲れていたので、父さんと母さんは家に帰ることになって、ほとんどみんな一緒に帰った。ずっと頭が痛いと訴えてたロットの母さんも。ついに！　残るはレズのカップルだけとなった。

あたしたち四人はワインバーに一時間はいたと思う。あたしもワインを飲んだ。あなたはあたしの前にグラスを置く。しばらくしてあたしはあなたのタバコをねだってみた。あなたは何も言わず火を差し出した。

マリア・デル・マールが乗り物か何かのアトラクションに一緒に乗らないかと、二回誘いに来た。

結局レズのカップルが一緒に乗ることになった。ふたりは無邪気に笑ってこう言った。「移動遊園地のアトラクションに乗るのはずいぶん久しぶりだわ」

まるで巨大なジェットコースターに挑むみたいにこう言う。「景気づけにもう少し飲みましょう!」

ようやくふたりは立ち上がった。あたしたちも一緒に行かないかと誘われたけど、あなたはただ「いや、いいよ」と言って、タバコの煙を細く吐いた。

さあ、これでようやくふたりきりよ。

ほんとに完璧な夜だった。いい感じに暖かくて、暗くて、いい具合に賑やかで。だけど、あたしは急に不安になった。さあこれから? どうするの?

あたしはあなたにも大声で言ったと思う。

最初は何も起きなかった。あなたは自分のワインを飲む。まだグラスに半分はあったのに一気に飲み干して、カチンと音を立ててグラスをテーブルに置いた。タバコの吸い殻を投げ捨てる。それから立ち上がる。

「行こう」あなたはあたしを見ずに言った。

あたしは電気仕掛けのおもちゃみたいにぎくしゃくと立ち上がり、よろけてテーブルに激しくぶつかった(大きな青あざができて、今も消えていない。痛みは感じなかった！）。

あたしはただあなたについて行く。

ダンス会場の裏には、移動遊園地の関係者が寝泊まりしているトレーラーハウスが何台かある。そこだけはシンと静まり返っていて一段と暗かった。

一歩踏み出せば転んでしまいそうで、あたしはトレーラーハウスのひとつにもたれかかった。

あなたもあたしの目の前に立つ。暗くてあなたの目はほとんど見えなかったけど、あたしの名前を呼んだときの声はとても荒々しかった。「シタ」

どこかで犬が吠えている。もう真っ暗だったけど、景色も音もにおいも、すべてがとてもはっきりと感じられた。

「シタ」あなたがもう一度呼ぶ。

あたしはクスクスと笑いだした。とても子どもっぽいけど、どうすることもできない。あなたもちょっと笑ったけど、ほんとにそうしたかったわけじゃないと思う。そしてあたしがもたれているトレーラーハウスに手をついた。あなたの顔がすぐそばに近づいてくる。

あたしにキスするつもりなの？って思った。ほんと？　ほんとに？

だけどその代わりにあなたはしゃべりだした。あなたはこんなことを言った。「耳を澄ましてごらん、ぼくたちの間にあるあの……」

あたしはとてもすばやく言った。「ああ、あれは移動遊園地が終わるときの合図よ」

一瞬、あなたは驚いたみたいだった。ほんとは何を言いたかったの？

あなたはうなずいた。

それからあたしにキスをした（こんなことが日記に書けるなんてすばらしいわ。あなたはあたしにキスをした、キスをしたのよ！）。

それともあたしがあなたにキスしたのか、どんなふうにそうなったのかは、もうはっきりとは覚えてないわ。まるで磁石みたいだった。ふたりの距離が近過ぎて、もう抑えられなかった。キスはすごく長く続いた。すべてはあのトレーラーハウスの陰で起こったのよ！

校庭でチュッと交わしたスペイン風のかわいいキスも、ヨブにされたべたついたキスも……このキスにはかなわない。ああ、あなたはなんてキスをするのかしら！　まるであたしたちの人生を左右するかのような激しいキス。ふたりがこのまま死ぬかもしれないような、永遠に引き裂かれてしまいそうな。あたしはもっともっとキスをしてほしかった。なんて欲張りなのかしら。

だけど、しばらくするとあなたはあたしから離れて、とてもまじめな声で言った。

「送っていくよ」

そんなセリフに何が言えるっていうの？

少し離れて、あたしたちは無言で歩きだした。

突然あのレズのカップルがまた現れたから、それでよかったんだけど。ふたりのことはすっかり忘れていた。

彼女たちも一緒に車で帰ることになって、すべておしまい。

だけど……これでほんとにもう終わりなの？

これっきりだと思うとパニックになって、車を降りるときに慌ててあなたを引っぱった。

あなたがあたしを見て、あたしはこう言った。「ふたりの間にあるあの……」さっき言おうとしたことを聞いておかなきゃいけないように思ったから。

だけどそのとき、あなたに口元を指でふさがれて、あたしはすぐに黙ってしまった。

「やってみよう」あなたは優しく言った。「とにかくやってみよう」

ああ、なんて幸せ、めちゃくちゃ嬉しくて楽しくて、あたしは世界中のどの子よりも恋してる女の子よ！

もう考えることなんてできない。わたしは大急ぎでひたすら日記を読む。

さらに数ページ先まで。

あたしはちょっと挑発する。

あたしたちは向かい合わせに座っている。あなたはハンモックに、あたしはどこにでもあるブランコに。ふたりの視線は絡み合ったまま。誰も気づいてないのが信じられない！　誰もがとても忙しそうだった。もうすぐ昼寝《シエスタ》の時間で、みんないろんなことがしたいみたい。スーパーへ行く、アイスクリーム屋へ、チーズ製造所へ。靴を探している人もいれば、車の鍵を探している人もいる。誰もあたしたちを気にもとめない。あたしは、これからふたりしか家に残らないことに気づいていた。

とても暑い日だった。何度も口紅を塗ったのは、鏡を見るいい口実だったから。鼻はテカってない？　マスカラは落ちてない？　歯に食べかすは挟まってない？　チェリーレッドという口紅だった。完璧な色。ようやくこれを見つけたのは、もちろんオランダでだった。

最後の車が出ていったのは、ずいぶんたってからだった。

ようやく静かになった！

静かだわ、そして……？

あたしたちは見つめ合う。

あたしはハンモックのほうに向かう。とても大きい。そして大胆にもこう言った。

「隣に座ってもいい？」

あなたはちょっと笑って、スペースを空けてくれた。

あたしがあなたの隣にすべり込むと、ハンモックだからふたりとも中央に寄って、ひざを絡ませて乗りかかるような格好になる。

助けて！

あなたはまだ軽く口元に笑みを浮かべながらあたしに聞いた。「ぼくを口紅攻めにする気かい？」

あたしは急にものすごく不安になった。「もしキスしたくないなら……」

「ほかにほしいものなんてないよ」あなたは言った。

今年、世界は破滅するらしい。そのことを知っている人たちは、あらゆる前ぶれや証拠をあちこちで発見してきた。さまざまな超常現象がそのことを予言しているし、昔のマヤ文明だか何だか、それに関する本も出ている。地球滅亡について考えてみると、六つの方法がありえると思う。地球が軌道を外れた彗星と衝突して真っ二つに割れる。地球自体によって引き起こされる災害。巨大地震であらゆるところに溶岩が噴《ふ》き出して、直後の津波で人も物もみんな押し流される。戦争の可能性だってある。頭がおかしな人といくつかの核兵器によって人類が滅亡する。それから環境汚染事故。例えば原子力発電所の事故みたいな。地球の環境変化がものすごい速さで進んで、スペインの学校の先生がいつも言ってたみたいに、ヨーロッパは海水があふれたバスタブみたいになる。あるいは今知られているものよりも感染力が強くて、致命的な新型インフルエンザが蔓延するとか。そこら中で災害が待ち受けてる！

わたしの周りではみんな笑ってやり過ごしてるけど、みんなで防空壕を探すとか、食糧を蓄えるとか、避難計画を立てるとか、どうしてしないんだろう？　わたしは最後のときにはもう一度

『タイタニック』が観たい。

「ロットったら、世界が滅亡するのはずっと言われてきたことなのよ」

だから？　わたしが怖がっているのはそんなにおかしい？　わたしはたまに恐怖で夜中に目が覚めることがある。世界が滅びる！という恐怖で。

だけど、世界が滅びる方法はもうひとつあった。

よし、うまくいきそう。あたしたちは一緒に残ることになった。ロットでさえあたしが一緒にカイトサーフィンをしないことを、それほど残念には思ってないみたい。まあやっぱり、少しは残念そうかしら。

あたしはめちゃくちゃ緊張しているけど、逆に何でもないふりをしなきゃいけない。誰にも疑われないようにしなきゃ。ひどいことだけど、しかたないわ。実際、自分がこんなにお芝居が上手だとは思わなかった。

しばらくあたしたちはお互いを避けた。これから確実に起きることを分かっているのに、まるで何にも起こらないようなふりをした。

まだふたりの間が何でもなかったころに戻れるふりをした。

しばらくキスはしていない。ごくたまに、すれ違いざま、絶対に誰にも聞かれていないときだけ、会話する。

「どこで寝ようか？」今日、あなたはわりと事務的に聞いた。

失神しそう。「分からないわ」とあたしは言った。

あなたはうなずいた。「オーケー、じゃあきみを誘拐するよ」


当然日記はここで終わりじゃない。もちろんわたしは続きを読む。

そして、世界は滅びた。

毒草

わたしは日記を持って部屋を出た。

手は氷のように冷たいけど、ワキの下は汗で湿っぽい。見つかった強盗みたいにわたしは廊下を走る、どんどん速く。今は誰も帰ってこないで。ここを出なきゃ、離れなくちゃ！だけど玄関でみんなと鉢合わせしてしまった。シタ、母さん、おばさん。みんなの髪は風で乱れ、頬は赤く、両手いっぱいに銀色のビニール袋を下げている。

「あらロット、ここにいたの？」と母さんが言う。

「お買い物してくれてどうも……」おばさんが言いかける。

シタはわたしの手の中にある日記を見つめ、顔から血の気が引いていた。さっと目をそらして後ずさり、倒れそうになりながらドア枠にしがみついている。

わたしは突然、人間が獣から枝分かれした生き物だということを理解する。今感じていることは思考や会話することとはまったく結びつかない。このたうちまわる感情は、今まで激怒したことを全部足してもまだ足りない。わたしは吠えて、金切り声を上げている。そして突進していった。

シタに飛びかかる。日記でシタの頭を、肩を、手当たり次第に叩いた。日記に挟んでいたメモがそこら中に舞う。母さんが悲鳴を上げる。手で頭を抱えて縮こまるシタをわたしは叩く。叩いて叩いて……。

「やめなさい!」

おばさんが、わたしの髪を摑《つか》んでシタから引き離す。わたしは叫ぶ。

シルヴィーおばさんはわたしをものすごい力で摑んで、顔をわたしに近づけた。「ロット!しっかりしなさい!」

「手を離してよ」

「いったい、何が、あったの?」おばさんの言葉は銃弾みたいだ。

シタは地面にうずくまって泣きじゃくり、唇から血を流している。母さんは口に手を当てて、おろおろして眺めている。辺りには袋や値札がついたままのレギンスやバレエの衣装が散乱している。

「離してよ!」わたしはシタの母さんに抵抗したけど、おばさんは強い。わたしよりも。

「離してあげて、母さん」シタがすすり泣く。

わたしはその言葉でますます怒りを爆発させる。「離してあげて?」ヒステリックに叫ぶ。「離してあげて、だって! それが望み? みんなで何もなかったふりをするの? どんなふうにやれるっていうの、シタ? なんて汚いの、あんたは……シタ、あんたは……」わたしはシタを思いっきりののしる言葉が見つからない。「友だちだと思ってたのに」

「ああロット、ほんとにごめんなさい。あたしはロットに……」

「知られたくなかった? いつからわたしをだましてたの? 母さんやおばさんや……みんなを」

シルヴィーおばさんはまだわたしを摑んでいる。「いったんあなたの母さんと一緒に家に帰って頭を冷やしなさい。それから落ち着いてみんなで話しましょう。それが何であれ」

わたしはさっと振り返っておばさんを見た。「知らないんでしょ?」おばさんの顔色を探るようにうかがったけど、いつものように冷静だった。「ほんとうに知らないんだね。それに母さん……」わたしは自分の母親に向き直る。「どれだけ間抜けなの? 自分の夫でしょ?」

「黙って、ロットちゃん」母さんはささやいた。母さんの全身が震えだす。

「まさか知ってたの? 母さん?」わたしは泣きだした。母さんは首を振る。何度も、何度も。

パシッ!

シルヴィーおばさんがわたしの頰を叩いた。わたしはショックを受けておばさんを見る。

「リコとうちの娘がどうしたっていうの?」おばさんの声は氷のように冷たい。

わたしは身体を丸めて地面にうずくまっているシタを指さす。「シタに聞いてよ」

「やめて」母さんが弱々しく言う。

「シタ?」おばさんはぞっとするような声で言う。「何か言うことは?」

シタは震えながら首を横に振る。

「ほら」わたしはおばさんのほうへ日記を蹴った。「ここに全部書いてあるよ。シタと、たまたまわたしの父さんでもある、シタのステキなリコおじさんのことが」わたしはもう一度母さんのほうを向く。無気力にうちひしがれて立っている母さんが嫌だ。「それに母さんの夫でしょ!」

その瞬間ドアが開いた。ノアがバイオリンのケースをわきに抱えて立っている。

ノアが中に入る代わりに後ずさると、風が入ってきた。「どうしたの? リコおじさんがどうしたの?」

わたしはノアを見ていられない。ノアの目は恐怖に満ちて唇は震えている。ノアの世界は壊れるだろう。でもまだ理解していない。わたしが教えてあげるわ。「落ち着いて聞いてよ、ノア」そして大声で言う。「ステキなリコおじさんはあなたの姉さんと寝てるのよ」

そしてわたしは玄関を飛び出した。


雨が降っていたはずなのに、今は太陽が出ていた。

強い冬の日差しが何ものも隠すことなく、すみずみまで強烈に照らしていた。濡れて光っている橋の欄干、ビニール袋や空きびんが浮かんでいる運河の汚れた水。公園の草。

わたしは自転車にも乗らないでただ走り去った。みんなが追いかけてくるのが怖くて公園に飛び込む。秋のにおいがわたしの鼻をひどく刺激する。あの草……毒草だ。スペインは乾燥し過ぎていて、こんな草は生えない。もし生えても弱々しくて色が悪い。スペインにはこんな緑色をした草はない。

わたしはベンチにドサッと腰を下ろし、マフラーで顔を覆った。

怒りが頭の中を荒れくるっている。

シタはどうしてこんなことができるの！　わたしたちが恋についてあれこれ想像を膨らませていたときにはすでに、シタは全部経験してたなんて。シタにとってはわたしとペペとのやりとりなんて、幼稚でかわいいものだってばかにしてたんだ。なんておぞましくていやらしいの。たったの十四歳で経験豊富な魔性の女みたいに振る舞って。フン、何が好色な目よ！　自分のことを言ってただけじゃない、ふしだらな女！　そんなこと、誰ができるっていうの？　誰があんなおじさんで、しかも――ダメ、父さんのことを考えたくない、父さんのことを考えちゃだめだ。シタは最高に最悪のやり方でわたしを裏切ったんだ。

「大丈夫？」

ひとりの少女が――実際のところは女性だ――近づいてきて、隣に座る。巻きつけた毛糸のマフラー越しにのぞくと、十八歳くらいに見えた。

隠れる場所はどこにもないの？

わたしは何も言わずに彼女が立ち去ることを願った。

「目元に毛糸がくっついてるわよ」

そうよ、そんなことは自分でも分かってる。「草のきつい色が嫌なんです」わたしはつっけんどんに言った。

女性はすぐに立ち去るだろうと思った。こんなばかげた返事はそうないから。

だけど静かにこう言った。「まあ」

マフラーを少し下げて、彼女が草を眺めているのを見る。

わたしは手を下ろした。「緑が強くて化学薬品みたいな色だから。日に当たると余計に」独り言みたいに言う。なんていい子なのロット、見ず知らずの人にはいつもお行儀がいいんだから。

女性は言う。「草には慣れるわ。気分のいいときにはきっとクールな色に見えるわよ」

「毒々しい緑色です」

「青リンゴの色よ」

ずっと草のことを話しているのが、なんだか信じられない。

女性がデニムパンツのポケットをまさぐってタバコを取り出した。「吸う?」

今タバコを吸ったらおいしいかもしれない。何かを手で持っていれば、きっと落ち着ける。わたしは頭のてっぺんからつま先まで震えていた。シタの日記の断片が頭の中で暴走する。恋愛。セックス。大急ぎで読んだ文章が、映像となって浮かぶ。わたしはずっと何も知らなかったんだ。シタが、何でも打ち明けてくれていると思ってたシタが、嘘をついていたなんて。

「親友を失くしたんです」わたしは言う。

「何をしたの?」女性がたずねる。

「わたし? わたしは何もしてません。友だちがわたしを裏切ったんです。恋したことで……ベッドをともにしたことで……」その先がなかなか言えなかったけど、わたしは言葉を吐き出した。

「……わたしの父と」

「なぜ?」

「彼女は父に恋したんです。信じられますか?」

「わたしはすべてを信じるわ」そう言うと煙の輪を作って吐き出す。目に見えない天使の輪が彼女の前に漂っているみたい。

「すべてってどういうことですか?」

「人間はおかしいものだということを十分見てきたから。想像できることは何でも起こりうるわ。美しいことも醜いことも」

わたしは女性をもっとよく見てみた。痩せていて髪が極端に薄い。ただ、顔は日焼けしていて、おでこには小じわがある。たぶん十八歳より上だ。身体は十八歳っぽいけど、すべてを経験してきたような顔をしている。

「わたしはすごく腹が立ってるんです」わたしは言う。「思いっきりぶん殴りたい。男子みたいにけんかしたい」

「お父さんに対して怒ってるの? それともお友だち?」

「友だちにです。嘘をついてたんです。それにわたしから父さんを奪った」

「でもお父さんはあなたからお友だちを奪ったわ」

そのことについてはよく考えなければならなかった。

「わたしはただ……信じたくないんです……父さんがまさか」

わたしはとても大きな声で泣きだした。

女性は何も言わない。わたしの肩やひざに手をさしのべることもしない。だけど彼女が隣に静かに座っているだけで、わたしは救われた。

「どうして何もかもこんなひどいことになったんだろう？　なんでずっと子どものままでいられないの？」わたしの声はかなりヒステリックになっていたけど止められない。「こんなの嫌だ！わたしはただ昔のままでいたいだけなのに」

わたしは母さんが言うみたいに「過去は去りゆく」っていうような言葉が返ってくるのを覚悟したけど、女性はジャケットを押し上げて革製のウエストポーチをいじっている。「そんなときのためにあるものを見つけたの」と言う。「いつでも昔に帰ることができるものよ」

「え？」わたしは鼻水をぬぐう。

「いい思い出までダメにすることはないわ」と彼女が言う。「決して。そうでなければ、すぐに終わらせることもできるわよ」

わたしは、女性が手にしているものが何なのか見ようとした。「それ何ですか？」

「思い出は閉ざされた箱に入れておくべきよ」と彼女。「この歌知ってるかしら？〈きみを箱の中に閉じ込めてしまいたい〉。ほら、これがわたしの箱なの」

彼女の手には小さな箱があった。プラスチック製の細長い箱に「チックタック」と書いてある。空っぽだ。

「『チックタック』? あの小さくて白いミント味の?」

わたしは笑いだした。だけど、冗談じゃなかったみたい。

「においをかいでみて」そう穏やかに言うと、ケースをカチッと開ける。

バニラみたいに甘いペパーミントの香り。わたしはうなずいてぎこちなく笑う。「うん、いいにおい」

「これ、わたしが子どものころのにおいなの」と言う。「これのおかげで生きのびられたのよ」

「何を乗り越えて生きのびたんですか?」

「すべてのことよ」と大まじめに言う。

しまった、わたしは頭のおかしな人の隣に座ってるんじゃない? どうしてもっと早く気づかなかったんだろう。

目を覚ますのよロット! ここはアムステルダムなんだから。おかしな人はそこら中にいる。特に公園には。この若い女性はよく見たら中年のジャンキーかもしれない。パンツはだぶだぶだし、手首はガリガリなことに気づく。それに臭い。わたしはいきなりにおいに気づいた。タバコだけじゃなくて、洗ってない髪のにおいがする。

わたしはさっと立ち上がる。「アドバイスありがとうございます」

女性はケースをウエストポーチに放り込む。「自分の箱を見つけるのよ。あなたを幸せにしてくれるにおいの」

「そうします」

わたしは立ち去ろうとする。

「それにいつまでも怒っていないで」

「え?」彼女は目に見えない天使を引き連れて、日だまりにじっと静かに座っている。

「恋は竜巻《トルネード》よ。抵抗できる人はそういないわ」

出た、母さんの格言。恋は竜巻、すばらしい。


ポスおじさんのアトリエの絵の具と古いピーナッツのにおい。スパイス入りクッキー《ペーパーノーテン》のにおい。オーブンで焼き上げた、どっしりとして脂っこくて甘い、父さんのチキンのにおい。おやすみのキスをしに来るときの、母さんの髪から香る外の空気のにおい（ちょっと静電気が起こっている）。シタの初めての香水のにおい――大きな教会のお香を思い出させるホワイトムスク。わたしは棚いっぱいの香りの箱を作ることができる。だけど何の救いにもならない。その逆だ。


家に帰らなくちゃ。

母さんがずっとこのことを知っていたのかどうか知らなくちゃいけない。

母さんはいつものようにポスおじさんと一緒にいて、まだ泣いていた。

「たいそうなドラマを仕立て上げたようだな、お嬢さん」とおじさんが言う。

「わたしが？　誰がそんなこと……」

「もっと大人の対応をするべきだったんじゃないかね。まるでシタが……」

「シタのことはどうでもいいよ、悪いけど」わたしは母さんのほうを向く。「そういうこと？だから父さんと母さんは突然別れたの？　母さんとわたしがオランダに来ることになったの？」

母さんは首を横に振る。それからうなずく。だけどまた首を横に振る。その間にも母さんの頬を涙がとめどなく流れ落ちている。

「どっちなの？」

「ロットは経験したことがあるかい？」ポスおじさんがたずねる。「何かを知っていても本当には知らないということがあるんだよ。物事が自分の考えに合わないときは目をつぶっておくほうがいい。今がまさにそうだ」

「わたしはただ質問に答えてほしいだけだよ。そんなに難しいこと？」

母さんが顔を上げた。目の前にあったコップから水をひとくちすする。「海辺の旅行から帰ってきて」母さんの消え入りそうな弱々しい声に、わたしは完全にみじめな気持ちになる。「リコがシタとの間にあることが起こったと言ったの。それが何かは言わなかった。でも……その必要はなかった。リコは、距離をおいて考えさせてほしいと言ったわ。わたしはショックのあまり、ただそこから逃げたかった。あの静まり返った家から、田舎から、離れたかったの」

「シタから離れたかったんじゃなくて？」

「シタを悪くは思わなかったわ。ほんとうよ、ロット、悪く思ってはいないの。あなたには分からないかもしれないけど、シタは夢見る思春期の女の子なの。父さんは大人の男でしかも結婚していて、もっと分別を持つべきだったのよ」

「じゃあふたりがベッドをともにしたことも知ってたの……?」

母さんはまたわっと泣きだした。

知らなかったんだ。母さんはそこまで知らなかったんだ。

なんて間抜けなの?

急に母さんをひどく傷つけたくなる。「母さんのせいよ」わたしは非難した。「太り過ぎだよ。夫をつなぎとめるために、ちょっとは努力すればよかったのに」

そう言うとわたしは階段を駆け上がって自分の部屋に行く。

「怒るのは健全なことだ」両親は昔わたしにそう言っていた。レストランの厨房には古いお皿が山積みになっていて、シタとわたしは怒ったときにはお皿を割ることが許されていた。

シタはそれが気に入っていた。お皿を放り投げるためにしょっちゅう来ていた。割ったあとはルール通りおとなしく破片を掃き集めた。

だけどわたしはお皿を手にしながら、そこに立っているのがばかばかしいと感じることがあった。特に両親が期待を込めて眺めているときは。

ふたりがお皿を投げることは決してなかった。父さんに絶対に怒鳴らず、ほんとうに怒ったときはスタジオに閉じこもっていた。

母さんは怒るといつもすぐに泣きだした。泣いてくだらないことをした。

父さんもわたしもこれには耐えられなかった。

シークレット・キーパー

わたしは深く長い眠りから目覚めた。

何かがあった。わたしはぼんやりと考える。何かすごくひどいことが。

ああ、そうだ。ああ、まさか。

まだ疲れが取れていないところへ、またすぐに頭の中を嵐が吹き荒れてわたしは気がくるいそうになる。父さんとシタ。シタと父さん。シタに触れて、キスをして、恋する目でシタを見る父さん……。

父親とセックスなんて、どんなときでもいい組み合わせではない。しかも親友と……そのことを日記で詳しく知ってしまうなんて……。

わたしはベッドを飛び出した。

階下ではポスおじさんがまだテーブルについている。まるで一睡もしなかったみたいだ。ほんとうに眠らなかったのかもしれない。髪はいつも以上に乱れているし、肌はくすんで不健康そうだ。

「悲劇よりもひどいな」とおじさんが大きな声で言う。

「どういうこと?」そう言うとわたしはコーヒーを取りに行く。「おじさんもいる?」

わたしは今日からコーヒーを好きになることにした。

「文字通りの意味さ。ギリシア悲劇は二千年以上も前の戯曲だが、今なお最高傑作だよ、ロット」

ポスおじさんのお気に入りのマグカップにコーヒーを入れて、カチャンと音を立てておじさんの前に置く。『不思議の国のアリス』のマグカップで〝お飲みなさい《ドリンク・ミー》〟と書いてある。「演劇の授業なんて気分じゃないよ、ポスおじさん」

おじさんは気にせず話しつづける。「作品はどれも劇的なものばかりだ。母親とベッドをともにする息子たち、娘をいけにえとして捧げる父親たち、兄弟殺し、幼児殺害。よくこれだけひどいことを思いついたものだ。だが父親が娘とベッドをともにするのはギリシア悲劇でもタブーだ。ともかく、何かでそう読んだはずなんだが、どうも思い出せない」

「シタはわたしの姉さんじゃないよ」

だけど、ポスおじさんが言いたいことは分かる。シタはわたしの姉妹みたいなものだ。わたしはいつもそう言ってきたじゃない? わたしたちはずっと何年も家族ぐるみでつき合ってきた。父さんはシタが赤ちゃんのころからその手を引いて、おまるに座ったときにはシタのお尻を拭いた。

「なんであんなことができたんだろうね、ポスおじさん?」

誰かに答えてほしい、どんなことでもいいから。わたしは自分の思考で気が変になりそうだ。

ポスおじさんはかすかに笑う。「それは避けて通れなかったのさ」

「どういうこと?」

ポスおじさんは背筋を伸ばして座り直し、重々しくこう言った。「〝われわれは夢と同じもので作られている〟」

「ちょっと、引用はしないで。物知り自慢の母さんみたい」

「これはシェイクスピアの戯曲『テンペスト』に出てくるセリフだよ」

「もっと悪いよ。いつもみたいに普通に話して」

「だがね、ロット、ここで起こっているのはまさにそういうことなんだよ。夢を見るからわたしたちは人間なんだ。われわれは純粋に夢という要素で作られている――シェイクスピアは誰よりもこのことを理解していたのさ」

「父さんがシタの夢を見て、シタが父さんの夢を見た、ってこと? そしてふたりはその夢を実現したっていうの?」

「わたしが言いたいのは、ふたりが夢を見た瞬間にはもうそれが起こっていたということだ」

あまりにも複雑で、わたしは首を振る。「ちっとも答えになってないよ。どうして? 父さんはシタに何を見たの? すでに母さんがいるのに」

最後の言葉を口にしたときわたしの声は震えていて、ポスおじさんはこう言った。「ああ、かわいそうに」

「わたしは哀れなんかじゃないよ」

「ここには哀れむような人はいないさ」ポスおじさんは穏やかに言う。「リコのことを少しは知っているだけに、彼はこのことでとても苦しんでいると思うよ」ポスおじさんは探るようにわたしを見る。「わたしと一緒に時間をさかのぼってみよう。二十年ほど前に」

「わたしはまだ生まれてないよ」

「想像してごらん。ポップミュージックの世界に飛び込むんだ。薄暗いホール、床に転がるビール。大音量のギターに大量の酒とタバコ。当時はまだどこでもタバコを吸うことができたし、われわれも吸っていた」

「われわれ?」

「そうだ、どうかしたかい? ポスおじさんはずっと中年の世捨て人だとでも思っていたのかい? あのころはまだ男前で、つややかな髪をしてモテていたんだよ」

「おじさんが?」

「おほめにあずかり光栄だよ、ロット。どっちにしろアムステルダム一帯では、ポップミュージック評論家のリコは最も魅力的な男たちのひとりだったよ。プードルのような髪……こら、笑うんじゃない、まじめに言っているんだぞ。ダメージジーンズをはいて、ウォッシュ加工のTシャツを着ていた。われわれはみんな密かに彼に憧れていたもんだ」

「われわれ?」わたしはまた聞き返す。

「そうさ、母さんがリコを初めて家に連れて来たとき、わたしは彼から目をそらすことができなかった。わたしもちょっと試しに……まあやめておこう。リコはありふれた男じゃなかった。賢くて、感じがよくて、たくましかった。そしてとてつもなく音楽を愛していた」

「そして母さんのことも愛してた」

「もちろんさ、それは何度も話しただろう？　母さんがどんなにすてきな女性だったか。ふたりのすばらしい人間が大恋愛をしたのさ。そしてつまらない平凡な家族になる前に、エキゾチックなスペインへ移住したんだ」

「そしてつまらなくて平凡な家族になったんだ」

ポスおじさんは考え深そうにうなずく。「コーヒーをもう一杯くれないか。今度は泡立てたミルクの入った、作り置きじゃないものを」

わたしは立ち上がってミルクとコーヒーと砂糖を取りに行く。

「続けて、ポスおじさん」

「母さんは頑固だ。これは家系だよ。わたしが思うに、おまえは母さんから受け継いだんだな」

「わたしはそんなんじゃ……」

「おまえがじいさんのことをほとんど知らないのが残念だよ。じいさんは母さんをまったく違う道に進ませたかったんだ。大学へ行って、いい仕事に就いて。わたしのように」

「ここはおじいさんの家だよね？」

ポスおじさんがうなずく。

「おじいさんが施設に入ったときにこの家をそのまま継いだの？　おじさんも大学へ行ってないよね？」

「芸術院に進んだんだよ、お嬢さん。じいさんは喜んだ。でもおまえの母さんは一文無しの評論家と駆け落ちして……それは怒っていたよ。そのことに母さんもまた腹を立てたのさ」

この話は前にも聞いたことがあるけど、それが今回の事件とどういう関係があるのかわたしには分からない。「結局のところ、何が言いたいの、ポスおじさん？」

「おまえの父さんはわれわれが思っていたよりもすぐれた料理人になった。彼がそのレストランでなしとげたことはほんとうに注目に値する。一方でおまえの母さんは……少し退屈していたんだろう。母さんには都会や友だちが必要だった……」

「わたしにはいつもスペインで暮らすことがどんなに幸せで平和なことかって言ってたよ」

「それが頑固だって言うんだ。おまえの母さんはスペインで暮らせば幸せになれると考えていた。だがそうではなかった。現実は違った。母さんは自分の父親に対してそのことを認めるにはプライドが高過ぎたんだ。じいさんが死ぬまでふたりは仲たがいをしていたよ」

わたしは祖父母のことをよく知らない。おばあさんはわたしが生まれたときにはもういなかった。おじいさんは聖ニコラス祭《シンタクラース》には老人ホームからカードとアルファベット形のチョコレートを送ってくれて、わたしが通知表を送ると十ユーロをくれた。だけどおじいさんがスペインに来ることは決してなかった。一年前におじいさんが死んでも、わたしたちはお葬式にさえ出なかった――スペインの友だちが驚いていたっけ。

そのことにはほんとうはあまり興味がなかった。だけどあえて聞いてみた。「母さんはおじいさんとけんかをしていたから、スペインに住んでたって言うの？　ほんとうはすごく不幸せだったって？　だから父さんは……」ほかの人と恋に落ちた、そう言いたかったけどわたしは口にすることができなかった。

「どこかに空白があれば、それは埋められるものだ。入り江を想像してごらん。海水は常にそこを満たすために流れるだろう」

「父さんのことは分かったよ」わたしは事務的に言う。「じゃあシタは、どうして父さんみたいな中年男を好きになったの？」

「それはリコがシタを、ほんとうにシタのことを見たからだ。それに彼は……」ポスおじさんはいきなりコーヒーをくるくるとかき混ぜはじめる。「シタに直接聞いたほうがいい」

ポスおじさんが気がとがめるような顔をしたせいで、ほんとうのことが分かってしまった。わたしはそれに気づいて突然固まった。「知ってたんだね！　とっくに。どうして？　父さんから聞いたの？　それとも……まさかシタ？」

ポスおじさんは大げさな身振りで両手を上げる。

「どんな家にも、〝秘密を守る人《シークレット・キーパー》〟は必要なんだ。シェイクスピアを読んでごらん。この風変わりな家族にとってわたしがその役であることは明らかだ。そのうち誰がわたしに何を言ったのか分かるようになるさ」

ポスおじさん、退場。またはおじさんならこう言うかもしれない――幕。たぶんおじさんの言うことは正しくて、人生をひとつの長い戯曲だと思えば楽になるのかもしれない。実際わたしにもそれはよく分かる。

だけどそれならわたしは、ほかの役がいい。みんなから裏切られる愚か者にはなりたくない。

★★★

「リコはここに来るべきよ。今すぐ。自分が起こしたごたごたを収めるためにも、説明するべきだわ」

母さんはもっと自分が傷つくことになることを、父さんに望んでいるみたいに思える。

「ダメ！」

母さんとポスおじさんがわたしを見る。

「父さんはスペインにいるべきだよ。今は会いたくない」

そこでわたしはスカイプで父さんを呼び出すことにした。

父さんはあまりかっこよく見えなかったけど、ウェブカメラ越しですてきに見える人なんて、わたしはまだ会ったことがない。いつも実物のほうがマシだ。

「すまない」と父さんが言う。「すべてを知らなければならなかったことはほんとうに悪かった、ロット」

父さんはわたしをまっすぐ見つめたけど、パソコンを通しているから、わたしも落ち着いて見つめ返すことができる。わたしは泣くこともなかった。父さんがとても冷静なのもいい。

「父さんはわたしの友だちを盗ったんだ」

「ぼくはふたりが仲直りすることを願っているよ。これはロットにはまったく関係のないことだから。聞こえるかい?」

「なんでわたしには関係ないの?」

「これはシタとぼくのことだから」父さんがシタの名前を口にすると、身震いしてしまう。

「シタに恋してるの?」

「そんなことをおまえと話すつもりはないよ、ロット」

「なんで?」

「おまえがぼくの娘だからだ。父親が自分の恋愛について娘と話すことはない」

だけど父さんは娘の親友とは話しているじゃない。「シタだって娘のようなものだよね?」

「娘はおまえひとりだけだ。会いたいよロット。愛している」

「もういいよ」そう言うとわたしはカメラを消した。

もちろん、いいわけがない。だけど聞きたくない。今は。もしも馬が暴走して、ヘルメットやあぶみが取れても別に気にしない。全力で振り落とされないようにするだけだ。

わたしは父さんのハートのネックレスを外し、引き出しの奥のほうに押し込んだ。ロケットに入れたシタの写真をはがすことはできなかったけど、一緒に入れた髪の毛はフローリングに落ちて二枚の板のすき間に消えた。

★★★

あれから何日もの間、シタからは何も聞かなかったし、わたしからもシタには何も伝えなかった。

こんなに長い間連絡を取らなかったことは記憶にない。海辺の旅行のときだってシタは……――考えない考えない――あのときでさえ毎日のように携帯電話のショートメールをやりとりした。会いたいよ。チュッ。ＡＰＳ――永遠の友だち《アミーガス・パラ・シエンプレ》。

でも今は……金曜日から何の音沙汰もない。シタはもう二日学校を休んでいる。

「シタはどうしたの?」

「病気です」わたしは先生にそう言っている。

「どこが悪いの?」ザラがたずねる。

「お見舞いに行こうかしら?」エヴィはそんなことを言う。

「行けば?」とわたし。

みんなが驚いた様子でわたしを見る。「どうしたの?　けんか?　何が原因?」

そしてわたしは打ち明けた。

地下駐輪場でささやくように静かに話した。ときどきショックで叫ぶ声に中断されたけれど。

「すっごく大胆ね」とザラが言う。わたしはその場でザラとは友だちをやめることにした。だけどエヴィはわたしを分かってくれた。「大丈夫、ロット？　大丈夫なわけないよね。ロットがどんな気持ちかわたしには想像もできないわ。いつでもうちに来ていいのよ。家にいて気が滅入ったときとか、何も考えたくないときには。いいわね？」

★★★

「今まで通り、シタに会っていいのよ」と母さんは言う。「ロットが母さんに腹を立てるのは分かるわ。父さんに怒っているのも。だけどシタはあなたの友だちだし、それとこれは別だわ。ロットがそうしたいならうちに呼んでもいいのよ」

それとこれは別なんかじゃない！　よく母さんはそんなこと平気で言えるよ。

それに調子がよさそうに見える。もう泣いてはいない。

「リコがほかの人に夢中になることが、これまでずっと一番心配だったの」そう母さんがポスおじさんに言うのを聞いた。「そして今、それが現実のことになって、肩の荷が下りたわ」

わたしには全然理解できない。

母さんは今日シルヴィーおばさんのところへ行った。

「シタの父さん、めちゃくちゃ怒ってた？」わたしは興味津々にたずねる。「またシタを叩いた？」

「シタに直接聞きなさい」と母さんは言う。

だけど母さんは黙っていることが苦手だから、もちろんあとでしゃべってしまう。シタの父さんは生まれて初めて涙を、実に丸一日、流したそうだ。

「ノアはとてもショックだったみたいよ。父親は泣いちゃいけないってずっと叫んでたって。それを見てシタがまた泣いたんですって」

「ふうん。で、シルヴィーおばさんは？」

「泣かなかったと思うわ。それからどうやらレヴィがリコに手紙を書いたらしいわ」

「レヴィおじさんが……父さんに手紙を書いたの？　どうして？」

「訴訟を起こすつもりはないと言ったのよ。シタを守るためにね。でもとても怒っているっていうようなことよ」

「手紙？　いまどき手紙を書く人なんている？」

「今イギリスにいて、今月いっぱいはそこにいるそうよ」

「シタの父さんが？　じゃあ逃げちゃったの？」

「違うわ。仕事なの」

わたしはおじさんがシタを叩いたときのことを思い出して、きっとあのころからこんなことが起こるんじゃないかと心配していたのだと思った。「人は自分が恐れている苦しみのせいで最も苦しむことになる」と母さんはときどき言う。でもそれは自分が想像するほど悪いことではないそうだ。だけどシタの父さんの場合は、想像していたよりもずっと悲惨だった。「不良少年たちと寝てるのか？」とおじさんは言っていたけど、そのほうがまだよかった。

「じゃあシルヴィーおばさんは？」

「いつも通り冷静よ。シタにお仕置きをしたんですって。当分外出やベビーシッターは禁止。シタがしていることをシルヴィーが監視できるように、パソコンは階下で使わせることにして、携帯電話は取り上げたそうよ」

「そんなことで問題が消えてなくなると思う？」とわたしが言う。

「どういうこと？」

「シタは絶対新しい携帯電話を買うよ。学校へ行けば図書館でパソコンはただで使える。シルヴィーおばさんはシタに起こったことを忘れてほしいんでしょ？　だったらシタをひとりにして考える時間を与えちゃだめだよ」

「何が起こったかを忘れたいのはシタの両親なんじゃないかね」とポスおじさんが言う。これから象の形になる予定の石のかたまりの前に立っている。おじさんはばかでかい象の鼻になる部分に十分間は続けてやすりをかけている。象は日に照らされて輝き、アトリエに差し込む光はいつもとっても気持ちがいい。

わたしはうなずいた。「シルヴィーおばさんならきっと忘れられるよ。あの厳しい声で事件は起きなかったって十回大声で言うの。そしたら最後には、事件だって穴の中に姿を隠しちゃうよ。おばさんがどれくらい怖いか知ってるでしょう？」

「やっぱりシルヴィーを怖がっているのね」と母さん。

ポスおじさんは笑った。「さあアトリエから出ておくれ、おふたりさん」


数日たってシタは登校してきた。

シタが教室に入ってくるのが見えて、わたしは机にへばりつく。

エヴィがわたしの視線を追う。「大丈夫？」

わたしはばかみたいにまばたきをして、涙が流れないようにする。

わたしがエヴィの隣に座っていることに、もちろんシタは気づいた。わたしを見ないでザラの隣に座る。

授業が始まるとすぐに、わたしは泣かないようにと自分に言い聞かせて、横目でシタを盗み見る。

シタは具合が悪そうだ。アイライナーのせいでシタの白い顔は幽霊みたい。ほとんどゴシック・ファッションだ。

授業が終わるとシタはすぐに出ていった。休み時間は教室で勉強している。

わたしはいつまでこの状態が続くのか気になった。わたしのせいでかなり長くなるかも。

もしかしたらシタのいない生活っていうのもありだ。

可能性は低いけど、しばらくしたらわたしの怒りは収まるかもしれない。シタのガラスの目も本物の目もえぐり取ってしまうモンスターに化けたりしないで、シタを見つめられるかもしれない。

そうなりたい、ほんとうに。

だって、わたしはすごくつらいことをたくさん経験してきたんだから。両親の別居。何もかも置いて大急ぎで引っ越さなければならなかったこと。たったひとりで天井の星を見ながら過ごしたいくつもの長い夜。

それなのに今、わたしはシタを失いかけ、足元の地面が沈没していく。

『タイタニック』がまた上映されていて、どこでもあの歌が流れている。スーパーで、テレビで、ラジオで。〈長い年月とふたりの距離を超えて……〉

わたしは耳をふさぎたいけど、そんなことしても無駄だ。

歌は頭の中でエコーがかかってどんどん大きくなる。そして知らないうちに、何のにおいもしない香りの箱ばかりを手にしている。シタとの楽しい恋愛話。父さんの厨房。移動遊園地《フェリア》。わたしたちがエルフごっこをして、シタがアラゴルンにキスしようとしたとき、ほんとうは何を考えてたんだろう？　確かなものなんてもう何もないの？

スペインⅠ、スペインⅡ、スペインⅢ。わたしはアルバムを全部大きなゴミ箱に投げ捨てた。しばらくしてそれが再びテーブルに置いてあることに気づいた。ポスおじさんか母さんが拾い出したのだろう。アルバムは少し濡れていて、花瓶の水の腐ったにおいがした。

ムーン・イリュージョン

季節はいっきに冬になった。指、鼻、ひび割れた唇、寒さで全身が痛い。キラキラした青空が頭上に広がるスペインの寒さとは質が違う。「ハリー・ポッター」に出てくる灰色の吸魂鬼に生気を吸いとられてしまうみたいに寒い。

わたしが今読みたいのは子ども向けの本だけ、それもすごく古いもの。わたしは、冬になるとムーミンみたいになる。ムーミントロールは、深い穴にこもって冬眠する架空の生き物。学校から帰ってわたしが一番やりたいのは、すぐベッドに潜ること。わたしは宿題をしている間中、あくびをしている。母さんが鉄分のカプセルとビーフステーキを置いていく。

ｉＰｏｄは机の隅で本の山に埋もれている。最初にいろんな扉を開いてくれた音楽が、今、わたしの目の前でその扉を思いきりバタンと閉じた。

「音楽は嫌いなんだ」わたしはエヴィに言う。やっぱり母さんやポスおじさんと話すより、エヴィと話すほうが気が楽だ。エヴィの兄さん、フィンもよく一緒にいる。

「お兄ちゃんにシタのことを話してもいいかしら?」とエヴィが聞いた。「実はお兄ちゃんにはいつも何でも話してるの。お兄ちゃんを百パーセント信用していいわよ」

フィンはとても感じのいい人だ。わたしの好きな本『はるかな国の兄弟』に出てくるヨナタン・レヨンイエッタみたい。

「じゃあこれは好きじゃないかしら……?」エヴィが、いわゆる細マッチョの男子がオランダ語で歌っているビデオクリップをわたしに見せる。どれもこれもラブソングでばかみたい。

〈きみとぼくの日々は夏のように過ぎ去ったから〉わたしはむかむかしながら歌詞を口にした。

エヴィがその先を歌う。〈ぼくたちは若くて自由だ。だけどそれもいつか終わる〉そしてこうたずねた。「いい歌じゃない?」

「ごめん」そう言うとわたしはエヴィにビデオクリップの映っていた携帯電話を返す。「わたしは何でも深刻に受けとめ過ぎるみたい。最近ずっと過重力状態から抜け出せない気分なんだ」

「何の状態?」

「過重力さ」フィンがコーラのビンをテーブルに置きながら言う。「宇宙空間に行ったときのことを言うんだろう?」

「無重力状態になる直前と直後に、二倍の重力になることを言うんだ」わたしはエヴィに説明する。

「キツそうね」とエヴィが言う。

「そんなときおれはいつも走ってる」とフィンが言う。大会でたくさんのメダルを獲得しているけど、フィンはそれを自慢しない。

わたしはびっくりして見上げた。「いつ……」そう言いかける。

「こりゃあキツイなって思うときさ」

「お父さんが病気になったときのこと?」ふたりの父親が二年前に亡くなったことを、わたしは最初知らなかった。エヴィとフィンの家にはまだそこら中におじさんの面影が残っている。玄関の表札、廊下に積まれた自動車雑誌の山。バスルームの隅っこには、脱ぎ散らかしたままの古いチェックのスリッパがある。

フィンがうなずく。「母さんはあの頃、完全に参ってて、パンを買いに行くこともできなかったんだ。エヴィはまだ小さくて、おれが突然全部やらなきゃいけなくなった。ずっと、父さんがすごく恋しかったよ」

「そうなんだ、ちっとも知らなかった。そんなにたいへんだったなんて」

「今でもまだたいへんなのよ」とエヴィが言う。「お母さんは必死に働いて、家に帰ってきて、したいことといえば寝ることだけなんだもの」

フィンは微笑む。「だけど、少なくとも買い物にはまた行けるようになったよ。きみなら分かると思うけど、あの苦しみからは抜けられることはないと思った。ただ立ち直るには時間はかかるけど」

クリスマス休暇がめぐってきた。

父さんがオランダに来るっていう話が出たけど、レストランの予約がいっぱい入っていて、実現しなかった。実際のところ、母さんもわたしもあんまり悲しいと思わなかった。

シタは十五歳になったけど、お祝いはしなかった。

母さんはジュースダイエットを始めたせいで、いつもイライラしている。ラジオ局の就職面接を受けた。わたしたちはもう家を見に行ってはいない。

大みそかから元日にかけてのアムステルダムで、今までに見てきたよりもっと多くの花火を見た。父さんはステキなニューイヤーの歌を送ってくれたけど、わたしは返信しなかった。

冬のある日、ポスおじさんがアムステルダムの教会のコンサートに連れて行ってくれた。夜になり、わたしたちは家まで歩いて帰った。ポスおじさんは自転車が好きじゃない。道が凍っていたり、寒かったり、雨が降っていたりすると絶対に乗らない。だから結局おじさんが自転車に乗る機会はないんだ。

橋を渡っていく。街灯の明かりがレトロっぽい。大きな窓の向こうで、人々がクリスマスを祝っている。古い童話の一場面みたい。どの家にもまだクリスマスツリーが飾られていて、ときどきパーティーのざわめきが聞こえる。音楽が鳴り、玄関では人々が手を振って別れのあいさつをしている。運河は静まり返っている。氷の割れているところを、茶色いカモが元気に泳ぎ回っている。

どこかで教会の鐘が鳴りだして、わたしは頭の中で歌を歌う。「かーわいいローットちゃん、こんにちはかわいいローットちゃん」

「ところで……おお」いきなりポスおじさんが立ちどまった。

目の前に空飛ぶ円盤くらいの大きさの月がかかっている。まるで運河に浮いているみたいに水面に映っている。

「ムーン・イリュージョン」ポスおじさんがつぶやく。「こんなに大きな月を見たことあるかい?」

「ううん、たぶんないと思う」

「あるさ」ポスおじさんは勝ち誇ったように言う。「月は実際はいつも同じ大きさなんだよ。月が上空にあるか、今のように水の上にあるかの違いなんだ」

何だかそれって聞いたことがある。「だけどたまにすごく小さいときがあるよ」

「いつだって月の大きさは同じなんだよ、ロット。おまえが見ているものは幻覚なんだ。これこそまさに『外見は当てにならない』ってやつの典型さ」

「じゃあいったいどうなってるの?」

「誰にも分からないんだ。科学者にもいろんな意見がある。おそらく脳が月と周りの環境を比べているんだろう。月が木にかかっているときは、ただ上空に浮かんでいるときよりも大きいと、脳が判断しているんだ。分かるかい?」

「分かんない」

ポスおじさんが今回は黙ってくれたからラッキーだった。一緒に月を見上げているうちに、わたしたちの吐く息が夜空に雲を作り、足はゆっくりと地面に凍りついていく。

「行こう」ポスおじさんが静かに言う。わたしたちは足を引きずって歩きだした。

それからおじさんは当然のようにシタのことを話しはじめる。わたしは今夜の目的はそれだったんじゃないかと疑った。そうでなければ、なんでわたしたちは一緒に歩いているの？　クラシックが大好きなノアがどうして一緒じゃないの？　わたしは家族の中では一番の音楽嫌いなのに。ポスおじさんと母さんは〝シタと仲直りしよう〟キャンペーンを始めた。母さんによると、シタはわたしに近づく前に、わたしからのサインを待っているらしい。

「それなら当分先だよ」わたしは母さんにそう言った。

「繊細な女の子なんだよ、シタは」とポスおじさんが言う。

「ふうん」

「もうシタと話したかい？」

「うん、もちろん。同じクラスだし」

「わたしはそういうことを言ってるんじゃない」

「もう、ポスおじさん、分かってるでしょ。あのことは話してないよ。シタを見ても泣きだしたりしなくなったことはすごく嬉しいけど」

「だがまだ怒っているね」

「いけない？　シタはわたしに嘘ついてたんだよ」

「もちろんシタはおまえに嘘をついた。ほかにどうしようがあるんだね？　ほんとうのことを知りたかったかい？」

「シタは恋に落ちるべきじゃなかった」わたしはかたくなに言って、自分でもばかみたいだと思った。

わたしたちは凍った道の上をこするように歩いていく。ポスおじさんは少し息切れしている。そしてこう言った。「シタはシタのままなんだぞ」

わたしはおじさんの言ったことに反応しなかった。

「わたしはかつて恋をしていた」ポスおじさんが言った。「ボンボン・ショコラを作る美しい青年だった」

「ボンボン・ショコラって言った？」

「チョコレートの芸術品だ。クリーミーでほろ苦い。ああ、今でも覚えている！ ビター・チョコレートを食べるとき、それがほんとうに質のいいものだといつもその青年を思い出す。よい豆から作られていて、上質なカカオが七十パーセント以上含まれていて、決して……」

「へえ、そう」

「すまない、夢中になってしまった。その青年は中毒になるほど大量のチョコレートをわたしにくれたことがあった。とりこになったよ。その青年のとりこにもなっていたがね。そして彼は死んだ。いや、その前にずいぶん長い間患って、誰にも会いたがらなかったんだ。わたしにさえも。わたしは最期まで彼の世話をしようと考えていた。病室のベッドで彼の隣に寝て、詩を読み聞かせるつもりだった。だが彼は病気になってすぐにわたしを彼の人生から追い出したんだ。それは病気そのものよりもショックだったよ。わたしの言っていることが分かるかい？」

わたしにはポスおじさんのことをちゃんと理解できているか分からない。おじさんの言うことはけっこう気まぐれだ。それにシタみたいな興味をそそる言い回しが得意だ。「ときに人は誰かを愛し過ぎてしまう」みたいな。それともこれはシタ自身の言葉だったっけ？　とにかく、考えてみると分からない言葉だ。

「ポスおじさんは一度母さんと長い間けんかしてたことがあったよね？」

おじさんがちょっと目をそらす。「まだ覚えていたのか」

「ポスおじさんがスペインに来たとき、すごく落ち込んでたでしょ。誰もわけは知らなかったけど。おじさんは滞在中ずっと、何でもこき下ろしてたよね。わたし、ある晩におじさんと母さんが激しく怒鳴り合ってるのを聞いたんだ。次の日の朝、おじさんはアムステルダムに帰っちゃったんだよね。別れのあいさつもしないで」

ポスおじさんは深くため息をつく。「そうだよ。わたしはこれまで自慢できないようなことをずいぶんやってきた。あれはそのひとつだ。だが、ロットの母さんも一番いい状態だったとはいえないいね」

「〝だけど、わたしたちの愛は永遠に続くだろう〟」とわたし。「これ、シタがわたしのサイン帳に書いた詩なんだ。わたしもシタのサイン帳にそう書いたの」

「それならそういうことだ」とポスおじさんが言う。

「母さんとポスおじさんは今すごく仲がいいよね？　毎晩一緒にワインを飲むし、あのしょうもないテレビドラマを毎回観てるし」

「そうだな」とポスおじさんが言う。「これもおまえに言いたかったことなんだが。母さんをまた不動産屋へ連れて行ってくれないかい？」

わたしは立ちどまる。「え？　だけどほかの家なんていらないよ」

「お嬢さんは」そう言うとポスおじさんはわたしをまっすぐに見つめた。「わたしのような男とずっと一緒に住みたくないだろう？」

「そんなことない」

「おまえも言ったじゃないか。わたしはかんしゃくもちで気まぐれだ。誰にも会いたくないときだってある。キースのような人間以外は」

ポスおじさんが再び歩きだし、わたしもついて行く。

「キースって不気味だよね」ある日、知らない男の人が、突然斧を手に庭に立っていた。母さんとわたしは死ぬほど驚いた。

「キースは雑用をすべて片づけてくれるんだ。彼のような頑丈な男が必要なのさ」

「ポスおじさん、言いにくいんだけど、母さんがキースは麻薬中毒だって言ってるよ。おじさんはジャンキーを雇ってるんだよ」

「まあ聞きなさい」まだちょっと息切れしながらポスおじさんが言う。「キースが薬物を使用しているかどうかは別にして、彼はとても役に立つんだ。彫刻を動かしたいときや高い木の枝を切りたいとき、いったい誰に頼めばいいんだね？　近所に住むリッチな女子学生たちかい？　彼女たちはわたしを見ると、いつもしきりに携帯電話を見はじめる。それとも向かいの中国人のご婦人かい？　あのご婦人はこのあいだなんて彼女の行く手を邪魔してしまっただけで、わたしを〝間抜けな年寄り〟呼ばわりしたんだ。よっぽど持っていた傘で叩こうかと思ったが笑ってやり過ごしたよ」

わたしは笑ってやり過ごせない。絶対に。「ポスおじさんはわたしたちを追い出したいんだ」わたしの声は上ずっていた。

ポスおじさんは凍った水たまりの上でひっくり返りそうになる。わたしのひじに摑まってからしっかりと握った。

「そんな大げさに言わないでくれ、ロット」おじさんは親しみを込めて言う。「誰もおまえや母さんを追い出そうとなんてしちゃいないさ。ふたりがわたしの人生に戻ってきてくれてほんとうに嬉しいんだ」

角を曲がると、突然、狭い運河沿いの道よりもずっと賑やかな大通りに出た。

「最初は父さんのもとを離れなきゃならなくて、今度はポスおじさん。誰もわたしがどうしたいかなんて聞いてくれないんだ」

その言葉は相変わらず大げさに聞こえた。ポスおじさんは返事をしなかったけれど、もう慣れた。返事を聞く必要もなかった。この大群集の中で、物事はいつもうごめいていて、そこら中が騒がしい。辺りを見ながら何時間も時を過ごすことができて、何も起こりそうにないスペインとは大違いだ。ここには、こんな夜中でもまだ開いている映画館やカフェや店々が並んでいる。他人はわたしたちに目もくれない。寒さで鼻を赤くして、分厚いスキーウエアを着た目立たない女の子が、フェイクファーの古いコートを着た、少し猫背の男の隣にいても。

相変わらず月はどの路地からも見えない。走っていく車やガタガタと動く路面電車《トラム》の音に混じって、かすかに教会の鐘の音が聞こえる。

「おまえはまだとても若いんだ、シャルロッテ」とポスおじさんが言う。「おまえの人生はおまえの前にある。そりゃあ、いまはそう思えないかもしれないが、変化もおもしろいもんだぞ。おまえも慣れないわけにはいかんだろう。人生はすべて変化の連続なんだ」

「わたしは変化なんて嫌いだよ」

「だが、ときには考えてもみなかったような新しい何かを発見することもある。それを〝セレンディピティ〟というんだ。とてもいい言葉だ。あるものを探していて別の何かを見つけることをいうんだが、知っているかい？　誰かがそれをかつてこんなふうに説明したんだよ。干し草の山から針を探していて、農家の娘が現れることだと」

「わたしは農家の娘はいらないよ」

「いや、案外サプライズかもしれないぞ」

ポスおじさんの言葉は母さんのものすごくばかばかしい格言を思い出させた。「人生は短いのよ、めいっぱい楽しまなくちゃ」

わたしはマフラーで鼻と口を覆う。遠くで教会の鐘が歌っていて、頭の中でこだまする。「かーわいいロートちゃん、こんにちはかわいいロートちゃん」

あれ、わたし音楽のことを考えてる。

夢と同じもの

「お兄ちゃん」エヴィがフィンに向かって言う。「ロットを一度陸上競技クラブに連れてってくれない？」

「やめてよー」とわたしはエヴィに言う。「わたしには本格的過ぎるよ」

フィンはザワークラウトを食べるのをやめて、驚いたように顔を上げる。「ランニングが好きなのか、ロット？　早く言ってくれればいいのに」

「やだ、速くもないのに」

「そんなことないわよ」とエヴィ。「このあいだの体力テストでは２５００メートルも走ったじゃない」

「それ、すごいじゃん」とフィンが言う。

「体育の先生が見栄っぱりなだけだよ」わたしは早口に言う。「先生は老眼鏡が必要なことを認めたくないんだよ。ストップウオッチの数字が見えないから、こっそり頭の中で数えてたの。わたしのときにくしゃみをしたから、二、三秒得したってわけ」

みんなで笑った。

テーブルを片づけているとき、わたしは汚れたお皿を両手に抱えて戸口でフィンとぶつかりそうになる。「ほんとうに一度一緒に行かないか?」とフィンが言う。「いろんなメニューがあるから」

フィンが冗談を言ってるのかと思って顔を上げると、じっと見つめられた。ふいにふたりの距離が近いことに気づいて、わたしは慌ててキッチンに移動する。

「ロット?」

振り返ると、フィンがもの問いたげにわたしを見ている。

「オーケー、いいよ」とわたしは言う。顔が赤くなるのを感じた。

「わたしジムへ行ってくるわ」とエヴィが大声で言った。「ロット、また明日ね。数学の宿題忘れちゃだめよ」

エヴィの母さんがテレビを見るために自分の部屋へ消えたので、わたしはフィンに言った。

「じゃあわたしも帰るよ」

わたしは急にフィンをまっすぐ見られなくなる。そのうちフィンに気があるって思われるんじゃないかな。

「送っていこうか?」とフィンが聞いた。「けっこう暗いし」

「ランニングしなくていいの?」

フィンは首を横に振る。複雑なトレーニングメニューをこなしていて、トラックを走らなければならないこともあれば、その必要はないこともあるという。

「大丈夫だよ」わたしは言う。「夜自転車に乗ることなんてしょっちゅうだから」

「分かったよ」とフィンが言う。

だけどわたしが通りに出るころには、自転車に乗ったフィンが突然隣に現れた。「急に家の中が静かになっちゃって」とフィン。「それにきみの自転車のライトは壊れてるから危ないよ」

「騎士《ナイト》みたいね」

フィンはちょっと笑う。通りに飾られたクリスマスイルミネーションが、フィンの髪を輝かせてすごくきれい。もし彼の自転車が馬だったら、フィンはほんとうにヨナタン・レヨンイェッタそっくりだ。

何を話せばいいの？　いつもはエヴィと一緒だから。競技のこと？　それじゃ何だかご機嫌取ってるみたい。亡くなった父さんのことを話せばいい？　それとも避ける？

フィンは大きな自転車に乗っていて、脚が長い。わたしは追いつくために必死で自転車をこぐ。食事中フィンはあんなにおしゃべりだったのに、今はこんなに静かだ。

しばらくしてフィンがこっちを向いた。「大丈夫？」

わたしはあえぎながらうなずく。

フィンはちょっと速度を落とす。「押してあげるよ」

彼の腕がわたしの背中に触れた。わたしはビクッとして、お互いのハンドルをひっかけそうになる。フィンはヒューッと口笛を吹き、わたしたちは大きなカーブを描いてもっとスピードを上げる。車がクラクションを鳴らした。

「スペインにはそこら中にオリーブの木があるんだ」わたしは独り言みたいに言う。「あらゆる果物が実る谷もひとつあったの。そこに友だちのひとりが家族で住んでいて、ときどきトラックいっぱいの熟れたオレンジやサクランボ、アンズを持ってきてくれたの。すっごくおいしかったんだ」

フィンが相変わらず何も言わないから、わたしはひたすらしゃべる。まるでその手がわたしの背中に置かれていないようなふりをして。「特にオレンジ。スペインのオレンジってどれもおいしいけど、友だちのところのはめちゃくちゃ甘いんだ。すごくジューシーで」

わたしは薄っぺらいむだ話をしている自分にだんだん腹が立ってきた。母さんそっくりだ。

「春になるとときどきわたしたちも谷へ行くの。見に行くだけなんだけど。全部の果樹に花が咲いて、とってもきれいなんだ。特に桜の木なんて『はるかな国の兄弟』の世界みたいだった。この話知ってる?」

「ああ」とフィンが言う。「その本は父さんが死んだときに誰かがくれたんだ」

ああ、しまった。『はるかな国の兄弟』ではレヨンイェッタ兄弟は死ぬんだった。しかも二回も。

慌ててわたしはこう言った。「それでシタとわたしは木々の下を走るの。羊毛の屋根みたいだったよ」

「羊毛?」

「うん、木々の枝に花がすごくたくさん咲いて、どの枝もウールのマフラーをまとったみたいなんだ。シタとわたしは結婚式のまねをして花びらをかけ合って。こんな香水を作ればいいのにってシタはいつも言ってた。全部の花を集めた香りってサイコーだよ」

「もうシタと仲直りしたの?」とフィンが聞く。

わたしは一気にアムステルダムの寒い夜に引き戻された。「またそれ?」

「ああごめん、だけどなんか残念でさ。きみたちはもうずいぶん長い間友だちなのに」

「恥ずかしいよ」わたしはだしぬけに言う。

「何? きみが?」

「うん、こんなこと言うと変に聞こえると思うけど。シタは恥を知るべきだよ。父さんをそそのかして」

「あるいは、彼が彼女を、かも」

わたしは相変わらずフィンを見ないままで言葉を探す。背中に置かれた手が気持ちいい。「わたしはただ怖いんだ……何て言えばいいのかな? 例えばだけど、シタとわたしはよく一緒のベッドで寝るの……すごく近くで寝そべってたの。そんなこと、またできるかどうか分からない。シタの隣でただくつろいで横になってるなんて」シタの裸を、父さんが触った胸だとか考えずに見られるだろうか。だけどこれは声に出しては言わなかった。

「できるようになるよ」フィンはまるでこの先どうなるのか知っているみたいに言う。「乗り越えなきゃいけないんだ」もしもフィンがヨナタン・レヨンイェッタだったら、こう言っただろう。〝そうしなければ、もう人間じゃなくて、けちなごみくずになってしまうからだよ〟

ふと、わたしたちがいる場所に気づく。「ここに住んでるの。この道を入ったところに」

「知ってるよ」

なんでフィンが知ってるの？

わたしたちはポスおじさんの家の前でキーッと音を立てて自転車を止めた。

「送ってくれてありがとう」

「ああ」とフィン。彼の指がわたしの自転車のハンドルを撫でると、とたんにハンドルがわたしの腕みたいに感じられた。ありえない、これは現実じゃない。

年上だし、優し過ぎる。わたしはフィンのことを真剣に考えたことがなかったけど、今それは変わった。フィンが二台の自転車を挟んでわたしにキスをした瞬間から。

ああ、ついに分かった！

ぺぺとの何度かの甘いキスや、あのベビーシッターの少年との激しいキス。今までの男子とのキスの経験はキスじゃなかった。だけどフィンが上手にしてくれたから、どんなものか、今分かったんだ。フィンのキスは柔らかくて優しくてとてもていねいで、わたしはめまいがして言葉を失ってしまう。シタが言ってた、完全にそこから消えてしまうって、こういうことだったんだ。

わたしは力なく自転車越しにフィンに寄りかかる。車が通りに入ってきて、ヘッドライトがスポットライトみたいにわたしたちを照らす。ふたりして笑った。

「おれのことなんて眼中にないと思ってたよ」フィンがため息をつく。

わたしは彼が冗談を言ってるんじゃないことを確かめる。「わたしのことを小さな女の子だって思ってると思ってた」

「だけど、十五歳だろ?」

「もうすぐね」

「それにスペインでいろいろ経験してるじゃん」

え、そう? オリーブの収穫とか村祭りのダンスのことを言ってるの? わたしは女の中の女風の〝シタスマイル〟で微笑む。でもうまくいかなくて、フィンがこう言った。「そんな生意気そうな顔をしないで」

「ごめんなさい」

「おいで」フィンはわたしを引きよせた。

学校の授業なら百回は頭に叩き込まなきゃいけないけど、フィンの携帯番号は一回で覚えた。

「新しい恋が始まるでしょう」と星占いで言っていた。「真剣な交際に発展するかもしれません」

そして、次の日には大会を見に来ないかとフィンから電話があった。

あちこちにサインがあることに気づいた。ナンバープレートのCLFの文字——シャルロッテはフィンに恋してる《シャルロッテ・ラブズ・フィン》。ハート形の雲。ラジオをつけるといつもラブソングが流れている。

「スポーツマンなの?」まるでエキゾチックな血統の珍しい猫のことみたいに母さんが聞く。

「アスリートだよ」

「アスリート? ハードルを飛び越えるの?」

「それがどうしたの？」

「なんでもないわ。ただ考えたこともなかったから。ロットが……」

「わたしは母さんじゃないよ」

驚きのあまり、母さんはしばらく黙ったままだった。

だけどそれはほんとうのことだ。わたしは母さんとは違う。話し方が違う、好みが違う、服装だって違う。わたしは、ポスおじさんや母さんみたいなアーティストっぽい服は着ない。上質なデニムと、三回洗っただけで縮んでおなかが見えるなんてことのないセーターがいい。そんなにおかしいかな？


エヴィに、フィンとキスしたことをクスクス笑いながら告白すると、エヴィはおもしろくないようだった。「ロットがお兄ちゃんに会いに来るのか、わたしに会いに来るのか、全然分からないわ」

フィンもわたしも気まずくて、たいていは学校で会っている。わたしは毎日、フィンが自転車で登校してくる時間に校門で立っている。彼がウインクをして、まだつき合ってるんだってことを実感する。いつもそこで会えるように、わたしたちは自転車を地下駐輪場の奥に止めている。誰も見ていないとき、彼は暗がりで素早くわたしにキスをする。

だけど今日、エヴィはザラのところへ行っている。

「お茶しに来ないか？」とフィンが誘った。

紅茶はほんとうは好きじゃないけど、わたしは行くことにする。

エヴィがいないと家は妙に静かだ。

「おれの部屋を見たことあったっけ?」フィンがたずねる。「部屋でお茶を飲もう」

男子の部屋なんてかなり怖い。「ちょっとサイクリングしない?」

「いいかもね」フィンが穏やかに言う。「もし土砂降りじゃなかったら」

わたしは窓へ向かう。「ウソ、へんなの。ついさっきまで降ってなかったのに」

「ああ、だからきみの髪もそんなに湿っぽいんだよ」とフィンが言う。「まあ落ち着いて、ロット。お茶飲むだけだからさ」

「ごめんなさい」

「エヴィはいつごろ帰ってくるの?」わたしは階段を上がりながらフィンに聞いた。

「きみが教えてよ。ザラのところにいるんだろ?」

「ああそっか。ふたりには課題があるんだ。あと一時間はかかると思うよ」

「見て」とフィン。「これがおれの部屋。悪くないだろ?」

床には階段と同じ地味なグレーのじゅうたんが敷いてある。壁にはアスリートのポスターが貼られている。大きな窓にはレースのカーテン。灰色の部屋だ。

わたしは部屋を一回りする。「わあ、この本は何? 集めてるの?」

フィンがわたしの隣に来る。「ちょっと変わってるんだ。ギネスブック。聞いたことあるだろ?」

「うん、おかしな世界記録ばっかり載ってるやつでしょ？　この本が買えるなんて知らなかった」

「毎年新しいのが出るんだ」とフィンが言う。「見ていいよ」

「いつも買ってるの？」わたしは彼の手から紅茶の入ったマグを受け取って机に置く。「それで、ちゃんと読んでるの？」

フィンは本棚からその中の一冊を手に取ってベッドに座る。ベッドは完璧に整えられていて、ブルーのストライプ柄の羽毛布団がかかっている。彼が整えるんだろうか、それともお母さん？

「全部は読まないけど、わりと読むよ」

わたしは慎重に彼の隣に座る。「スポーツの記録は全部読むんでしょ？」

「ああ、でもすごくおかしい記録も読むよ。例えば、同時にひげを剃った男性の人数の世界記録とか。ギリシアの二千百五十人」

「ほかのも読んで。当てるから」

「世界一の身長は？」

「えっと……三メートル？」

「三メートル！　どのくらい高いか分かってる？　残念、二・五メートルでした。トルコ人だって。パンツの保有記録は？」

「ほんとうに載ってるの？」わたしは笑いだす。「二百枚？」

「二千枚」

「うそ」

「ほんとうさ。な、おもしろいだろう？　読んでて飽きないんだ」

「今度はわたしよ」彼の手から本を取り上げる。「えっと……スープをかき混ぜた世界記録は？」

そこに座ったままあっという間に一時間が過ぎた。そうこうするうちに、わたしたちは少しずつ近づいていった。

草の上を転がる世界記録を読んだとき、フィンが突然わたしをぎゅっと抱きしめた。

「こんな感じ？」

わたしは大笑いする。そしてキスをする。

だんだんキスが激しくなる。ベッドに横たわる。

わたしは彼の下でもがいた。「ごめんなさい」と言う。わたしは起き上がって座る。

「ごめんって言ってばっかりだね」

「ごめん。あ、やだ、ごめんなさい」

「嫌ならそう言っていいんだよ」

わたしは変な気持ちになって、全部の髪が逆立っているような気がした。「そうじゃないの」

「じゃあ何？」

わたしはなんて言ったらいいのか分からない。そしてヤギ飼いのことを打ち明けた——でも何か違う気がする。

「なんてひどい奴だ」とフィンが言う。「警察に被害届を出せばよかったのに」

「ううん、それはしたくなかったの。シタがとっても助けてくれたし。ほんとうに優しくしてくれたんだ」

「それはよかったね」

フィンがちょっと冷ややかに言ったので、わたしはつけ加える。「ほんとうだよ、シタは優しかったの。今でもそうだよ。イメージを入れ替えろってシタは言ったの。こういうことをよく分かってるから。キスの仕方もシタが教えてくれたんだ」

わたしは自分の言葉に驚いたけど、フィンはただこう言った。「ロットはおれとシタをくっつけたいみたいだな」

「みんなシタを好きになるよ。フィンだってきっと」

フィンは大声で笑いだす。「考えられないな。きみのほうがずっといいよ」

わたしはちょっと脇に寄った。「どうして？　シタはすごくステキだよ。フィンは知らないからそんなことが言えるんだよ」

「まあ落ち着いて」とフィンが言う。「おれはきみが好きなんだ。シタじゃない、いいね？　ロットが初めて家に来たときから。きみがいると家中が賑やかになるんだ。とても明るくて、温かくて、誠実で——それにシタよりもきれいだよ。おれはいつも自分を作ってるような女の子を好きにはならないよ」

「でもシタは……」

フィンは手でわたしの口をふさぐ。「おれが言いたいこと分かる？　きみたちけんかしてるっていうけど……」

「うん、まあ……」

「……ロットはシタをかばっている。それがきみのいいところさ」

わたしがシタをかばってる？

そのことをじっくり考えたかったけどフィンが言った。「行こう、きみは帰らなきゃ。もうすぐエヴィが戻ってくる」

フィンのあとについて階段を下りながら、わたしは自分があまりに扱いにくいことがすごく恥ずかしかった。

別れ際にわたしは彼をぎゅっと抱きしめて、飛び切り長いキスをした。先に身体を離したのはフィンだった。「さあ行かないと、ロット」とフィンが言う。

自転車で家に帰る間、雨がわたしの燃える頬に打ちつけていた。ジューッという音が聞こえる気がした。とても変な気持ちだ――吐き気と空腹を同時に感じるみたいな。

今すぐ友だちと話をしなきゃ。エヴィはダメ。ザラは信用できない。

それ以上何も考えないで、わたしはよく知っている道を進んだ。

自転車をフェンスに放り出してベルを鳴らす。


「もう一度読ませてくれない？」

シタはわたしを見つめる。わたしの髪から雨が滴っている。

「日記を」

「ええと……」

「緊急事態なんだ」

何も言わないでシタはわたしを招き入れ、先を歩いて二階へ案内する。

シタは机の上にあった日記を手に取る。「何があったの?」

「さっきまでフィンといたんだ。わたしたちがつき合ってるのは知ってるよね?」

「みんな知ってるわよ」

ちょっと自慢に思った。それから沈んだ声でこう言う。「めちゃくちゃ複雑なんだ」

シタはいったいどういうことかと推測するようにわたしを見る。「何があったの?」ともう一度聞いた。

「何も。たぶん……。ずっと日記のことを考えてたんだ。今ならちゃんと理解できるかも。読んでいいの、ダメなの?」

おかしな質問だと思うけど、シタはおかしいとはあまり感じていないようだ。「分からないわ、ロット」そしてこう言う。「もちろん読んでいいわよ。もう読んでいるんだし」

「さっと見ただけだよ」

シタは日記を見つめる。「きっとロットにはとてもつらいんじゃないかと思って。だってここにはあなたの……リコのことが書いてあるから」シタがわたしに向かって父さんの名前を口にするのは初めてだ。

「分かってる。だけど読みたいの。読まなきゃいけないの」

シタはうなずく。腕を伸ばして、日記をわたしに差し出した。


夜は——音楽、お香、タバコ、そしてふたり。

ダメ、こんなばかげた書き出し。だけどどう書けばいいの？　痛みと幸せを同時に表せる言葉は何？　いやらしくなく誤解のないように書くにはどうすればいい？　新しい言葉がたくさん必要だわ。

それはこんなふうに始まった。一時間は待ったと思う。上機嫌で。あなたはまだアイスクリームとブドウジャムを作っていた。あたしはベランダで宿題をしていた。

それからわたしは厨房へ行った。ジャムのにおいがした。

あなたは振り返ってあたしを見た。

あたしはあなたのほうへ歩いていって、あなたのそばに立つ。

するとあなたは優しく両手を広げてこう言った。「おいで、お嬢ちゃん」

あたしは恋のせいで死んでしまいそう。あなたの腕の中に隠れてキスをする。とっても長く。あなたはすごく優しかった。

あたしはどんどん大胆になって、あなたに身体を押しつけて、あなたのシャツの中に手を入れる。

あなたは言った。「静かに、シーッ、落ちついて、大丈夫、時間はある、たっぷり」

だけどあなたの呼吸は早くなって、あたしのおなかの辺りに何かを感じた。下のほうにあるそれはもう軟らかくはなかった。

なんてすてきなの、あたしのせいよ！

あたしたちはまだ厨房にいて、まな板にぶつかったと思う。

ふとあなたはあたしを抱き上げて、少し笑って言った。「だめだよ、ここじゃないだろう？」

じゃあどこで？　あたしは思った。頭の中で素早くリストを作る。あたしの部屋は違う、紫色の天蓋つきベッドは嫌よ。あなたの寝室も違う、絶対に嫌。幸いどの寝室でもなかった。その必要はなかった。そこら中に大きなヨガのクッションがあったし、ダイニングにはマットやブランケットがあったから。

あなたはあたしの名前を呼ぶ、シタ、シタ、かすれた声で。そしてあなたはまるであたしをお姫様のように扱ってクッションに寝かせた。

あたしは大胆で小さなお姫様だ。あなたを感じたい、身体中で。あたしの肌に触れるあなたの肌、あなたの手。

あなたの手。そのことをちょっと書いておかなくちゃ。

あなたの手は厨房にいるときと同じ、生地をこねたり、ちょうどイワシをさばいていると同じ。優しい。そして激しくてたくましい。

あの数人の男子とのばか騒ぎから卒業してよかった。あなたは何をすればいいのかちゃんと分かってる。あたしが思う通りに——もう少し左とか、もうちょっとあっちとか、強く、優しく、全部分かってくれる。

すばらしかった！　何もかも初めてだけどずっと前から知っているようなな。うん、そうよ。そんな感じ。

あなたはそこでやめたがったけどあたしは言った。「最後までして」

あなたがずいぶん長い間あたしを見てるから、あたしはサインを送ってみた。そう、あなたは分かってくれた、あたしはしたいの。今。あなたと。これを。全部。

「もう戻れないわ」あたしはそう言った。

あなたはとても長く深いため息をついて言う。「お嬢ちゃん、お嬢ちゃん、ぼくと何をするんだい？」あなたもそこにいるのに、ちょっと卑怯だと思った。

でもいいわ、あなたのしたいようにするだけ。あたしはあなたを引きよせて、手をズボンの中に入れて股間にあるものを掴んだ。自分の行動に驚いたけど、わたしはこう言った。「これをあなたとするの」

あたしはずっとあなたを見ていた。下のほうを見るつもりは全然なかったから（なんて言ったらいいの、新しい言葉を見つけなきゃ！）。その感覚はとても変だった。とても硬くて肋骨みたい（肋骨？）。

コンドームのことではかなり気まずい思いをした。ヨガルームのトイレにはお客用のサービスとしてタンポンとコンドームがいつも一緒に置いてあって、あたしはそれをひとつ持ってきていた。

だけどあなたはお尻のポケットにひと箱まるまる持っていた！　それにはかなり驚いた。

幸いあなたが全部やってくれた。あたしはどうすればいいのかまったく知らなかったから。そのあとのことも。

うまくいくかしら。

まったく心配なかった。

痛くはなかった。気持ちよくもなかったけど、気にならなかった。ほかのことは考えられなかったせいだと思う——これはほんとに、ほんとに起こってることなんだって、ずっと思っていたから。今。ここで。このすばらしい人と。

それからもちろんあたしは少し泣いた。あなたはうろたえたりしなかった。ただあたしをかわいいと言った。とても優しかった。そして愛しい。

やがて夜になり暗くなったので、あたしはちょっとホッとする。暗くなってほしいと思っていたから。あなたがヌードで歩き回るのを見るのは少し行き過ぎのような気がする。

あなたは先に眠りに落ちて、あたしはしばらくあなたの寝息に聞き入りながら、あたしの胸に置かれたあなたの腕がだんだん重くなっていくのを感じた。われながらよくやったわ、もう何も考えられない。

翌朝あたしはクスクス笑った。あたしの笑い声であなたが目覚める。あなたも笑う。幸せ。

あたしたちは一緒に泳いで、食事をして、それからまたヨガマットに戻る。だんだんその気持ちよさが分かってきた。十分に時間をかけると、ぞくぞくしてくる。ちょっと痛いけど、そういうものかしら？　嫌な痛みじゃない。

あたしたちは一日中マットに寝そべっていた。玄関はしっかりと鍵をかけたから誰も入ってこられない。電話には出ない、パソコンは立ち上げない。音楽だけがずっと流れている。あなたはお気に入りのラブソングをあたしに聴かせてくれた。

〈愛しておくれ　愛しておくれ　愛していると言っておくれ
きみと一緒に飛び立たせておくれ
風のようなわたしの愛のために
そして風は吹きすさぶ……〉

あたしはこれからこの歌を聴くと泣いてしまうだろう。

それにしても、結婚式の参列者がちっとも気づかなかったのはほんとに不思議。変な大急ぎのセックス。あたしたちは笑い転げながら料理を作り、テーブルをセッティングする。お客たちが食事をしている間、あたしたちは厨房で激しく求め合う。ようやくお客が立ち去るとテーブルのお皿をどけて、ウエディングケーキのかけらに紛れてさっきの続きを始める。飲み残しのカバを飲みながら。グラスからではなくて、あたし自身がグラス……。

五日と五晩、あたしたちは音楽と愛にあふれていた。あたしの人生で最高の日々！あれ以来あたしの全身が変化した。まるで一度溶けて、それからゆっくりと固まったみたいに。だけど、ほんの少しだけ前と違う。

この先何が起きても、何を言われても、この美しくてすばらしい経験を誰もあたしから奪い取ることはできない。

わたしはシタをちゃんと見る勇気がない。ますます心がざわついてしまった。そしてフィンの姿が浮かんだ。ランニングで鍛えられた脚、わたしの上に重なる姿、そのときわたしがしたかったこと――そしてしたくなかったこと。今もまだ気分が悪い。

「フィンといるとき」わたしは口を開く。

シタは静かに待つ。

「さっきまでフィンといたんだけど、今まで感じたことのないような気持ちになったんだ。おかしなことを考えてた。それにめちゃくちゃ汗もかいたし。フィンがわたしに覆いかぶさったとき、彼を引っぱたきたくなったの」

「引っぱたく？」

「そうでなければ、わたしのほうへ思いきり引っぱりたかった。息が詰まりそうだった」

「欲情したんでしょう」とシタが言う。

「え?」

「そういうときに使う言葉よ、ロット」

「違うよ。そうじゃなくて。そんな不潔なことじゃなくって」

「全然不潔なんかじゃないわよ、ロットの母さんみたいなことを言うのね。まったく自然なことよ。おめでとう」

「何が?」

「ロットがいたって普通の女の子だってことよ」

わたしは顔を上げる。シタはひざに手を置いてベッドに座っている。飲み込まれそうなくらい大きなウールのカーディガンを着ている。シタはシルヴィーおばさんに似てきたなってふと思った。

「シタはあのとき……」わたしは日記を指さす。「いっぱい悩んだ?」

「悩む?」

通じなかった。わたしは日記をシタに返す。たぶん最初に別のことを話さなくちゃならないんだ。

「今も父さんと話してるの?」わたしは聞いた。

シタは探るようにこっちを見る。「ときどき」

「今でもまだ……」わたしは言葉を途中で切って、日記を指さした。

「ううん、そんなことできないわよ。あんなことが起こったあとだもの」

わたしが騒ぎを起こしたあとってことだろう。今初めて、わたしには選択肢があったことに気づいた。日記を読まないこともできた。途中で読むのをやめることも、読んでも黙っていることだって。母親たちを巻き込まないことだって選べた。いろんな選択肢があったのだ。

「だけど、初めてだったの？　ほんとうに？」

シタは少し笑った。「うん、もちろん」

「自分がしたいことだって分かってた？」

「ああ、そうね、そういうことって、分かるものよ、とっても」とシタが言う。その言葉を聞きたくて、わたしはシタのところへ来たんだ。

「じゃあ賭けはシタの勝ちだね」とわたしは言ったけど、そんな昔の話はなんだか場違いな気がする。

シタはカーディガンをひざが完全に隠れるくらいまでぎゅっと引っぱる。そして優しく言った。

「みんなそれがまるでいやらしいものみたいに振る舞うけど、それは違うのよロット。全然違うの。たくさんの人を、特にロットやおばさんをだましたのはもちろんひどいことだけど。だけど、そうでなければ、それは当然のことで……ステキなこと。それを分かってくれるのはポスおじさんだけだと思う。『すばらしかったかい？』って聞いてくれたの。そんなこと言ったのはおじさんだけよ」

「〝われわれは夢と同じもので作られている〟。これ、ポスおじさんがわたしに言ったことなんだ。夢に逆らうことはできないよって。この手の夢はなおさらで、それは起こるべくして起こったんだって」

ポスおじさんが言ったのはそういうことだっけ？　とたんにわたしはよく分からなくなった。だけど、いい言葉だ。

すると、シタが言う。「あたしにはロットの夢がどんなものでできてるか、よく分かるわよ。そんなに難しく考えることはないのよ」

「またその話？」

いつものシタのペースだ。「ロットだけじゃないわよ。夢の八十パーセントはその手のことだと思うわ、ロット。一にも二にもセックスよ」

わたしたちはかなり長い間、何も言わずに、それぞれの考えにふけっていた。シタは日記をパラパラとめくる。

シタはアムステルダムで書いた日記を見せてくれた。

もう一カ月が過ぎた。

あなたがまだそこにいると思うと気が変になる。

来年の夏は違うあたしになっているはず。十五歳半になっていて、すぐ四年生になる。

もう子どもじゃないわ。あたしはあなたみたいにコーヒーが大好きになっていて、新聞

を読んで、もしかしたらマルボロを吸っているかもしれないわ。

そしてそのあとには——

時がすべてを解決するという。

あなたもそう言う。そして、しばらく離れているほうがいい、距離を置こう、文字通りふたりの間にスペースを取ろうって言う。今はそうしなければいけないと。

あたしはそうは思えない。そんなのウソだ。距離と時間のせいですべてはもっと激しくなる。


「あれが恋しいの?」わたしは聞いた。ほとんどつぶやきに近かった。

「あれ?」

「でなければ、父さん」

その答えは必要なかった。シタは泣いていた。

ホビットセックス

海は荒れくるい、まるで気分でも悪いみたいに緑がかった泡を吐き出している。服が風にはためく。目がしょぼしょぼして、頬はひりひりする。塩分を含んだ湿気。一歩踏み出すことがなかなかできない。背中を風に押されて倒れそうになる。風を顔に受けると傾いた塔みたいに身体を斜めにしなくちゃいけない。一歩ずつゆっくりと。浜辺の散歩はすごく楽しくて、風がやんだ海辺はとってもロマンチックでステキ。

赤くなった鼻から鼻水を垂らして、永遠にもつれたまままみたいな髪をして、わたしたちは別荘に帰ってきた。

ポスおじさんが煙る暖炉のそばで、ぬくぬくと幸せそうにちゃっかり座っている。

「温かいココアを飲む人?」と母さんが叫んだけど、すぐにココアを切らしていることが分かって言い直した。「ホットミルクはどう? 紅茶? それともコーヒー?」

わたしたちは温かいミルク入りの、でも膜は張っていないコーヒーが飲みたい。みんなそろって不吉にくすぶっている火に当たっていると、塩まみれになった肌がちくちくする。わたしの指は完全にかじかんでいる。髪はぱさぱさで、わたしは風変わりなばあさんみたいだ。

フィンがわたしを抱きしめようとするけど、彼も今はかっこいいとは言えない。目の下に塩の跡をつけた海賊みたい——また今度ね。

それは母さんの名案だった。

「冗談でしょ。別荘に行くなんて。それも二月に」わたしは母さんにぴしゃりと言った。だけど母さんは、別荘には寝室が三つあって、それぞれの部屋に二段ベッドが二台ずつあると穏やかに言った。「好きな人を招待するといいわ。大勢のほうが……」

話を聞き終わる前に、わたしは電話を手にしていた。

まるで学校の合宿みたい。わたしはシタとエヴィ、ザラと同じ部屋で寝た。フィンはアスリート仲間のダービットとボーと一緒に、キッチンの隣の部屋で寝ている。母さんとポスおじさんはふたりで三つ目の部屋を使っている。もう一度人生を楽しく過ごそうと、これは全部母さんが計画した。わたしのためだけじゃないみたい。母さん自身もわたしたちと一緒にいることで、すごく若返って楽しそう。母さんは新しい黒のワンピースを着て、口紅も塗っている。母さんはふざけて、ダービットのことを「いい男ね」って三回は言った。

凍りつくように寒いビーチでの散歩のあともずっと雨が降りつづいていたので、わたしたちは暖炉にへばりついている。通気があまりよくなくて、窓は曇って別荘中が煙でけむっている。

「スペインとは違うよね」わたしはシタに言う。冬はいつもリビングルームで大きい暖炉の火が燃えていた。

「大きい暖炉がなくちゃいけなかったのよ。セントラルヒーティングじゃなかったもの」とシタが言う。

「セントラルヒーティングがないの?」エヴィが驚いている。「じゃあ暖房はどうするの?」

「暖炉の火だけなんだ」わたしは一から説明する気にはなれない。今じゃスペインは遠い存在だし、そうあるべきなんだ。

別荘の室内は湯気でかすんでいるので、まるでどこか別の場所にいるみたい。外の騒音はひどくて、誰かが高速道路でも通ってたっけ?と言ったほどだ。何も見当たらないから海鳴りに違いないと思う。

ポスおじさんが作ってくれたあつあつの茶色インゲン豆のスープをみんなで食べる。ポスおじさんの〝あつあつ〟はものすごくスパイシーで涙が出る。

それからずっとわたしたちは火のそばに座りつづけている。母さんが埃をかぶった古い毛布を見つけてきて、みんなでくるまる。わたしはスーツケースに詰めた新品のきれいなシャツやハイヒールを思い浮かべて後悔した。冬の海辺の別荘にはまるで向かない。シタはもっと賢くて、オリーブ色のカーディガンと、丈夫なスペインのブーツを持ってきていた。

ポスおじさんとダービットが経済危機の話をしている。ダービットがすべての原因は「強欲さと石油」にあると言う。ポスおじさんは何にでも、経済にさえも波があると考えている。「またそのうちよくなる。いつだってそうだ」

「人間が利己的なうちはダメですよ」とダービットはいらだって言う。学校新聞に難しい記事を書くタイプの少年だ。そのせいで友達からけっこう煙たがられているような。

びっくりしたのは、シタがずっとその会話に加わっていること。「ところでふたりはアラブの春を信じられる?」

「何の春?」ダービットがたずねる。

シタはすぐにいくつか例をあげた。

「どうしてそんなことを全部知ってるの?」わたしはささやく。

「どこにでもニュースはあるわ」とシタは言う。それからこんなことも言った。「あたしは死ぬほど怖いの。あたしたちはどんな世界で生きていくのかしら」

シタはダービットの興味を引きたいんだろうか? シタのタイプの、サッカー選手みたいな身体つきだし南欧の少年っぽいし。

だけど違う、シタの声に作ってる感じはない。これは大事なことなんだとほんとうに考えているみたい。シタには驚かされっぱなしだ。

その間、母さんはオープンサンドを配りながら歌を口ずさんでいた。「愛が〜何かを〜知れば〜、人生の〜何たるかが〜分かる。愛が……」

「母さん、ほかの曲はないの?」

「海のせいね」と母さんが言う。「昔いつも見ていたテレビドラマがあってね、その中で……」

「では、ご存知ですか?」ボーが礼儀正しく聞いた。「愛が何なのかを」

母さんはポートワインのビンを手に持ったまま立ちどまる。「愛が何かを知っているか。難しい質問ね。あなたたちは分かる?」

ボーが質問したのに、母さんはボーを見ていない。シタを見ている。

シタはびくっとした。顔を赤らめてさっとうつむき、ブーツの中にパンツのすそを入れている。シタはそれが母さんを怒らせてしまうような質問だと思ったのかもしれない。だけど母さんはそのことについてただ考えているだけのように見えた。

「おばさんがぼくの母さんだったらよかったのに」とボーが言う。

母さんは微笑んで、ポスおじさんのいるテーブルへ向かい、おじさんと自分にポートワインを注いだ。

ほんとうに母さんは元気になった。ダイエットに成功して、今週はずっと試用期間としてラジオ局で働いた。最近あの不動産業者が家に来た。「ロット、ちょっと家の話をしよう」だって。よく分からないけど、不動産業者が家まで来てソファーに座ってオリーブをつまむなんて、普通はありえないように思う。

いろんなことがあって母さんはずっと疲れていた。今も。いつもみたいにふわ～あと大きなあくびをしはじめたかと思うと、こう言った。「ちょっと横になろうかしら」続けて言う。「海風に当たるととてもだるいわね」

「わたしも寝るとするか」とポスおじさんが言った。「そうすればきみたちは年寄りたちから解放されるぞ」

「誰が年寄りだっていうんですか？」とボーがたずねる。わざとらしいおせじに聞こえなかったのは、ボーがとても明るくてほんとうに感じがいいからだろう。大人たちがいなくなって突然、何かが変わった。わたしたちはお互いのひざや足が触れるくらいに、わざと近づく。特にザラとシタの目がいたずらっぽく光っている。

「みんな、秘密を打ち明けようぜ」とボーが言う。いつも会話をつなげるのはボーだ。

「秘密？　やめてよ」とっさに言葉がわたしの口をついて出た。ボーは驚いたようだ。

「最近聞いた秘密でもうたくさんだよ」とわたしはつぶやく。

気まずい沈黙が流れた。わたしはシタを見られない。

「何が……」とボーが言いかける。

ダービットも眉をひそめた。

「みんなも知ってるもんだと思ってたわ」とエヴィが言って兄を見る。「シタのこと、みんなに話してないの？」

「当たり前だろ」とフィン。

男子はほんとうに女子とは違う生き物だと思う。シタと父さんのうわさは、その日のうちにクラス中の女子の間で広まった。当然のことだ。わたしだって秘密を知っていれば黙ってなんかいられないだろう。だけど男子はこの手のことをお互いに話したりしない。いったい何の話をするんだろう？　女子ほど好奇心が強くないのかな。それともフィンみたいにみんなまじめなんだろうか。

「おれには関係ないことだから」とフィンが言う。

ザラが男子からエヴィへ視線を向け、再び男子たちを見た。「男子たちにも話したほうがいいんじゃない？」

「あたしはいいわよ」とシタがつぶやく。

「ロットは？」

わたしはうなずいたけど、それなら自分で話さなくちゃ。ザラにこのきわどい話をさせるつもりはない。ザラは興奮気味にわたしを見ている。

「スペインでシタは……わたしの父さんと関係を持ったの」わたしはとても早口で言う。

「え？」ボーが聞き返す。

フィンは手をわたしの脚に置いている。「聞こえただろ。この話はおしまいだ」

彼は優しいけど、わたしは大丈夫。もう泣かないし、怒ったりもしない。自分の気持ちを確かめてみる。うん、ほんとうに変わったみたい。このことを話題にするのは気まずいし、いい気分はしない。今でも父さんが恋人だなんて想像できない。そうであってほしくない。だけどあのくるったような激しい憤りはどこかへ行った。それは嬉しい発見だった。今じゃあの激しい怒りをすごく重たく感じている。

「マジかよ」とボーが言う。「それじゃおれも正直に言わなくちゃいけないな。秘密だなんて、危ない話題を振っちゃったよ」ボーはしばらく考えてから言った。「じゃあ続けるよ。実はおれ、ホントーに根暗なんだ」

わたしたちは全員笑いだしたけど、ボーは両手を上げる。「こういうことさ。誰もまじめに取っちゃくれない。笑えばいいよ、おれは長いキリンみたいな足で五百メートルを走る速い男で、いつも誰にでも親切だ。それが嫌だなって思うときでさえも。正直言って、自分自身にすごく嫌気がさしてる」

ザラ、フィンとエヴィはまだ笑っている。だけどダービットが聞いた。「冗談だろ?」

「おれがひとりで家にいるところを見せてやりたいよ」とボーが言う。「ちっとも明るくないから」

笑い声はしだいに消えていった。わたしは、ハンサムっていうにはややしゃくれ気味の感じのいいボーの顔をのぞき見る。根暗? ボーが? ああ、わたし、何も分かってないんだ。

「そんな必要ないわよ」とシタがボーに向かって言う。「したくもないのに陽気に振る舞う必要なんてないわ。どっちにしても、みんなあなたが好きだもの」

「おまえの冗談が聞けないのはちょっと残念だけど」フィンがつぶやいた。そして首を振る。

「したいようにやれよ」

わたしたちはしばらく暖炉の火を見つめていた。ザラが立ち上がってポスおじさんのポートワインを取りに行く。「これ飲んでいいよね?」

「どうぞ、お嬢様方」とダービットが言う。彼らはアスリートだから、当然飲まない。

「九四年のヴィンテージじゃん。どれくらい高価なものか分かってる?」ボーが警告する。ボーの父親はワイン通で、値がつけられないくらい高級なワインが家のワインセラーにいっぱいある。

「ポスおじさんは何も言わないよ」とわたしが言う。シタの視線に気づく。ほんと? シタの目がたずねる。分かんない、と目で合図する。誰にも気づかれないでわたしたちはちょっと笑った。

「ところできみの秘密のことで、まだ知りたいことがあるんだけど」ダービットがシタに向かって言う。「もちろん聞いてもいいならだけど」

「そんな必要あるか？」フィンが聞く。だけどシタは言った。「何を知りたいの？」

「きみたちはそのせいでオランダに越して来たの？　もう終わったことなの？」

「ううん、わたしの両親が経済危機から逃れるためよ」とシタが言う。「あのころ、両親はあたしとリコのことを何も知らなかったの。それからふたつ目の質問だけど……」シタはわたしのほうをうかがう。

わたしは肩をすくめた。

シタは息をつく。「あたしはあの人のことが大好きだったわ……」

あの人。シタ、それはわたしの父さんで、わたしたちが子どものころ聖ニコラス《シンタクラース》に扮していたリコおじさんよ。シタは怖がって震えながら聖ニコラスのひざに座って、アルファベットの形のチョコレートをねだってた。聖ニコラスのひげをちくちく感じながら。

「……そんな簡単に忘れられないわ。両親はとっくに終わったことだと思ってるみたいだけど……ときどきお互いに会わずにはいられないの」

「スペインへ行ってるの？」

「ううん、もちろん違うわよ。ウェブカメラがあるでしょ？」

ブン！　つい最近の記憶が、ブーメランみたいに戻ってきた。

シタはまだ自分の部屋でパソコンを使わせてもらえないから、このごろはわたしのところへチャットをしに来る。たいていわたしがフィンと出かけるときだ。それなら確実にパソコンが空いているから。

だけど、このあいだわたしは早めに家に帰ってきた。部屋のドアを勢いよく開けると、そこにシタがいた。

シタはサッと画面を消して、セーターを引っぱった。とっても素早い動きだったから、ほんの一瞬見えただけだったけど。

わたしは急いでいたし。

ほかのことで忙しかったのだ。

しばらくたってから考えた。あのときシタは半分胸を出して座っていなかった？　突然インターネットポルノの映像が頭に浮かんだ。母さんがいつも言っている。「ウェブカメラを使うときは気をつけなさいよ。知らない間に怪しいサイトに飛んでいたり、盗み見られたり、脅迫されたりするんだから」

脅迫？　数人の女子生徒が、テレフォンセックスのセリフを録音して大金を稼いでいる。「あれは手っ取り早く稼ぐにはいいわね」とシタは言っていた。だけど十六歳以上じゃなきゃ働けないことが分かった。もしかしてシタは何か稼ぐ方法を見つけたんだろうか？　テレフォンセックスじゃなくてインターネット・セックスとか？　考えるだけで気分が悪くなった。

だからわたしはシタにウェブカメラで何をしているかをあえてたずねなかった。もうシタのことを全部知りたいとは思わなくなっていた。もしシタが知らない人に胸を見せたいんだったらそうすればいい。

「目を覚まして、ロット」わたしは自分につぶやいた。知らない人のわけないじゃない。

ふとザラが泣いていることに気づいた。何があったの？

「マジで悩んでるんだって」ザラはすすり泣いている。

「でも全然そんな必要ないわ」エヴィがびっくりして言う。

「あるのよ。手術を受けるつもり。クリニックで。ずっと貯金してきたんだ」

「成人しないとできないんじゃないか？」とフィンが聞く。

わたしは彼の袖を引っぱった。「何の話？」とささやく。

「脂肪吸引」フィンが手短に答える。

わたしはとたんに興味をもってザラを見た。

「年齢は関係ないよ。いろいろ調べまくったんだから」

「きみはおかしいよ」とフィンがまじめに言う。

「じゃあ見てよ」ザラは怒って言う。そしてセーターをピンと引っぱった。

「なんだ。ロットのおなかもそんな感じだよ」とフィン。

わたしはびっくりして座り直し、腹筋を引き締めた。誰かが笑いだした。

「おれらみたいな超硬い筋肉のマッチョになりたいわけ？」とボーが聞く。「よせよザラ、秘密を打ち明けてくれてよかった。これからはきみの悩みについて何だって話せるもんな。脂肪吸引は垂れ下がった赤ちゃんみたいなおなかをした、哀れな中年女性がするもんさ。きみみたいに美人の女の子がすることじゃない。ザラのヒップは学校じゃけっこう評判なんだよ」

みんな笑った。ザラも。すき間から風が吹きこむ。誰かが暖炉の火に薪を追加した。わたしはフィンに寄りかかる。小さなグラス一杯のポートワインで、わたしは身体が熱くなって声が大きくなっていた。

わたしは、シタとのもうひとつの秘密のことをちょっと考えた。わたしたちのキス。この秘密はほかのいろんなものの背後に、しっかりとしまい込まれている。シタがこのことをもう絶対誰にも言わないだろうということを、わたしはふいに確信した。

エヴィが自分の秘密を告白する。結婚するまで処女でいるつもりだって。本気だとは思えないけど、セックスのことを話すいいきっかけになった。男子たちはフィンも含めてみんな経験済みだ。わたしはそのことをもう知っていた——セーリングキャンプで二十二歳の女性と——またそのことを聞かされるなんておもしろくない。

「じゃあわたしね」わたしは会話をさえぎって叫んだ。「わたしの秘密は、来週からピルを飲むことよ。もう十五歳だし、そういうお年頃だから」たぶんポートワインも手伝って、たった今そう決めた。シタもフィンも驚いているみたいだ。

わたしはすぐに後悔した。「まだ秘密を話してないのは誰?」慌てて聞く。「フィンとダービットよ」とザラが言う。いつの間にかザラはダービットのひざに半分乗っている。ザラはもしかしてダービットを落としたいの？　ダービットに彼女がいるのかどうか知らないけど。

エヴィはボーにくっついていて、兄をのぞき見る。「お兄ちゃん？」

フィンは火を見つめてしばらく黙っていた。「誰も知らないことを聞きたい？　ボーみたいに」

「タイムをコンマ二、三秒縮めるために脂肪を吸引したとか？」

「ハハ、違うよ。そうじゃない。ちょっと……卑わいなこと」

「おお、いいね」とボーが言う。

シタは警告するようにこう言った。「言葉を選んだほうがいいわよ」

「わりと最近まで犬を飼ってたんだ」シタの忠告を気にせずにフィンは言う。

「ああ、ラッカーね」エヴィが乗ってくる。「とってもかわいかったの」

「ラッカーはいつもおれのベッドで寝てたんだ」フィンは淡々と続けた。ひとくちもポートワインを飲んでないけど、異様にキラキラした目はまるで酔っぱらってるみたい。あの会話のせいだろうか？　強い海風が吹く中を散歩したから？　わたしは彼から少し離れて座る。

「ラッカーは舐めることが大好きだった」

「何を？」ボーが聞く。

「目の前に差し出せば何でも舐めた。手とか。靴。それから……」

「イヤ！」驚いたことに真っ先にそれを理解したエヴィが叫んだ。

「父さんが死んですぐのころだった。エヴィも母さんも早々と寝て、夜は恐ろしいくらい静かだった。眠れなくて考え事をするとますます眠れなくて。で、夜になると犬がベッドにやって来て、誰も二階に来ないことは分かってたから、それでその……」

シタが笑いだした。そしてボー。ザラも。

だけど、わたしは一気に酔いがさめた。「ウソでしょ？」

フィンはよく分からない表情でわたしを見た。落ち込んでるの？　得意になってるの？

みんなはものすごくおもしろがって笑うけど、わたしはいきなり立ち上がってトイレへ行った。すごく長い間。

部屋に戻ろうとしたときシタが迎えに来た。「どこにいたの？　今夜最大の秘密を聞き逃したわよ。ダービットの」

「どんな秘密？」

「ゲイなんだって。バイかな。どっちにしても好きな男子がいるんだって」

わたしは肩をすくめる。「何のコメントもないよ」シタの肩越しに、ザラがダービットのひざに完全に座って、頭と頭をくっつけているのが見えた。その向こうでエヴィとボーが話し込んでいる。フィンは今も火を見つめている。彼はわたしを見ない。見たくないのかもしれない。

シタもザラとダービットを見ていた。「ホモを振り向かせるのって楽しいわよね」

「まるでシタが今までに……それでどうしたの？」

「ダービットはアスリートでしょう？」

「わたしにはフィンの秘密のほうがショックだよ」

シタはクスクス笑う。「今でもまだテレタビーズ（イギリスの幼児向けテレビ番組）が好きなの？」

「なんでテレタビーズなのよ?　わたしは犬にそんなことさせる男子とセックスなんてしないよ……」

「それで、まだピルは始めるつもり?」

「もうしない」わたしは急ぎ足で寝室に向かう。ほかのみんなはわたしに気づかなかった。

シタがついてくる。「そんな大げさに考えないで、ロット。フィンは誰も傷つけてないでしょう?」

「だけどいやらしいもん」

「そうかもね」

わたしはベッドに座って必死に涙をこらえる。

シタは超ミニのスリップみたいなナイトウエアに着替えはじめた。「何がそんなに嫌なの?」

「だってあまりにも変だもん」

わたしが涙をこらえている間、シタはスーツケースをかき回していた。「これを読んだほうがいいわ。リコのことだけど大丈夫?　怖がることないわ、犬との現場を押さえたわけじゃないから」

わたしは何も言わずに手を伸ばす。シタはこんなことを書いていた。


おかしなことって、一番よく覚えている。

あなたは言った。「歯は磨いちゃだめだ」って。あたしが目覚めたときだった。

だから起きぬけのあたしの息はにおったと思う。でもあなたはそれがいいって言う。なんておかしいの？　だけど、なんてすばらしいの！

（ロットにこれが理解できるかしら？　そうは思えないけど）

そしてあなたはあたしのガラスの目を撫でた。「かわいそうな目だ」あなたは言った。

「なんてたくさんのことを経験してきたんだ」

「とても醜いと思う？」あたしは聞いた。

「まさか」あなたは言う。

そしてあなたは指や口とかで、あたしが考えつくこともないようなとてもおかしなことをして、あたしはほかの男たちでは永遠に満たされなくなった。


わたしは日記を閉じる。「これは分かるよ。だけどフィンの話とは同じじゃないよ」

「何が分かるの？　ロットはフィンとどれくらいつき合ってるっていうの？」

「フィンのステキなところは、スポーツマンですごく感じがいいところだよ。騎士《ナイト》みたいで」

シタは髪にブラシを通したまま手を止める。「騎士みたい？」

「お父さんが亡くなったときにエヴィのめんどうを見たこととか。困難な状況でも何をすればいいのかいいつも分かってることとか。戦争になったらきっと抵抗運動に加わるような人だよ」

「もう、ロットってば」シタはかなり大げさに言う。「かわいそうな青年に、何をさせたいの？

ロットのスーパーロマンチックな頭の中じゃ、フィンは何者なの？　レオナルド・ディカプリオ？　エルフのレゴラス？」

わたしは黙って立ち上がりパジャマを着る。

ベッドに横になって毛布をかぶる。カビ臭さと同時に潮の香りがした。

シタがわたしのベッドの上の段にのぼる。

わたしはさえない声で言った。「もうフィンとはつき合わない」

シタは二段ベッドから顔をのぞかせる。「それならフィンのことを本気で好きじゃなかったのよ」

おかしいかもしれないけど、その一言でわたしはすごく楽になる。「そうだね」

暗くてよく見えなかったけど、〝シタスマイル〟で微笑んだように感じた。「フィンはロットのタイプじゃないわ」

シタの髪が天使みたいに垂れ下がっている。少し輝いてさえいるようだ。父さんはきっとそれが好きなんだろうな、そう思った瞬間に、そんなことを考えた自分が嫌になる。父さんがシタの何を好きだと思ったかなんて実際分からない。シタの胸かもしれない――だからシタはウェブカメラの前でセミヌードになったんだ。父さんはいつからそんな目でシタを見ていたんだろう？

だけどわたしはそんな考えを吹き飛ばした。シタがボーとエヴィのことを話しだして、わたしたちはふたりがひとつのベッドにいるところを想像する。エヴィはとても小さくてかわいらしくて、ボーはすっごく背が高くてマッチョ。「ボーっていい感じにお肌スベスベよね」とシタが言う。「ランナーってみんな、身体中の毛を剃ってるでしょ。バスルームに置いてるカミソリやバリカン見た？　それに女性用の除毛クリームも」シタは毛深い男性が苦手だから、感心している。毛深い女性も嫌いだ。小学生のころからシタは、きれいなブロンド色なのに脚の毛を剃っていた。

「もしかしたらボーはすっごく毛深いのかも」とわたしが言う。「だからクリームも置いてあるんだよ」

シタがオエッと吐くまねをしたのでわたしはこう言う。「ホビットみたいに、ボーはつま先まで毛むくじゃらかもよ」

「あたしはつま先っていうよりも……」シタがわざと途中でやめる。

「やだー！　想像しちゃったじゃない」

「ボーボー。だから毛の中を手探りで探し回らなきゃ……」シタはだんだん大きな声で笑いだす。

「手探り！　ボーのこと話してるんだよね？　あの背の高い？　ボーがそんな探さなきゃならないくらい小さいモノを持ってると思う？」

「うん、ちょっとホビットみたいなのをね」

「だけど、ホビットってけっこう大きな足をしてるから……」わたしはその先を続けようとしたけど、そんなの何の関係もない。シタがクスクス笑って、それがわたしに伝染する。涙が出るほど笑って、思いきり海岸を走ったときみたいに爽快だ。止まらないしやめたくない。会話が途切れそうになる度に、どちらからともなくホビットのセックスについてのばかばかしい解説を始める。

シタみたいに一緒に楽しく夜を過ごせる人なんてやっぱりいない。何もかも変わったけど、この瞬間が、シタとわたしが過ごしたすべての時間に加わる。だからそれは終わることがない。

死んだウサギ

母さんのジュースダイエットは冬の間中続いた。ポスおじさんも一緒にダイエットしてたから、家中が憂うつな雰囲気だった。

母さんはスリムになって、ようやく人気デザイナーの紫色のブーツを買うことができた。そして正式にラジオ局に就職した。母さんはこの新しい仕事がすごく気に入ったみたいで、それが言葉のあちこちに表れている。「このあいだわたしはスタジオで言ったのよ……」とか、「アンプの操作をもう一度わたしが……」それとかこんなことも。「クロストークをしたときに……」クロストーク！　何のことだかわたしにはさっぱり分からない。

そして家のこと。

「ほんとうに運河沿いの家なのよ」母さんは自信満々に言う。

でもちょっと風変わりな家だ。すごく狭くて奥行きがないから、各階に一部屋しかない。玄関を開けるとダイニングキッチンで、二階はリビング、三階に母さんの寝室とバスルームがある。わたしは屋根裏部屋で寝る。

猫みたいに全部の屋根を見渡せるから、わたしはこの家を気に入った。高いところって気持ちがいい。タワールームだ。

「じゃあこの家を買いましょう」と母さん。

そして買った。

ヘラルドがバラの花束とシャンパンを持って、新居にやってきた。母さんはシャンパンを家に投げつけて粉々にした。「洗礼よ」母さんは、悲しそうな顔をしている不動産業者に向かって言った。母さんと一緒に飲みたかったんだろうに。

「で、誰がこの家の代金を出すの？」わたしは聞いた。

「おじいさんよ」と母さんが言う。

「でも亡くなってるよ」

母さんがスペインに住んでいるかぎり遺産を相続させないっていう遺言を、おじいさんが残していたことをそのとき知った。母さんがオランダに戻って働きながら暮らす場合にかぎって、お金をもらえることになっていたのだ。

「あなたのおじいさんはわたしに才能を発揮してほしかったの。ちゃんとした仕事を持って。スペインでのアドベンチャーを――おじいさんはそう言っていたわ――本気にしてなかったのよ」

「母さんはそれを受け入れたんだ！」不機嫌な怒りを爆発させるには十分だった。「なんて汚いお金なの！　何がアドベンチャーよ！」

母さんは肩をすくめる。「だけど、そのお金で運河沿いの家を買ったんじゃない」

「じゃあ父さんはどうするの？」

母さんはきちんと座り直す。「あのね、ロット。実をいうとわたしたちは、もうずいぶん長い間うまくいってなかったの。わたしはリコのために闘ったこともあったし、それほど彼を求めていたわ。だけどスペインに行ってからは闘う相手がいなくなった。分かるかしら？　そして彼を手に入れた。しばらくするとおじいさんの言うことは正しいかもしれないと気づいたの。ああ、怒らないで。父さんと母さんは性格が違い過ぎて、それは父さんも感じていたの。好きなものはまったく違うし、彼はわたしのことをとても扱いにくく感じていたわ。そしてわたしは……なんて言ったらいいかしら？　あのね、彼はわたしを〝ハニー〟とは決して呼ばなかったわ」

「え？」

「〝ダーリン〟とか、そういうふうには」

母さんはわたしがよく分かってないと思ったみたいで、こう言った。「それにセックスも……」

「母さーん！　そこまで知らなくていいよ」

「でもロットが聞いたのよ……」

もう放っておいて。わたしは自分の生活で手いっぱいだ。

まずフィンのこと。わたしは今彼と同じジムで、時間帯は違うけどトレーニングしている。ときどき大会を見に行くけど、スタンドの隅で見てるだけ。別荘から帰ってきてから、わたしたちはエヴィがいるときしか話していない。

最近フィンがメッセージを送ってきた。「いつかきみの名にちなんで惑星や星が名づけられるだろう。そうでなきゃ、おれがそうしてあげるよ」

どういう意味だろう。まだ気があるのかな？

そのことをじっくり考えたいけど、試験やらテストやらでわたしはすごく忙しい。五月の休みにはたぶん時間がある。そのときわたしたちは父さんに会いに行くんだ。

母さんは飛行機のチケットを、ノアやシタの分まで買った。

「おじさんとおばさんはいいって？」わたしはシタにたずねた。

「あたしがスペインに行くのを禁止することなんてできないわよ」とシタは激しく言う。「ずっとそこで生きてきたんだから。マリア・デル・マールの妹の初聖体のお祝いに呼ばれたじゃない、とても大事な行事だもの。それに馬たちに会いに行かなくちゃ」

「だけどどうしておじさんとおばさんは行かないの？」

「分かるでしょ、時間がないのよ。父さんはアムステルダムよりロンドンにいることが多いし」

「シルヴィーおばさんは心配じゃないのかな、シタが……」自分でも気にしていることを聞くのって複雑だ。

「母さんが最近口うるさく言うのは、タバコと帰宅が遅いことや化粧が濃いことだけよ。コートのポケットに入れてたコンドームの箱を、母さんに見つけられたこと話したかしら？　あーあ、また三週間お小遣いなしよ。そんなことして何の役に立つっていうのよね？　あたしのコートのポケットを探し回るなんて、よくそんなことするわよね？」

「なんでコンドームを持ってたの？」

「なんでだと思う？」

わたしは、シタが話題を変えたことを見過ごさなかった。「じゃあおじさんとおばさんはほんとうに……終わったと思ってるの？」

「ラッキーなことにね」

「ほんとうに終わったの？」

「ロット、リコとあたしはただの仲のいい友だちよ」

だけどシタの日記には全然違うことが書いてあった。わたしが日記を読めるように、シタはわざとわたしの部屋に日記を置いていったようだ。

ポスおじさんが好きなミュージカルソング。〈だけどトラたちは夜にやって来る……雷のように穏やかな声を響かせて……〉

このトラは母さんのことみたい。

母さんはあたしのタンスを整理していた。服をきっちりと積み重ねて、色分けして……こんなこと母さんにしかできない。そしてあらゆるものを捨てた。お気に入りのワンピース「もう着られないでしょ」、ドット柄のスカート「子どもっぽいわ」、そしてパンティの半数「ちゃんとしたパンティをはかなくちゃ」ということらしい。

あたしはベッドに座って関心のないふりをしていた。

「ほんとうに罪だと思うわ」母さんは唐突に話しはじめた。何の前触れもなく。「初体

験は一度しかないのよ。なんであんな中年男なんかと？」

それは質問なんかじゃなかった。母さんは容赦なく続けた。リコ、あなたのことを中年だとか、そうでなくてもすぐに老けるだろうとか言うの。あなたに白髪があることをあたしは知らないのかって。昼寝を始めたことも。「昼寝」って昼寝《シエスタ》よりもずっとおじさんっぽく聞こえる。あなたが老眼鏡を持ってることとか、「法外だ」みたいな古臭い言葉を使うって言うの。

「中年男が若い女に興味を抱くように、彼はあなたをつまみ食いしたのよ」母さんはそうも言った。

それにあたしくらいの年の子なら誰だって選べたはずですって。あたしは自分で自分を台無しにしたのだから、母さんにはどうすることもできない。自分でまいた種は自分で刈らなきゃいけないって。

「母さんにはとてもステキな夫がいるものね」あたしは母さんに噛みついた。

だけど母さんは、まるであたしに同情するような、とてもおかしな顔をして静かにこう言った。「父さんが母さんにとって初めての人だと本気で思ってないでしょう？」そしてタンスのほうに身をかがめながら、「父さんがたったひとりの人だなんて」というようなことをつぶやいた。

あたしは、何を考えていたのか分からなくなった。今考えてることも分からない。

もう何も理解できないわ。

夜はあなたのことを考えながら眠りにつく。あなたの手、あなたの指。あたしが猫のように身体をよじるまで、パンをこねるようにあたしに触れて、とても優しく愛撫する……あたしは裸で自分の手をあなたの手に重ねる。あたしのベッドは熱くて汗ばんで湿っていて……。そして突然、あらゆる気持ちよさが吹き飛んで、あたしは恥ずかしいという感情の波に飲まれて、辺りは真っ暗になる。

昼間はその感情はなくなる。あたしは、隠れられるための場所がほしいだけ。あなたのことを静かに、欲望とともに思いたいだけ。トラのいないところで。


シタはもうずいぶん父さんのことを話題にしていない。シタは毎週通っているパラディソで、ある男子と知り合った。ときどきわたしも一緒に行く。十六歳以上じゃないと入れないけど、たいていは通してくれる。あのアルコールなしの若者パーティーほど気取った感じはしない。念のためにわたしは母さんにたずねた。「母さん、シタが一緒にスペインに行ってもほんとうにいいんだね?」

母さんは首を振ってちょっと固い声で言う。「起こったことは元に戻せないわ」

どう解釈したらいいんだろう?

★★★

空港で聞こえてくるのは慣れ親しんだスペイン語だ。これぞスペインって感じのクリアな青空。そこら中から揚げた食べ物のにおいがする。

ただいま。

父さん。

わたしはほんとうにそうできると信じていた。以前と変わらない父さんに会えるはず。シルヴィーおばさんみたいに何かを消してしまうトリックを使えば。アブラカダブラ、すべてが再びうまくいっていたころのようになれ。

ポスおじさんによると「アブラカダブラ」はどこかの国の古代語で「この言葉のようになくなってしまえ」という意味らしい。

だけど言葉ってほんとうに残るものだ。父さんを空港の到着ロビーで見つけたとき、頭の中ではシタの日記に書かれていた言葉がブクブクと泡立っていた。

今日は人生最悪の日よ。あなたと別れなきゃいけないなんて。あたしは駆け落ちしようかと真剣に考えた。あたしたち家族は車で出発した。二千二百キロメートルもの間、両親や弟と車に押し込められていた。もう気がくるいそうだった。

ロットとアンネケおばさんはすでにきのう飛行機で飛び立った。アンネケおばさんは――ロットの母さんは急いでいた。何か気づいたみたい。

あたしは一晩中眠れなかった。今朝とても早い時間にレストランへ逃げ込んだ。

あなたの腕に飛び込む。

「ぼくの女の子。かわいい女の子」

あたしは泣きっぱなしだった。「あなたのそばにいたい」

あなたはこんなことを言った。「今は、ダメだ。ストップだ、できないよ。分かるだろう」

あなたは思慮深くて分別のあるふりをするつもりだったんでしょう。でもあたしはそんなのまっぴらごめんよ。無邪気なキスにあたしは舌で応える。あなたに爪を立てて抱きつき、あなたのズボンを引っぱった。なにがストップよ……あなたの身体は違うことを言ってるわ、ほら！

あなたは息を荒くして言う。「待て。ここではやめよう」

あたしを小包のように抱き上げて、スタジオのドアを蹴り開けた。鍵をかけて大音量で音楽を流す。あたしたちの曲、ＣＤはステレオに入れたままだった。〈風は荒れくるう、風は荒れくるう……〉

あたしはとても怒ってるのか、大好きなのか、どっちにしろ、あなたを食いちぎるようなバンパイアセックスがしたい。荒っぽくて血まみれになるような。

あなたは信じないかもしれないけど、今までで最高だった！　今でも、これを書きながら感じられる。サウナのあと冷たい水風呂に浸かったみたいに身体中ひりひりする。

女性はバニラセックスというのが好きだと最近何かで読んだ。そうかしら？　あたしはチリペッパーや、クローブ、クミンがいい。ほんとに燃えるようなのが。あたしは唸るような悲鳴のような、変な声を出しているけど、かまわない。机の上のCDは床にバラバラと落ちて、テーブルがあたしの背中に容赦なく食い込む。

レストランの遠くのほうで、母さんがあたしを呼ぶのが聞こえる。コメディ映画みたい。ハーイ、母さん、あたしはここよ、あなたの娘は、ドアの向こうで隣人の男と暴れてるわ。

二千二百キロメートルの距離はとても耐えられない気がする。あたしはこれがしたかった。どんな痛みでも激しい喪失感よりはずっといいわ。この空っぽな感じ。

「きみが十八歳になったら結婚しよう」

あなたの弱さがそう言わせたことは分かっている。

でも今はその言葉があたしの救い。

父さんは痩せて小さくなったように見える。それに……少したって気づいた。そわそわしている。こんな父さん見たことない。

「リコおじさん!」ノアが父さんの腕に飛びついて放さない。

ノアの頭越しに父さんとわたしはお互いを見る。「久しぶり、父さん」

「やあ、ロット。大きくなったな」

昔わたしの成長を確かめるときによくやったみたいに、父さんは腕を伸ばしてわたしの頭に手を置こうとした。だけど、わたしが身体をすくめたので、さっと手を引っ込めた。

シタの言葉がまだ頭の中でぐるぐる回っている。あまりにも刺激的で、服の下は汗ばんでいる。自分の父親のこととして受け入れられる？　考えないようにしようとすればするほど、言葉が頭の中に入り込んでくる。わたしはほとんど赤面して、はっとして向こうを向いた。

「こんにちは、リコ」母さんが前に出る。堂々たるカムバックだ。母さんは輝いている。この日のためにいろんなことをしたんだ。ダイエット、新品の服、ラジオパーソナリティーらしい雰囲気作り。

「見違えたよ」父さんが母さんに言う。「オランダがほんとうに合ってるんだな」

「そうね。想像もしなかったでしょう？」母さんは軽やかに言う。「車はどこに止めたの？」すべてがすごく自然だ。見事なまでに。

ノアはまるで自分の父親にするみたいに、まだ父さんの腕にぶら下がっている。母さんがスーツケースをカートに載せはじめた。

父さんはわたしを通り越して、黙ってそこに立っているシタを見ている。ぎこちない作り笑いを浮かべた。「やあ、シタ」

わたしは振り返った。シタは今にも泣き出しそうだ。下唇をすぼめてスーツケースの取っ手をいじっている。「こんにちは」シタがかろうじて言う。

はっきり言って、シタはまだ子どもなんだと思う。

そしてわたしたちは黙って出口に向かった。

オリーブの木が茂る丘。

ほこりをかぶったような色だ。茶色っぽい色と、オリーブの緑色と、まばらに見える褪《あ》せた黄色。

なつかしい白壁の村々。この場所。

何もかもまったく同じだ。

母さんは会話を続けようとがんばっている。助手席で父さんの隣に座って、以前とほとんど変わらない。ほぼ。

後部座席にはシタとわたしの間にノアが座っている。「リコおじさん、ぼくたち前の家で寝られるの?」

「いや、それはできないんだ。ヨガファームは会議《カンファレンス》のために貸している。ノアはぼくの部屋で寝ることになるけど、いいかな?」

「じゃあアンネケおばさんは?」

「客室で寝るんだ」

「へえ」とノアが言う。「じゃあプールも使っちゃだめなの?」

「ああ、今はほかの人が使っているんだ。水もまだちょっと冷たいしね。乗馬はできるよ。それに今週末はサン・イシドロ祭だ。楽しみだろう?」

「へえ」もう一度ノアは言った。

ずねる。

「サン・イシドロ祭でまたパエリアを作るの?」わたしは自分でもわざとらしく聞こえる声でた

「もちろん、どうしてだい?」

太陽がゆっくりと傾いていき、赤くなった。母さんは夕日についてお決まりの格言を少なくとも四つ語ったあとで、ようやく口を閉じた。シタはずっと黙って目の前の一点を見つめている。何が「ただの仲のいい友だち」なのよ? 誰をからかってるんだろう?

わたしたちはみんな黒いフロントガラスを見つめている。スペインの夜道がどんなに暗いかを忘れていた。道路には街灯がひとつもない。対向車もほとんどない。家は少なくて、ときどきガソリンスタンドがひっそりと建っている。

そしてそれは起こった。

かわいらしい映画みたいだった。茂みの中から野ウサギらしき大きなウサギが道路に飛び出した。後ろ足で立ち、耳をピンと立てて車を見ている。ウサギとヘッドライト。よく言われる話はほんとうだった。ウサギは一歩も動かない。

あっという間のできごとだった。

「見て、ウサギだよ」わたしが真っ先に叫んだ。

「危ない!」母さんが叫ぶ。

「リコおじさん、止まって!」ノアが悲鳴を上げる。

父さんは一気にハンドルを切ったけど、遅かった。

ドスンという鈍い音がして、車がちょっと飛び上がった。そして衝撃は消えた。

「ストーップ！」ノアが金切り声を上げる。こんなに大声で叫ぶノアを初めて見た。父さんは自動的にブレーキを踏んだ。バックミラーを見ている。

「死んだの？」母さんがショックを受けたような声で聞く。

父さんはうなずく。

わたしもすごくショックだった。「殺したんだ」と叫ぶ。

「父さんにはどうすることも……」と母さんが言いかける。

「いいんだ」父さんは落ち込んだ声で言う。

「土に埋めてやらなくていいかしら？」

父さんは黙って首を振る。

「それとも生きて……」母さんもバックミラーをのぞく。「ああ、なんてこと」

ノアはまだ甲高くて大きな声で叫んでいて、シタを見ると頬に涙が伝っていた。わたしはというと、泣きたいのか怒りたいのか、父さんみたいに落ち込んだらいいのか、分からない。父さんはこぶしが白くなるくらいハンドルを握りしめている。

わたしが間違っていた。昔と変わらないものなんて何もないんだ。映画はぱったりと止まっている。次に何が起こるかなんて誰にも分からない。

★★★

マリア・デル・マールはシタを見てから父さん、そしてまたシタを見つめた。「何があったの？《ケ・パソ？》」とたずねる。

「人生よ《パソ・ラ・ビダ》」シタがあっさりと答える。人生。人生という出来事が起こったってことなんだ。

「ふたりともすごく背が高くなったわね」マリア・デル・マールは歯の矯正器具のせいで舌足らずだった。「すっかり都会の女性ね」マリアは、卒業したら秘書養成学校に進むことをわたしにそっと耳打ちした。新しいフラメンコ衣装を持ってるっていうけど、わたし見たことなかったっけ？　おばあさんと一緒に自分で作っていたような。それからペペに新しい彼女ができたことを知った。ロマの女子かな？

わたしは何度も何度もうなずいた。

まるでスペインの思い出の全部が、今この瞬間にこの場所で――サン・イシドロを祀《まつ》っている小さな教会に集まって、ひとかたまりになったみたい。聖行列《プロセシオン》と呼ばれる、野原を縫って進む単調なパレード。ちょっと寒過ぎて、ちょっと青過ぎる空。

「今はどうなの？」マリア・デル・マールがたずねる。

シタは肩をすくめ、マリアはシタから父さんへと視線を移す。父さんは大きなパエリア鍋の前に立っている。「おじさん、そのせいでしわができたみたいよ」

「似合ってるじゃない」シタがつぶやく。

わたしは突然理解した。「え？」シタに向かって言う。「マリア・デル・マールは知ってたの？

ふたりのことを？」わたしはびっくりし過ぎて急にオランダ語で話しだす。

「マリアはあたしたちを見たのよ」シタが小さな声で言う。

「いつ？」

「移動遊園地《フェリア》のとき。あたしを探してたの。ちょうど帰ろうとしたとき……マリアがそこに立ってることに気づいたの。あたしを、あたしたちを見てたわ」

「それでマリアは何も言わなかったの？　わたしにも？」わたしは怒ってマリアを見たけど、髪をいじるふりをしてそこに立っている。

「怒らないでよ、ロット」とシタが言う。「自分だってきっと同じことをしたわよ」

「そうかな？」

「ええ、もちろんよ。女の子同士じゃない。この手の秘密は言いふらさないでしょう？　たとえそれをよく思わなくっても……」

「マリアは嫌な思いをしたと思う。それははっきり分かるよ」

「それでも黙ってる。そういうものよ」

「それでシタは？　マリアと鉢合わせして恥ずかしくなかった？」

「そんなこと考えてなかったわ」とシタは言う。「後悔とかもなかったわ。あたしはただ恋愛で頭がいっぱいだったの」そう言うとちょっと視線をそらしたけど、わたしはなんて言ったらいいのか分からない。

すべてのことが、少しずつ明らかになっていく。

向こうのほうでフラメンコをやっている。マリア・デル・マールはほっとしたようにそちらへ歩いていった。シタとわたしも人の波に流されていく。

「母さん、一緒に来ない？」母さんは教会の前の踏み石に座り、美容師のロシオの母さんと話している。わたしに手を振って断った。母さんはこういうお祭りがほんとうはあまり好きじゃない。そのわりによくがんばっている。

母さんの後ろに、花冠で飾られた輝くようなサン・イシドロの像がテーブルに置かれているのが見えた。ずっと忙しそうに行ったり来たりしている男の子がいる。それがノアだと今気づいた。何をしているんだろう？　すぐに分かった。地面に落ちた花を集めて、像の足元にていねいに置いているんだ。赤い花は赤い花と一緒に、白は白同士、黄色は黄色と。そよ風が吹くたびにもっと多くの花が床に落ちる。数人のおばあちゃんたちが笑いながらその様子を見ている。

わたしたちは酔っぱらった農夫たちがいるカウンターや、鉄板の上でジュージュー言ってるソーセージや、パエリアを作るときのちくちくするような煙を越えてどんどん歩いていく。

「ちょっと待って」とシタが言う。

シタは父さんのところへ向かって行く。何をするの？

なんだ、タバコだ。父さんがタバコに火をつけてあげて、シタが火のほうへ身をかがめたとき、シタはちょっと長すぎるくらいに父さんの手に触れていた。

それから赤い頬をしてわたしの隣に戻ってきた。ああ、まだ終わってないんだ。

「そんなふうに見ないでよ」とシタが言う。「アレグリアを踊ってるわよ、見える?」シタの足が自然にステップを踏む。

わたしたちは髪に花を挿してドット柄のイヤリングをした女性たちを見ている。音楽は記憶にあるよりも調子外れだ。

それはまるで昔お気に入りだったセーターを見つけたときみたいだった。それを着ていたときどんな感じがしたかを急に思い出す。でも今着てみると、小さくなっている。ちょっと毛玉ができていたりして古い。

ドット柄のイヤリングは、黒髪に挿している花と同じプラスチック製だ。ほとんどの女たちはけっこういい歳で、髪を染めている。でこぼこで石だらけの地面でステップを踏むから、ときどきバランスを崩している。

「シタがスペインのことを話してるときに言ってたことが今分かったよ」とわたしはシタに向かって言う。

「何が?」シタはちゃんと聞いてない。ずっと静かにステップを踏んでいる。

「実際は何もかもがものさびしいんだね。ちょっと荒れているし」

シタが相変わらず何も言わないから、わたしはさらに続けた。「観光だったらもちろん楽しいんだけど。どこか古くてずれてるんだ、ちょうどこの音楽みたいに。それってそんなにステキじゃないよね? わたしたちはもう観光客だと思う? スペインを観光するアムステルダムの人なのかな?」

「やめてロット」とシタが言う。

わたしはシタの横顔をじっと見る。「何を?」

「ロットはいつもそうやって空想をくり広げるんだから」

「わたしが?」

「そうよ、あたしたちの遊びもそう。エルフごっこに夜中の怖い話……全部ロットの作り話」

そうだろうか? ステージを見ている人々の大きな輪の中に立っていると、スペインのあらゆるものが、古い写真集をめくるみたいにわたしの目の前を通り過ぎていく。太陽の下で笑う子どもたちの声が聞こえるようだ。

シタとわたし。ヨガファーム、馬、エルフ、オレンジの木。

〈あのころ、オレンジ畑の君をどんなに愛していただろう〉

シタと父さん。

そしてまたシタとわたし。

「わたしの一番美しい羽根」わたしはいきなり切りだした。

シタは驚いたようにわたしを見た。

「カケスの羽根。わたし、突然なくしたんだ」

「そうなの?」

「シタ、持ってなかった?」

酔っぱらった農夫がわたしたちにぶつかった。シタは農夫を脇にそっと押し返す。

シタは、わたしがどの羽根のことを言っているのか分かってるはずだ。「それがどうかしたの?」とシタが聞く。

もしかしてほんとうに分かっていないのかもしれない。わたしたち、もうリセットボタンを押さなくちゃ。シタのしたことは不愉快で嫌なことだし、いまだに理解できない。だけどわたしはシタを失いたくない。

「あたしはロットを失いたくないの」わたしが思ったのと同じタイミングで、シタが言った。シタはわたしを長いこと見ていた。シタは、ガラスの目を誰かに見つめられることを嫌がって、めったにこんなことはしない。

そう考えながらわたしはついガラスの目を見つめる。

「わたしにはすごい空想力があって、それはすばらしいことなんだ」とわたしは言う。わたしはシタにもう一度言ってほしい。

シタは肩をすくめる。すごく小さく見える。口元にあの〝シタスマイル〟はなく、顔はほとんどノーメイクで、春の冷たい日差しの中で青白く見える。

「ロットからそれを取ったらほとんど何も残らないわよ」とシタは言う。

それはすごく悲しいことみたいに聞こえた。

ほんとうは自分についてもっと何かいいことを言ってほしかったんだけど。

「フィンが、わたしは誠実だって言ったんだ」わたしは独り言みたいに言う。

「その通りよ」とシタが静かに言う。「それにかわいいわ」ふとシタが笑う。「少なくともロットがその気になればね」

それからシタはさっと向きを変えて、想像上のショールを身体に巻きつける。あごは誇り高く上を向き、足はギターのリズムに合わせてずっと動いている。

何人かが振り向いて、自然に空間ができる。フラメンコのスカートをはいてなくても、扇子や花の髪飾りがなくても、シタが金髪だということを忘れてしまう。シタはそんなふうに踊る。

そして父さんも遠くからシタを見ていることに気づいた。シタもそれに気づいた。どうやって――それは正確には言い表せない。今シタはほんのちょっとだけ父さんのほうを向いて踊っているみたい。フラメンコらしく、力強く、挑戦的に。見た人は、シタを賞賛するに違いない。

父さんの顔は青白い。巨大なパエリアの火の煙が父さんの周りに漂っているせいだろうけど。寝転んで父さんの胸に頭をもたせかけながら星を見ていたのは、遠い昔のことのように思える。

物事はなんて不思議な方向へ進むのだろう。音楽評論家を続けたかった父さんは、母さんが望んだからスペインに来なければならなかったのに。母さんは今じゃオランダのラジオ局で働いて運河沿いの家に住み、デザイナーブーツをはいたおしゃれな女性だ。父さんはスペインのレストランがあるから、きっと残りの人生をここで過ごす。

父さんに背を向けると、そこにシタがいた。わたしの大好きなシタが。

著者付記

本書には、私と親友がともに十四歳だったときに書いた日記の一部を加筆して使用しました。出版に際し、ご尽力いただいたすべての皆さまに御礼申し上げます。なお、物語はすべて私の解釈によるものです。

ミロとエステル、ジャックへ
そして迷えるラウラへ

二〇一一年から二〇一二年、モンテフリオにて

アナ・ファン・プラーハ

訳者あとがき

本書の著者のアナ・ファン・プラーハさんはアムステルダム生まれのオランダ人ですが、大の旅好きで冒険家の夫と三人の娘たちとで世界中を回っています。二〇〇七年からの二年間は、ランドローバー・ディフェンダーに乗りアフリカと中東を旅しました。その後スペイン南部のグラナダ近郊の、オリーブの木が茂る山の中に六年間住んでおり、スペイン滞在中の二〇一二年に本書が生まれたのです。

主人公のロットは十四歳で、スペインに住むオランダ人の少女です。乗馬と『ロード・オブ・ザ・リング』のエルフ族に扮して遊ぶのが大好きな活発な女の子ですが、一番好きなのは幼なじみで親友のシタです。シタもロット同様、一家でオランダからスペインに移住しました。スペインの大自然に抱かれて姉妹同然に育ち、お互いの考えていることは目を見れば分かり合えるほどの仲良しです。そんなふたりの家族に経済的な問題が立ちはだかります。シタの家族はオランダに帰国することを決め、ロットの両親も今後どうするかでもめてしまいます。このころからふたりは少しずつすれ違い、ロットはシタの考えていることが分からなくなります。そしてシタの日記を盗み読み、シタの大きな秘密を知ってしまうのです。これはロットとシタの友情を軸に、ロットの成長を描いた物語です。

はじめて本書を読んだとき、性の描写の過激さに少なからず衝撃を受けましたが、読み進むにつれて十代の少女たちのときに残酷なまでの素直な思いやみずみずしい感性に、どんどん引き込まれていきました。例えばロットは少しわがままなところがあり、思い通りにならないと気がすまず、シタを振り回したり、問い詰めたり束縛しようとしたりします。シタはそんなロットの気持ちを分かっていながら、ひとりにさせてほしいとか、もっと現実を見るべきだなどと言い放ち、たびたび衝突します。そして、シタの秘密を知ったロットはシタを激しくののしり、手を出してしまうほど感情をむき出しにするのです。しかしフィンと出会って恋する気持ちを分かりはじめます。ポスおじさんの存在も大きく、重要な役割を担っています。よき理解者であるおじさんと話をするうちにかたくなだったロットの心が少しずつほぐれていきます。友情や恋愛、性への関心、家族関係に揺れながら成長していく思春期の少女たちの思いが鮮烈に感じられます。

ロットの目を通して描かれるスペインとオランダの対比もすばらしく、スペインでは星空の下で食事をしながら星について語らいますが、オランダでは星はおろか月さえも厚い雲に覆われて見えないことがあります。遊び方もスペインでは草原で乗馬、オランダでは屋内でダンスパーティーと対照的です。

この大胆さと緻密さをあわせ持った物語を読まれた皆様は、どんな感想を持たれたでしょうか。ヨーロッパ諸国では成人年齢は十八歳です。また、人と会ったときや別れ際には抱き合って頬にキスをします。あいさつにお辞儀をしたりせいぜい握手をしたりするていどの日本人と違って、スキンシップに抵抗がありません。オランダやスペインの法律では性的同意年齢は十六歳と定められ、オランダ人の初体験は平均十六、七歳です。本書のストーリーは、その過激さもありオランダの読者に大きな議論を引き起こしました。様々に考えさせられるテーマを含んでいますが、大ファンになった読者もたくさんいます。親友が離れていってさびしがっているロットに共感して何度も繰り返し読んだとか、人を好きになるって苦しいけど素敵なことなんだと思ったとか、これまでの作品の中で一番よかったなどの声が寄せられ、続編を望む声も上がっています。

ここで著者についてもう少し触れたいと思います。一九六七年生まれのアナさんが子どものころに住んでいた家の壁は本で埋め尽くされており、両親がそれらを読み聞かせてくれたそうです。小学生のころから物語を書くのが好きで、ベッドの周りに登場人物やプロットを書いたメモを置き、毎晩ベッドの中で物語を書いてから眠っていました。アストリッド・リンドグレーンは好きな作家のひとりで、この本の中でも大事な場面に『長くつ下のピッピ』や『はるかな国の兄弟』が登場するのもうなずけます。また、大の旅好きだと先に述べましたが、他の作品もヨーロッパ諸国はもちろん様々な国が物語の舞台になっています。

アナさんが住んでみたい国のひとつがブラジルとのことです。奇遇にも私は彼女と同年代で、現在ブラジルに住んでいます。ブラジルは多民族国家で、世界最大の日系人居住地ですが、オランダ移民が作った町もあります。ブラジル人を一言で表すことは難しいですが、オランダやスペイン同様、おしゃれや恋愛などロマンチックなことに夢中な女の子が多いように思います。メイクに関心が高くお姫様が大好きで、街中では事あるごとにお姫様のようなひらひらのドレスを着た女の子を見かけます。そして、女性は十五歳の誕生日を盛大に祝います。社交界デビューの名残らしく、ウエディングドレスのようなたっぷりとしたドレスを着て、大きな会場で行われる舞踏会に参加します。結婚披露宴さながらの、もしかするとそれ以上に注目される一大イベントです。どの国にもロットやシタのような少女たちはいるものだと思います。

本書の翻訳のお話をいただいたのは、ブラジルへの転居を翌月に控えたある日のことでした。十二時間の時差があり昼夜逆転の日本とブラジルではご迷惑をおかけするばかりですし、それまでは実務翻訳がメインの仕事でしたので、お断りしようと思いました。しかし、子どものころ月に一冊刊行される「世界文学全集」を毎月楽しみにし、そのころからわたしも外国の物語を翻訳したいと夢見ていたこともあり、お引き受けいたしました。あれから三年余り。ついに夢がかないました。わたしが二〇一一年にフランダース文学翻訳セミナーに参加した際に、講師だった翻訳家の野坂悦子さんが今回のお話を持ち掛けてくださいました。この場をお借りしてあらためて御礼申し上げます。また、経験の浅いわたしを懇切丁寧にご指導くださり手取り足取りアドバイスをしてくださいました西村書店の皆様、本書の出版に携わってくださった皆様に厚く御礼申し上げます。

二〇一六年五月

板屋嘉代子

本書に登場する曲

「オレンジフィールド」ヴァン・モリソン　「Orangefield」Van Morrison

「スメルズ・ライク・ティーン・スピリット」ニルヴァーナ　「Smells Like Teen Spirit」Nirvana

「パッショネイト・レインドロップス」スティーヴィー・ワンダー　「Passionate Raindrops」Stevie Wonder

「可愛いアイシャ」スティーヴィー・ワンダー　「Isn't She Lovely」Stevie Wonder

「野性の息吹き」デヴィッド・ボウイ　「Wild Is The Wind」David Bowie

「狂人は心に」ピンク・フロイド　「Brain Damage」Pink Floyd

「ロケット・ラヴ」スティーヴィー・ワンダー　「Rocket Love」Stevie Wonder

「永遠の誓い」スティーヴィー・ワンダー　「As」Stevie Wonder

「星に祈りを」ローズ・ロイス　「Wishing On A Star」Rose Royce

「マイ・ハート・ウィル・ゴー・オン」セリーヌ・ディオン　「My Heart Will Go On」Celine Dion

「The Big Smurfout（ザ・ビッグ・スマーフアウト）」De Jeugd van Tegenwoordig（デ・ユーフド・ファン・テーヘンウォールダハ）

「Als Een Zomer Voorbij（過ぎ行く夏のように）」Nick & Simon（ニック＆シモン）

「Ik Zou Je Het Liefste In een Doosje Willen Doen（きみを箱の中に閉じ込めてしまいたい）」Donald Jones（ドナルド・ジョーンズ）

「夢やぶれて」ミュージカル『レ・ミゼラブル』より　「I Dreamed A Dream」

「Als Je Weet Wat Liefde Is（愛が何かを知れば）」テレビシリーズ『海賊シル』より

アナ・ファン・プラーハ　Anna van Praag
1967年オランダ、アムステルダム生まれ。作家、ジャーナリスト。冒険家の夫と3人の娘とともに世界中を旅して回る傍ら、児童書およびヤングアダルト向けの作品を20作以上執筆。本書が初邦訳となる。2003年、3部作の第1巻として刊行された『De tocht naar het vuurpaleis（火の王宮への旅）』がデビュー作。他に『Een heel bijzonder meisje（とても風変わりな女の子）』がある（いずれも未邦訳）。アムステルダム在住。

板屋嘉代子（いたや・かよこ）
1967年大阪生まれ。国際外語専門学校英語ビジネス本科卒業。海運会社勤務を経て、1995年から2001年までベルギーのアントワープに滞在する。帰国後フリーランスでオランダ語の実務翻訳に従事する。2010年および2011年に、公益財団法人フランダースセンター主催のフランダース文学翻訳セミナーに参加。訳書に現代ベルギー小説アンソロジー『フランダースの声』所収のアンネ・プロヴォースト「一発の銃弾」（松籟社）がある。

シタとロット　ふたりの秘密
2016年6月25日　初版第1刷発行

著　者＊アナ・ファン・プラーハ
訳　者＊板屋嘉代子
発行者＊西村正徳
発行所＊西村書店 東京出版編集部
〒102-0071 東京都千代田区富士見2-4-6
Tel.03-3239-7671　Fax.03-3239-7622
www.nishimurashoten.co.jp

印刷・製本＊中央精版印刷株式会社
ISBN978-4-89013-752-7　C0097　NDC949

トペリウス賞受賞作家による
北欧発 メルヘン&サスペンス&ミステリー!

ルミッキ〈全3巻〉

ルミッキはフィンランド語で「白雪姫」のことです。

S・シムッカ[著] 古市真由美[訳]

四六判・216〜304頁 ●各1200円

第1巻 血のように赤く

しなやかな肉体と明晰な頭脳をもつ少女、ルミッキ。高校の暗室で血の札束を目撃し、犯罪事件に巻き込まれた彼女は、白雪姫の姿で仮装パーティーに潜入する。

第2巻 雪のように白く

旅先でルミッキは「腹違いの姉」を名乗る女性ゼレンカに出会い、幼い頃の悪夢に再び悩まされるようになる。彼女の〈家族〉に関わるうちに、カルト集団の邪悪な企みに気づく。

第3巻 黒檀《こくたん》のように黒く

高校で「白雪姫」を現代版にアレンジした劇を演じることになったルミッキに、不気味な手紙が届き始める。差出人は一体誰なのか? ルミッキの過去の秘密もついに明らかになる!

スウェーデン発、映画化された大ベストセラー!

窓から逃げた100歳老人

J・ヨナソン[著] 柳瀬尚紀[訳]

四六判・416頁●1500円

100歳の誕生日に老人ホームからスリッパで逃げ出したアランの珍道中と100年の世界史が交差するアドベンチャー・コメディ。

◆2015年**本屋大賞** 翻訳小説部門 **第3位!**

鬼才ヨナソンが放つ個性的キャラクター満載の大活劇!

国を救った数学少女

J・ヨナソン[著] 中村久里子[訳]

四六判・488頁 ●1500円

余った爆弾は誰のもの——? けなげで皮肉屋、天才数学少女ノンベコが、奇天烈な仲間といっしょにモサドやスウェーデン国王を巻きこんで大暴れ。爆笑コメディ第2弾!

◆2016年**本屋大賞** 翻訳小説部門 **第2位!**

カシュガルの道

S・ジョインソン[著] 中村久里子[訳]

四六判・368頁 ●1500円

1920年代の中国カシュガルと現代のロンドンを舞台に、愛と居場所を求めさまよった女性たちのトラベル・ストーリー。各紙誌絶賛の鮮烈なデビュー小説!

価格表示はすべて本体〈税別〉です

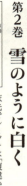

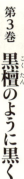

西村書店 図書案内

水の継承者ノリア

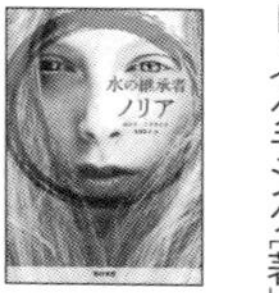

E・イタランタ［著］ 末延弘子［訳］

四六判・304頁 ●1500円

技術や資源が失われた世界で茶人の父の後を継いだノリアは、軍の支配が強まる中、自らの使命と窮乏する村人や親友の間で揺れ動く。フィンランド発、水をめぐるディストピア小説。

国際アンデルセン賞画家、イングペンによる表情豊かな挿し絵。カラー新訳 豪華愛蔵版！

L・キャロル［作］ R・イングペン［絵］ 杉田七重［訳］

A4変型判・各192頁 ●各1900円

不思議の国のアリス

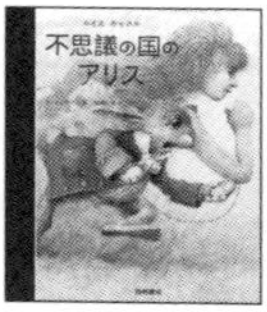

アリスがウサギ穴に落ちると同時に、読者もまた想像の世界へ。白ウサギや芋虫、帽子屋など、忘れがたいキャラクターとともに、アリスの冒険物語は世界中で愛されつづけています。

鏡の国のアリス

鏡を通り抜けて、チェスの国へ。アリスはハンプティ・ダンプティやユニコーンたちに出会いながら、チェスの女王になることをめざして進みます。『不思議の国のアリス』の続編です。

アンデルセン童話全集〈全3巻〉

D・カーライ／K・シュタンツロヴァー［絵］ 天沼春樹［訳］

A4変型判・536頁～576頁 ●各3800円

カラー完訳 豪華愛蔵版

国際アンデルセン賞受賞画家とその妻がアンデルセンの童話156編すべてに挿し絵を描いた渾身の作。カラー完訳全3巻！

オクサ・ポロック〈全6巻〉

①希望の星 ②迷い人の森 ③二つの世界の中心 ④呪われた絆 ⑤反逆者《フェロン》の君臨 ⑥最後の星

A・プリショタ／C・ヴォルフ［著］ 児玉しおり［訳］

四六判・352頁～656頁 ●各1300円

13歳の女の子オクサ・ポロックの周りで不思議な出来事が起こり始める。やがて自らの身の上に隠されたとてつもない秘密を知り…。図書館司書の著者2人が自費出版で世に送り出し、子どもたちの熱烈な支持を受けベストセラーに。壮大なファンタジーシリーズ。

価格表示はすべて本体〈税別〉です